CORNELIA FRANKE

Wär mein Leben ein Film, würd ich eine andere Rolle verlangen

W0222532

DIE AUTORIN

Foto: © Random House/Isabelle Grubert

Cornelia Franke wurde 1989 in Mönchengladbach geboren. Nach ihrem Abitur zog sie nach Berlin, studiert Kulturwissenschaften und arbeitet freiberuflich als Lektorin im Bereich Jugendbuch und Fantasy. Seit 2011 engagiert sie sich für Schreibworkshops an Schulen. Mit *Wär mein Leben ein Film, würd ich eine andere Rolle verlangen* erscheint jetzt ihr erstes Jugendbuch bei cbt.

CORNELIA FRANKE

Wär mein Leben ein Film, würd ich eine andere Rolle verlangen

cbt

Der Verlag weist ausdrücklich darauf hin, dass im Text enthaltene externe Links vom Verlag nur bis zum Zeitpunkt der Buchveröffentlichung eingesehen werden konnten. Auf spätere Veränderungen hat der Verlag keinerlei Einfluss. Eine Haftung des Verlags ist daher ausgeschlossen.

Dieses Buch ist auch als E-Book erhältlich.

FSC www.fsc.org
MIX
Papier aus verantwortungsvollen Quellen
FSC® C014496

Verlagsgruppe Random House FSC® N001967

1. Auflage
Originalausgabe August 2016
Copyright © 2016 cbt Kinder- und Jugendbuchverlag
in der Verlagsgruppe Random House GmbH,
Neumarkter Str. 28, 81673 München
Alle Rechte vorbehalten
Umschlaggestaltung: © *zeichenpool, München
unter Verwendung eines Motivs von
© Shutterstock (Vectomart, mayakova)
jb · Herstellung: AnG
Satz: KompetenzCenter, Mönchengladbach
Druck und Bindung: GGB Media GmbH, Pößneck
ISBN: 978-3-570-31014-4
Printed in Germany

www.cbt-buecher.de

1. Kapitel

Jedes Mal, wenn ich vor der Glasfassade meines Stammkinos am Potsdamer Platz stehe, überkommt mich ein Kribbeln. Die bunten Kinoplakate begrüßen mich, und die Schauspieler schauen erwartungsvoll auf mich herab, als wäre ich zu lange weg gewesen. Hab ich etwa wieder Sport geschwänzt, um früher im Kino zu sein, scheinen mich die Actionhelden mit ihren strengen Blicken zu fragen. Doch heute gibt es keinen Grund zum Vorwurf. Heute habe ich mich zusammengerissen und Sport irgendwie überstanden, weil Lisa und Tom es erst in die Vorstellung um 17 Uhr schaffen. Eigentlich ist die Uhrzeit nebensächlich, solange wir uns wie jeden Donnerstag hier treffen. Wenn die neuen Filme anlaufen, sind wir sofort mit dabei.

Das Kribbeln fährt über meine Arme, denn das erste Plakat zu *Boom the Beat 5* wurde angeschlagen. Kaum fällt mein Blick auf die beiden Tänzer, erwacht das Pärchen in meiner Fantasie zum Leben. Ein gewagter Sprung und sie platzen aus dem Plakat hervor, wirbeln durch die Luft und landen direkt vor meinen Füßen. »Komm, bald beginnt die Vorstellung«, sagt mir ihr stummes Lächeln.

Der Mann streckt mir auffordernd die Hand entgegen, doch ich lehne ab und lasse meinen Tagtraum platzen. Stattdessen stoße ich die Schwingtüren zum Foyer auf, streife den Straßendreck an den Fußabtretern ab und schlüpfe aus meinem Parka. Meine Mitschüler lieben den Klang des letzten Schulgongs, mein Vater entspannt, wenn seine Schlüssel nach einem Arbeitstag in der Schale auf der Kommode klirren. Ich liebe es, wenn der Gong hier die nächste Vorstellung ankündigt. Es ist wie nach Hause kommen, wenn mich der Duft von frischem Popcorn und das vielstimmige Murmeln der Kinobesucher empfängt. Dann bin ich ein Teil dieses Kinos und nicht mehr so einsam, wie ich mich manchmal fühle.

Anders als die meisten Besucher gehe ich nicht gleich zu den Ticketkassen, sondern bleibe einen Moment stehen und blicke hoch zur Galerie der ersten Etage. Neue Woche, neue Dekoration. Vor allem neue Banner. Fünf Meter hoch und locker zwei Meter breit, grinsen mich die Schauspieler von *Mummy Love* an. Gebastelte Sandwolken und braune Stoffstreifen hängen von der Decke, um das Kino aussehen zu lassen wie eine Wüstenlandschaft.

Wenn mein Zimmer nur groß genug wäre, dann würde ich den Banner des Wüstenpalasts quer über die Decke spannen und mich vom Bett aus in den Dünen verlieren. Allerdings müsste ich ein Loch für meine Lampe hineinschneiden … und das bringe ich nicht übers Herz. Fanartikel werden nicht zerschnitten.

Ich laufe an einer lebensgroßen Legofigur zum kommenden Superheldenstreifen vorbei und im Zickzack durch die Wartenden. »Hey Andreas«, ich winke dem Mann hinter der zweiten Kasse zu, der meinen Gruß mit einem Lächeln erwidert. Das Rattern der Drucker begleitet meine quietschenden Converse, bildet den Takt meiner Schritte.

Der Kartenabreißer an den Treppen beachtet mich nicht, als ich in den Durchgang für die Projektorräume im Erdgeschoss schlüpfe. An der nächsten Tür klopfe ich zweimal kurz, zweimal lang, das vereinbarte Zeichen. Schon öffnet sie sich und ich stoße fast mit Olaf zusammen.

»Hallo Jess! Was hat dich aufgehalten?«

»Die BVG fährt doch nie nach Plan.«

»Stimmt, heute Morgen fiel der S-Bahn-Ring schon wieder aus. Vermutlich haben die Fahrer eine Schneeflocke gesehen und sind deshalb kollektiv in Streik getreten.« Olaf arbeitet seit fünfzehn Jahren im Kino, das muss man sich mal vorstellen. Fast so lange, wie ich auf der Welt bin, kümmert er sich um die Technik meines Lieblingskinos. Hauptsächlich hält er die Projektoren in den neunzehn Sälen in Schuss, kontrolliert deren Abläufe und bekämpft mit Feuereifer die kleinen Macken im Haus. Ein Ticketdrucker klemmt? Olaf findet eine Lösung. Der Film läuft, aber das Licht brennt noch? Ruf Olaf. Saal drei hat keinen Ton? Olaf!

Früher habe ich Olaf für einen Zauberer gehalten, der alles reparieren kann. Dafür haben mir sein Vollbart und Kugelbauch als Kind Angst eingejagt. Den Grund weiß ich nicht mehr, denn Olaf ist einer der nettesten Menschen überhaupt. Immer fröhlich eine Melodie pfeifend, weil sein Job ihm Spaß macht. Immer einen Witz auf Lager. Heute macht er mir keine Angst mehr und ich gebe meine beschädigte Hardware ebenfalls in seine Zauberhände.

Inzwischen erinnert er mich eher an einen Teddybären, der stets eine Umarmung für mich bereithält.

»Sag schon, wie war's? Ihr habt doch heute eure Ergebnisse bekommen.«

»Na ja.« Ich winde mich unbehaglich. Für Olaf ist Physik ein Kinderspiel. Wenn er mir Versuche und Gesetzmäßigkeiten erklärt, klingt es wirklich einfach. Leider entsprechen die Fragen in meinen Tests nie seinen Antworten. »Ist nur eine Drei geworden«, quetsche ich hervor.

Ich wende den Blick ab. Jetzt ist er bestimmt enttäuscht. Für mich ist Olaf wie ein Onkel. Ein alter Freund meiner Mutter, der für mich da ist, wenn mein Vater mal wieder keine Zeit für mich hat.

»Das ist super!« Olaf herzt mich überschwänglich. »Letztes Mal hattest du eine Vier. Ich nenne das eine Verbesserung, Jessica.«

Seit Jahren besuche ich dieses Kino mehrmals die Woche. Der Donnerstag ist Pflicht und, wenn ich es schaffe, auch die Sneak Previews am Mittwoch. Manchmal verbringe ich hier einen faulen Sonntagvormittag, um zwischen einer Horde von Kindern den neuesten Animationsfilm zu sehen.

Nach dem Tod meiner Mutter vergrub sich mein Vater in die Arbeit, sodass er unser allwöchentliches Filmerlebnis immer häufiger absagte. Ich hingegen bestand darauf, und wie zur Entschädigung, dass er nie zu Hause war, wollte er mir ein Hobby sponsern. Ich hätte mir Musikunterricht aussuchen können, Fußball, Karate, Reiten, irgendeinen anderen Sportverein … Ich entschied mich allerdings für eine Kinojahreskarte. Fünfmal in Folge.

Außerdem freute Olaf sich, dass er auf mich aufpassen

durfte. Obwohl ich schon lange kein Kind mehr bin, das einen Aufpasser braucht, ist Olafs Freude über meine Besuche geblieben.

»Sind Lisa und Tom schon da?«, frage ich.

»Die beiden besetzen die gleichen Plätze in der letzten Reihe wie jeden Donnerstag.« Olaf grinst. »Warte, ich lasse dich hinten rum rein. Willst du Popcorn? Ich bin hier noch eine halbe Stunde beschäftigt, danach könnte ich euch welches bringen.«

»Danke, sehr gern.«

»Wie immer salzig?«

»Wie immer.« Ich strahle.

Olaf stellt etwas am Projektor ein, bevor er mich zu einem Fahrstuhl begleitet. Aus der Kabine kommt uns ein anderer Mitarbeiter entgegen. Anstatt zu fragen, was ich hier zu suchen habe, begrüßt er mich mit einem »Hey, Jess« und geht seiner Wege.

»Glückwunsch zur Drei!«, freut sich Olaf erneut, gibt mit seinem Mitarbeiterschlüssel den Fahrstuhl frei und die Kabine ruckelt nach oben.

Leise schiebe ich die Metalltür des Notausgangs auf, sodass es kein anderer Besucher bemerkt. Saal sieben füllt sich langsam und über die Leinwand flimmert schon die Werbung. Mal wieder dieser athletische Wasserskifahrer mit seinem ach so tollen Mineralwasser. Neue Kinowerbespots sind seltener als ein Drama mit Happy End.

Kurz lasse ich den Blick über die roten Stuhlreihen schweifen und genieße die Aussicht. Hunderte von Menschen passen in Saal sieben. In ein paar Minuten werden wir alle zusammen denselben Film sehen, lachen, weinen, uns fürchten. Ich glaube nicht an Übernatürliches, Aliens oder Elben, aber das hier ist Magie. Die Magie des Films.

Die Beleuchtung geht aus und ich mache mich auf den Weg zu meinem Platz. Tom entdeckt mich als Erster und streckt mir die geballte Faust zum Gruß entgegen. Ich erwidere die Geste, woraufhin meine beste Freundin Lisa genervt schnaubt.

»Das Universum ist weit …«, grüßt Tom mit einem Grinsen.

»… und voller Abenteuer, die es zu bestreiten gilt«, beende ich die Losung unserer liebsten Raumschiffserie *Captain Calderon*.

»Du benutzt auch nie die Treppen wie normale Leute, oder?«, fragt Lisa und deutet dabei auf einen Trinkbecher in meiner Halterung. Sie hat sogar daran gedacht, mir eine Sammelfigur zu holen, sodass mein Trinkhalm durch den Bauch einer Gummi-Mumie stößt. »Schuldest mir was.«

Zufrieden falle ich in meinen Sitz. Die Polsterung ist so gemütlich, am liebsten hätte ich so einen Sessel zum Schlafen. Außerdem würde ich dank des Getränkehalters nie mehr mein Bett fluten.

»Olaf bringt uns gleich Popcorn. Seid ihr schon lange da?«

»So begleicht man nicht seine Schulden«, mault Lisa trotzdem. »Ich schreib's auf deine Liste, Jess.«

Ich werfe einen Blick zur Leinwand, doch den Trailer des Katastrophenfilms kenne ich bereits.

»In Gold und Edelsteinen kann ich dich nicht auszahlen.«

»Theoretisch lässt du das Kino für dich bezahlen«, hält meine Freundin mir vor.

Ich zucke mit den Schultern. »Letzte Woche war das noch in Ordnung. Ich esse deine Portion Popcorn gerne mit, wenn du es nicht magst.«

»Das war letzte Woche. Und natürlich möchte ich Popcorn!«

Tom stößt mit dem Fuß gegen eine leere Nachopackung im Fußraum. »Sie braucht Nachschlag.«

Da kommt mir eine Idee. »Was hast du denn Schönes gesehen, dass du sofort meine Schulden einforderst? War es golden oder glitzernd?«

Lisas Finger spielen unbewusst mit den Anhängern ihrer Kette. »Beides.«

»Als ob sie sich mit einem davon zufrieden gibt«, scherzt Tom und greift nach seiner Cola. Dabei fällt mir sein T-Shirt mit der Aufschrift »Han shot first« auf. Wie immer trägt er seine Nickelbrille mit den blauen Gläsern, die angeblich Hintergrundstrahlung sichtbar machen. Mit seiner Sehkraft steht es bestens, Tom wählt solche Accessoires aus, wie manche Mädchen ihre Fingernägel passend zum Outfit lackieren. Nicht, dass Tom besonders eitel wäre, er vergöttert einfach Science-Fiction. Wenn es nach ihm ginge, würde er sich an einer Weltraumakademie einschreiben, anstatt Englisch und Geschichte zu lernen. Leider braucht man diese weltraumtechnisch irrelevanten Fächer für einen Abschluss. Mehrere Aliensprachen fließend zu beherrschen, reicht nicht aus.

»Okay, ich begleiche meine Schulden gleich morgen, Lisa«, lenke ich ein und blicke wieder zur Leinwand.

»Nicht Lisa.«

»Was dann? Hast du dir einen neuen Namen zugelegt?«

Sie verengt die Augen zu Schlitzen. »Nessa Faelivrin.«

»Vanessa ... was?«

»Laut dieser Webseite, die ich gefunden habe, ist mein elbischer Name Nessa Faelivrin.« Es klingt wie eine genuschelte Variante von Vanessa. 'ness-a. Beim Rest des Namens tritt meine Zunge in den Streik.

Lisa richtet sich auf, als sei sie eine Prinzessin oder als sei es ihr vorherbestimmt, den *Einen Ring* ins Feuer zu werfen. »Willst du wissen, was das bedeutet?«

Tom wedelt hinter ihr warnend mit den Armen. Er ist deutlich größer als ich und wirkt bei der Bewegung wie ein Hampelmann.

»Vermutlich die Schöne oder das edle Licht ...«, rate ich langsam.

»Nö, nicht wirklich.« Meine Freundin verschränkt ganz unelbenhaft die Arme und grunzt. Sie ist nicht gerade ein typisches Mädchen, zieht dazu Pizza dem Fitnessstudio vor. Regelmäßig. Wenn sie eine Figur aus *Der Herr der Ringe* wäre, dann ein Zwerg. Lisa ist knausrig, liebt es, gut zu essen und zu feiern, außerdem kann sie ziemlich austeilen. Man sieht es ihr nicht an, aber sie betreibt seit dem Kindergarten Kampfsport.

»Wieso habe ich die ewig lange Erklärung bekommen und Jess kommt so durch?«, wirft Tom ein und gibt vor, beleidigt zu sein.

»Weil du keine Ahnung hast.«

»Du hast keine Ahnung, Baumkuschlerin.«

»Hab ich sehr wohl.«

Ich überlasse meine Freunde ihren Streitereien und schaue mir den Trailer zu *Boom the Beat 5* an. Das Gezanke bricht jedes Mal aus, denn keiner will einsehen, dass der eine das liebste Filmgenre des anderen nicht vergöttert.

Beim letzten Trailer stürmt eine Gruppe Mädchen herein. Ihr Schnattern und Kichern höre ich bis in unsere letzte Reihe. Mein Blick fällt auf deren Fanshirts, eng anliegende Teile mit Ausschnitten bis zum Bauchnabel. *I love Mummy,* steht da drauf, und mir dreht sich der Magen um. Genau aus diesem Grund mag ich die 13:30-Uhr-Vorstellungen, da teilt man sich den Saal mit dem Kinopersonal und zwei Rentnern. So eine peinliche Gruppe habe ich abgesehen von speziellen Events dort nie angetroffen.

»Warum noch mal haben wir diesen Film ausgesucht?«, flüstere ich, weil die Gruppe uns garantiert nerven wird. Der Hauptfilm geht gleich los, ab jetzt ist jedes laute Wort strafbar. Handyklingeln ein Frevel.

»Weil das der Blockbuster der Woche ist«, erklärt mir Lisa.

»Müssen wir jeden Blockbuster schauen?«, wirft nun auch Tom ein. Er überragt selbst im Sitzen den Kopf meiner Freundin und schaut mich fragend an.

»Das haben wir die letzten drei Jahre so gemacht«, betont Lisa.

Mit einem Schulterzucken ist das Thema für mich beendet, an gewissen Regelmäßigkeiten halte ich unbeirrbar fest. Und der Box-Office-Donnerstag gehört eindeutig dazu.

Wegen dieser unausgesprochenen Regeln ziehe ich auch die Augenbrauen hoch, als Tom die Füße auf die freie Lehne vor sich legt.

»Ja, ja, Schuhe aus. Du benimmst dich manchmal, als wäre das hier dein Wohnzimmer.«

Mehr oder weniger fühlt es sich genauso an.

»Wir könnten uns noch mal das Schlachtenepos in Saal vierzehn ansehen«, schlägt Tom vor, das Fangirl-Fest im Parkett beobachtend. Auch ihm schwant Fürchterliches.

»Saal vierzehn? Wir sollen an einem Donnerstag Untertitel lesen?«, spottet Lisa und richtet ihre Aufmerksamkeit auf die Leinwand. »Ich musste heute in der Schule schon genug lesen.«

Der Vorspann beginnt und aus einem gewaltigen Sandsturm erscheinen Logo und Titel: *Mummy Love – Liebe ist sein Fluch.*

»Mein Favorit ist der Film trotzdem nicht.« Genervt lehnt Tom sich zurück. »Wir haben schon Mädchen gehabt, die sich in Vampire verlieben, Mädchen, die sich in Werwölfe verlieben, und jetzt halt eine Mumie. Aber wenn Captain Calderon in der Serie auf eine Alienrasse mit blauer Haut trifft und mit einer was anfängt, ist *das* widerlich. Ist klar.« Er seufzt und zieht geräuschvoll an seinem Strohhalm. Jeden anderen hätte ich mit einem »Pssst!« bestraft.

Allerdings beschäftigen mich Toms Worte. Vollkommen unrecht hat er nicht.

Die Mumie taucht für ihre erste Szene auf und die Mädchengruppe weiter vorne quietscht sofort los. Ich rolle nur mit den Augen und habe dadurch einen Teil des ersten Dialogs verpasst. Nach fünf Minuten regelmäßiger Seufzer und Gekicher an den unmöglichsten Stellen reicht es mir endgültig. Was wohl der Mumienprinz davon halten würde, wenn Mädchen in seiner Gegenwart nur noch Oooohs und Aaaaahs von sich geben? Ja, was wäre, wenn ...?

Meine Gedanken schweifen ab, und ich stelle mir vor, wie Ankh neben mir im Kinosessel sitzt und genervt die bandagierte Stirn runzelt.

Vorhang auf für meine ganz eigene Spezialfähigkeit: Jess' Kopfkino. Meine Vorstellungskraft ist manchmal so lebhaft, dass sie mich in Tagträume zieht. So wie jetzt gerade.

»Vermisst du nicht auch Mumienfilme, in denen es um einen Fluch geht?«, frage ich leise Ankh. »Einen richtigen Fluch. Nicht, dass die Mumie in einem kleinen Kaff in den USA ausgestellt und dort zufälligerweise von ihrer großen Liebe zum Leben erweckt wird.«

»Irgendwie unrealistisch«, erwidert die Mumie neben mir. Innerhalb meines Kopfkinos spricht sie langsam und bedächtig, ir-gend-wie ... un-rea-lis-tisch. Denn viele, viele Sandkörner haben sich im Laufe der Jahrtausende in ihrem Sprachzentrum festgesetzt. Ankh im Film besitzt die rauchige Stimme eines Rockstars.

»Es ist zwar nett, dass du ein Mädchen findest, das dich trotz deiner Situation mag, aber trotzdem ... Wer glaubt bitte schön, dass du dadurch dein Königreich zurückbekommst? Ich fürchte, das Land Ägypten händigt dir das nicht einfach so aus.«

»Zeit-sprung«, brummelt die Mumie.

»Oh ja, das erklärt ja heute alles. Das Mädchen wird sich riesig freuen, ins Altertum zu reisen.«

Der Mumienprinz seufzt und ich stimme mit ein.

Wenigstens innerhalb meiner Fantasie sind wir uns einig.

»Bekommst du überhaupt was vom Film mit?«, zischt Lisa von der Seite und reißt mich aus meinen Gedanken. »Du starrst jetzt schon 'ne Weile ins Leere.«

»Oh.« Ich drehe mich zum Platz links von mir, doch kein Mumienprinz erwartet mich.

Lisa und Tom ziehen mich oft damit auf, dass ich in mein Kopfkino abtauche. Manchmal macht es eben mehr Spaß, innerhalb eines Tagtraums mit einer Filmfigur zu scherzen, als den Heulkrampf der weiblichen Hauptrolle zu verfolgen, weil sie von Skarabäen gejagt wird.

Zwei Stunden später warten wir lediglich aus Respekt vor den vielen Menschen, die im Hintergrund an *Mummy Love* mitgearbeitet haben, auf das Ende des Abspanns. Nur die Fangirls stehen noch klatschend an ihren Plätzen und kreischen sich gegenseitig in Ekstase. Neben den Namen der Beteiligten läuft ein Filmchen mit Outtakes, und ich fürchte, die Mädchen fallen gleich in Ohnmacht. Von dem Geschrei müsste ihnen eigentlich langsam mal die Luft wegbleiben.

Mit einem letzten Seufzer verlasse ich den Saal. Auch Tom und Lisa sind ungewöhnlich still, verlieren sich nicht in ihrem üblichen Gezanke. Die Zuschauer vermischen sich im Vorraum mit den Wartenden vor den Nachbarsälen, und von irgendwoher dröhnt das Krachen einer Explosion, das die Schalldämpfung nicht völlig abschirmt.

»Ja ...« Meine Begeisterung hält sich in Grenzen.

»Also«, stimmt Lisa mit ein, »das war *Mummy Love*.«

»Die weibliche Hauptrolle war süß«, meint Tom grinsend. »Ich bin auf meine Kosten gekommen.«

Wir drei sehen uns einen Moment an. Schlechte wie gute Filme, wir haben sie alle gemeinsam gesehen. Sie gelobt, über sie gelästert. Uns an den Händen gehalten, wenn ein Axtmörder über die Leinwand wütete oder Taschentücher verteilt, weil das krebskranke Mädchen ihren Kampf doch verlor. Anhand eines Plakats oder eines Trailers kann man die Qualität eines Films nicht abschätzen, insbesondere da Trailer heutzutage immer weniger aussagen.

Wichtiger ist die Tradition, dass wir uns jeden Donnerstag hier zusammenfinden. Früher mit meiner Mutter, jetzt mit meinen besten Freunden.

Hinter uns trabt die Mädchengruppe heran. Ein paar fächeln sich Luft zu und sie plappern aufgeregt über ihr grandioses Filmerlebnis.

»Das war der beste Film meines Lebens!«

»Oh, Ankh«, fächel, fächel, »der war so heiß.«

»Megaheiß«.

»Wüstenheiß.«

»Ich würde Ankh gerne ablecken.«

»Das ist bestimmt staubig«, flüstere ich, woraufhin Lisa und Tom in Gelächter ausbrechen.

Die Gruppe stapft davon und zu meinem Entsetzen steuern sie auf den Saal zu, in dem der Film gleich wieder läuft. Einmal Wüstenprinz scheint ihnen nicht zu reichen.

»Der war die gesamte Zeit über in Klopapier eingewickelt oder hab ich was übersehen?«, frage ich fassungslos.

Lisa nickt. »Nur sein Sixpack war zufälligerweise sichtbar.«

»Zufälligerweise«, wiederholt Tom verschwörerisch und schiebt sich die Brille hoch.

Ich sehe den gackernden Mädchen nach. »Seit wann ist Klopapier heiß?«

»Wer weiß.« Lisa zuckt mit den Schultern. »Vielleicht haben sie schon den Trailer für den zweiten gesehen und da wird er ausgewickelt. Jemanden um den Finger wickeln bekommt so eine ganz neue Bedeutung.«

»So oft, wie die Schauspielerin ihm in den Armen lag und ihn vollheulte, war das Toilettenpapier hoffentlich dreilagig«, scherzt Tom.

»Das war jetzt gemein«, meint Lisa und boxt ihm in die Seite.

»Fortsetzung?«, bringe ich keuchend hervor. »Oh Gott, der Film hat einen Untertitel, natürlich wird es eine Fortsetzung geben.«

2. Kapitel

Auch wenn Lisa und Tom auf meine Schule gehen, sehe ich die beiden bloß während der Pausen. Tom ist fast zwei Jahre älter als ich und somit eine Stufe höher. Lisa hängt zu meinem Leidwesen in einer Parallelklasse fest und wir teilen uns nur die Fächer Spanisch und Medien. Dementsprechend sind das auch meine Lieblingsfächer, obwohl niemand diese Liebe mit Leistung verwechseln sollte. In Spanisch komme ich gerade so durch. Allerdings kann ich nicht so katastrophal sein, wie meine Lehrerin behauptet. Bei unserem Urlaub auf Mallorca habe ich mich dank der internationalen Zeichensprache super verständigt.

Zwischen mir und den Mädels in meiner Klasse passt es nicht so richtig. Ich teile genauso wenig ihr Interesse für Mode oder Sport, wie sie meine Leidenschaft fürs Kino nachvollziehen können. Tom würde mit einem Grinsen behaupten, ich bin einfach von einem anderen Stern, seinem Stern, auf dem alle willkommen sind, die wissen, warum er bei einer blauen Telefonzelle sofort anklopfen möchte. Andererseits ist es genauso meine Schuld, ich spreche mit ihnen ja auch nur über die allgemeinsten Dinge wie »Kam euch die Mathestunde auch so ewig lang vor?« oder »Nicht schon wieder Montag«. Ich verbringe die Pausen, den Mittag und die schulfreie Zeit halt mit meinen Freunden und lache über ihre endlosen und wilden Wortgefechte. Im Moment drehen sich ihre Diskussionen hauptsächlich um die Frage, ob die Figuren aus Science-Fiction-Werken auch ohne ihre Technik in Fantasy-Welten bestehen könnten. Oder wie kann es sein, dass es in diesen Geschichten immer einen Königsthron gibt, den es zu besetzen gilt? Das ist eindeutig spannender als die neue Handtaschenkollektion.

An diesem Freitag quatschen die Mädchen in meiner Klasse darüber, wann sie ihre derzeitigen Beziehungen beenden sollen. »Ich bin jetzt drei Wochen mit ihm zusammen. So langsam wird die Küsserei langweilig«, hallt es zwischen Mathe und Englisch für alle gut hörbar durch den Raum. »Das war am Anfang viel aufregender. Ich mach Schluss, wir passen einfach nicht zusammen.«

»Klingt so. Schon gehört? Der Schauspieler von Ankh ist in der Stadt.« Seufzen unterbricht kurz das Gespräch. »Wenn du den triffst, solltest du Kai definitiv abschießen.«

Nicht, dass ich Experte in Sachen Beziehungen bin, aber so ein Verhalten ist unfair. Besonders wenn Kai im gleichen Raum sitzt und sein Gesicht mit jedem Wort weiter an Farbe verliert.

»Ach, Ankh«, seufzen sie erneut, und ich erkenne die unverhoffte Chance, mich mit ihnen über Filme auszutauschen.

»*Mummy Love* habe ich gestern auch gesehen«, meine ich daher lauter als beabsichtigt. Die Fünf-Minuten-Pause ist fast rum. Das wird nicht der Anfang einer neuen Freundschaft, aber es ist ein Versuch. »Der Film war ganz okay.«

Die vier Mädchen drehen sich überrascht zu mir um.

»Ganz okay?«, fragt eines.

»Ja.« Während ich auf meinem Stuhl fläze, sitzen sie mit überschlagenen Beinen auf den Tischen. Das muss so unbequem sein. »Ein bisschen vorhersehbar, fand ich.«

»Ach, du hast doch keine Ahnung.«

Das versetzt mir einen Stich, aber noch gebe ich nicht auf. Mich mit ihnen über Filme zu unterhalten, passiert so gut wie nie. »Haben euch die offensichtlichen Fehler nicht gestört?«, versuche ich es erneut. »In einer Szene hat Ankh ein grünes und ein violettes Auge, weil seine Kontaktlinse verrutscht ...«

»Ankh ist perfekt!«, fällt mir eins der Mädchen ins Wort. »Ich schau einen Film, um abzuschalten, nicht, um dabei zu denken. Du bist echt seltsam, Jessica.«

Damit wenden sie sich wieder von mir ab und steigern sich bis zum Klingeln in ihre Schwärmereien hinein.

Manchmal glaube ich, die Mädchen in meiner Klasse stammen von einem anderen Stern. Allerdings schicken uns hochentwickelte Alienrassen in Filmen nur Prinzen, die dann zu *Superman* werden. Oder eine Armee, um den Planeten plattzumachen. Aber eine Invasion durch oberflächliche Teenager-Mädchen? Das wäre eine echt fiese Kampfansage.

Es nervt jedenfalls, niemanden im Unterricht zu haben, mit dem ich Zettel schreiben kann oder der mich mit ins Buch schauen lässt, wenn ich es vergessen habe. Eine Freundin, mit der ich über Jungs schwärmen kann, ohne dass sie mir gleich vorwirft, ich würde mich mit sechzehn Jahren wie eine Nonne benehmen. Wie zur Bestätigung höre ich zwischen gackernden Lachern ein »Also, Ankh würde ich nicht aus meinem Bett schubsen. Hast du sein Sixpack gesehen?«, und bin irgendwie froh, anders zu sein.

Wenigstens gibt mir der Stundenplan in diesem Halbjahr einen Hoffnungsschimmer: die Freitage. Die letzten zwei Stunden verbringe ich mit Lisa und somit starten wir gemeinsam ins Wochenende.

Und da die Ereignisse des restlichen Schultags nicht erwähnenswert sind, spule ich einfach bis zur letzten Doppelstunde vor. Voller Ungeduld warte ich vor dem Medienzentrum auf das Ende der Pause, denn obwohl ich an den üblichen Plätzen gesucht habe, konnte ich keinen meiner Freunde entdecken.

Während der verflogenen Unterrichtsstunden habe ich aufgrund mangelnder Gesprächspartner jede Menge Mumienwitze gesammelt sowie eine Liste mit vernünftigen Mumienfilmen erstellt. Mit Wissenschaftlern, Ausgrabungen, fiesen Sandstürmen und Flüchen, die die Darsteller den Film über bekämpfen. Und natürlich Mumien, die sie erwürgen wollen, anstatt sie liebevoll zu umarmen.

»Wo ist dein Handtuch, Jess?«

Ich sehe auf und blicke in Marvins grüne Augen, die mich vorwurfsvoll mustern. Ein grellblaues Handtuch kringelt sich um seinen Hals, wie eine Art Schal.

»Was für ein Handtuch?«, platzt es aus mir heraus. »Sollten wir das für Medien mitbringen?« Es wäre nicht das erste Mal, dass ich was zu Hause liegen lasse.

Marvin schüttelt den Kopf und greift fest nach den Handtuchzipfeln. Erleichtert atme ich auf.

»Tom hat es uns doch lang und breit erklärt«, meint er.

Doch auch dieser Hinweis bringt mich nicht auf die zündende Idee. Ich ernte ein Augenrollen, bevor ich den nächsten Tipp erhalte. »Heute ist der elfte Februar. Der zweiundvierzigste Tag des Jahres.«

Zweiundvierzig ... zweiundvierzig. Die Antwort auf die Frage *nach dem Leben, dem Universum und dem ganzen Rest* ...

»Heute ist Handtuch-Tag?«, frage ich erschrocken nach. »Mist! Daran habe ich nicht gedacht, ich bin über'm Handy eingeschlafen, weil ich mit Lisa noch über den Film gequatscht habe ... Sag mal, wo warst du gestern eigentlich?« Mit ein bisschen Glück springt er auf den Themenwechsel an.

»Augenarzt, diese blöde Halbjahreskontrolle«, brummt Marvin und blickt über den Flur, wie um mir auszuweichen. »Hast du das auch vergessen? Meine Ma hat mich dreimal dran erinnert, dann hat sie den Termin gemacht. Ihr ist es egal, ob wir Karten reserviert haben oder nicht. Bei Kontrollen kennt sie keinen Spaß.«

»Du hättest das Debakel sehen sollen.« Ich lache beim Gedanken an den gestrigen Film.

Marvin stimmt nicht ein, sondern umfasst immer noch das Handtuch. »Weißt du, wie viele Sprüche ich mir heute deswegen anhören musste?«

»Du hast es den ganzen Tag getragen?«

»Ja. Das wollten wir alle.«

»Tut mir leid ...«

»Noch ist der Tag nicht vorbei.« Marvin greift in seinen Rucksack, holt ein dunkelblaues Handtuch hervor und reicht es mir. Es fühlt sich flauschig an. »Man weiß ja nie, wen man unterwegs retten muss.«

»Danke.« Ohne ihn wäre ich verloren. Am Handtuch-Tag und im Universum sowieso.

Ich kenne Marvin schon seit einer Ewigkeit, er ist einer meiner engsten Freunde. Im Gegensatz zu Lisa, Tom und mir ist er kein riesiger Filmfan, eigentlich hat Marvin immer eine Spielkonsole zur Hand. Und seit die Dinger an unserer Schule verboten sind, hat er zumindest eine Zeitschrift dabei, die über Games berichtet. Er ist genauso Feuer und Flamme für das neuste Role-Playing-Game wie auch für ruckelige Jump&Run-Spiele aus den Neunzigern. Wenn er davon schwärmt, leuchten seine Augen auf, und ich will sofort mit ihm zocken. Bei jedem Besuch freue ich mich, ihn zu einer Runde *Mario Kart* auf einem alten Nintendo-64-Klotz herauszufordern. Ein Nachmittag voller herumfliegender Schildkrötenpanzer, Bananenschalen und Schokokekse – das sind wir.

Was unsere Besessenheiten betrifft, sind Tom, Lisa, Marvin und ich uns ganz ähnlich, lediglich die Themen unterscheiden sich.

»Wo ist dein Handtuch, Jess?«, schallt es erneut durch den Flur, und ich zucke zusammen. Doch vor mir baut sich nur Lisa auf. Sie trägt ein mit Goldfäden verziertes Handtuch um den Hals, das sie aus einem Nobelhotel geklaut haben könnte.

»Hallo Lisa!«, begrüße ich sie und will schon meine Filmliste hervorholen. Es tut gut, sie endlich zu sehen.

»Es heißt Nessa Faelivrin!«

»Sogar in der Schule?« Ich warte keine Antwort ab, sondern umarme meine Zwergenprinzessin.

Marvin runzelt fragend die Stirn. »Faeli-was? Ist das elbisch?«

»Laut einer Website schon«, werfe ich ein.

»Die Quelle ist eindeutig zuverlässig, aber zunächst zu den aktuellen Problemen.« Lisa zeigt auf mein dunkelblaues Handtuch, das ich weiter in den Händen halte. »Also, Jess, wieso trägst du kein Handtuch? Das gehört Marvin, das hat er gestern noch extra besorgt.«

»Sie hat es vergessen«, erklärt Marvin.

Ich beiße mir auf die Unterlippe, denn leugnen bringt nichts.

»Tom hat uns doch die ganze Woche in den Ohren gelegen, dass wir zu Ehren Douglas Adams' heute ein Handtuch tragen. Er wird die komplette Rede, *die Rede*, aufsagen, Jess, wenn er das spitzkriegt.«

Die Rede ist ein zwei Stunden langer Powerpoint-Vortrag, warum Douglas Adams und sein Werk *Per Anhalter durch die Galaxis* Tom so wichtig sind. Fast die Hälfte der Zeit betont Tom, wie vielseitig und genial Handtücher sein können.

Toms Geburtstag zu vergessen, ist weniger schlimm, als heute kein Handtuch zu tragen. Schuldgefühle überfluten mich wie eine eiskalte Welle.

Der Gong schallt durch den Flur und die Tür des Medienzentrums öffnet sich von innen. Unser Lehrer verbringt dort die meisten Pausen, um den Beamer und die Computer hochzufahren. Offiziell ist er natürlich im Lehrerzimmer, sollte aber trotzdem jemand an die Tür klopfen, stellt Herr Bornbach sich taub. Lisa und ich scherzen regelmäßig, dass er wahrscheinlich nur ungestört eine Folge seiner Lieblingsserie über das Schulnetzwerk schaut.

Es ist unsere letzte Doppelstunde vor dem Wochenende und mit genauso viel Elan schlurft Lisa hinein. Kaum aus dem Gang, legt sie jedoch das Handtuch ab.

Kopfschüttelnd setze ich mich neben sie an unseren Computerplatz und schicke ihr einen fragenden Blick.

»Glaubst du, ich trage es während des Unterrichts?« Lisa faltet ihr Tuch ordentlich zusammen, streicht zärtlich über die goldfarbenen Verzierungen und packt es in ihre Tasche. »Nee, die Sprüche deswegen kann ich mir sparen. Tom sieht mich nur in den Pausen, da erfülle ich meine Pflicht.«

Marvin, zwei Tische weiter, sackt in sich zusammen. Wie schlimm der Tag mit einem Handtuch um den Hals wohl war? Er macht immer mit, egal, was für eine Idee unsere Gruppe ausheckt. Zum Kinostart meines Lieblingssuperheldenstreifens habe ich alle überredet, die Schule in Umhängen und Augenmasken zu verlassen. Wir haben viele dumme Sprüche geerntet, letztendlich war es trotzdem ein riesiger Spaß.

Also lege ich das mitgebrachte Handtuch um und lächle Marvin zu. Sofort richtet er sich wieder auf und strahlt mit der Wintersonne um die Wette.

Deniz und Finn kommen herein, klatschen Marvin ab und witzeln über sein Handtuch. Die drei arbeiten oft gemeinsam in Medien, obwohl Marvin stets zur Stelle ist, wenn Lisa und ich die Aufgaben auf die umständlichste Weise lösen wollen und mal wieder nicht weiterkommen.

Kurz vor Stundenbeginn erscheinen Antonia und Michelle. Antonia ist so was wie die ungekrönte Stufenqueen. Sie besitzt die unschlagbare Kombination aus langen Beinen, vollem, glänzenden Haar und tiefem Ausschnitt. Ich dagegen bin durchschnittlich groß, habe einen Undercut mit lila Strähne und in meinem Kleiderschrank hängen fast nur Shirts mit Rundhalsausschnitt. Die meisten Jungs stehen auf Antonia, die Mädchen wollen sein wie sie. Und als wäre das nicht schon schlimm genug, ist Antonia dazu noch wirklich intelligent, was sie leider zu oft ausnutzt, um ihre Mitschüler anzufeinden und niederzumachen.

Michelle ist dagegen so hohl wie eine leere PET-Flasche. Ihre einzige Aufgabe besteht darin, Antonia hinterherzudackeln und alles zu bestätigen, was sie sagt. Welchen Kurs Antonia auch besucht, Michelle folgt ihr und schwingt dabei die Hüften wie auf dem Laufsteg. Ich finde das ja total lächerlich, auch wenn viele es sexy nennen. Einmal habe ich es versucht und mich so sehr darauf konzentriert, dass ich über meine eigenen Converse gestolpert bin. Lisa lieferte mir dafür auch prompt die Erklärung: »Michelle denkt nie, also muss sie sich nicht konzentrieren.«

Jedenfalls betrachtet Antonia unsere Handtücher und grinst daraufhin hämisch. »Zu blöd, um einen Schal zu kaufen? Ist es für euch Freaks echt so schwer, ein Stück Kaschmir um den Hals zu wickeln?«

Ich knirsche mit den Zähnen, während Marvin im Gesicht rosa anläuft. Im Gegensatz zu mir hat er nicht immer einen Spruch auf den Lippen, dafür regt er sich aber auch nicht so über Antonias Lästereien auf.

»Zu pleite, einen richtigen Schal zu tragen?«, wirft Michelle ein und räkelt sich wie ein Fotomodell auf ihrem Stuhl. »Kannst dir ja auch nur ein Paar Schuhe leisten, Jessica.«

Unser Lehrer verhindert, dass ich antworte, wer hier zu blöd ist und wen ich mit meinem einzigen Paar Converse am liebsten treten würde. Mit »Einen schönen Nachmittag« beginnt er laut und deutlich die Stunde. Wie immer steht er vor seinem Computerpult, das Deckblatt einer Präsentation wird bereits vom Beamer an die Wand geworfen. »Solltet ihr heute auf die Idee kommen, alle Fragen mit 42 zu beantworten, kann ich das leider nicht gelten lassen, da das unseren Unterricht nicht voranbringt. Ich hoffe, ihr zeigt mehr Einsicht als Tom Wenzel heute Vormittag.«

Marvin, Lisa und ich grinsen. Der Rest des Kurses hat bestimmt keine Ahnung, wovon er spricht.

»Hätte nicht gedacht, dass Herr Bornbach das kennt«, flüstert Lisa.

»Ich auch nicht.«

Ich wünsche mir mal wieder, mehr Fächer mit Lisa zu haben.

»Also, nach dem kurzen Ausflug im Januar in die Programmiersprache ist das Thema für das kommende Halbjahr: Blogs. Gerade in der heutigen Zeit entwickeln sich Blogs zu *dem* Medium innerhalb des Internets. Ursprünglich angelehnt an eine Art digitales Tagebuch, gibt es mittlerweile Blogs zu den unterschiedlichsten Gebieten. Sie alle haben jedoch eins gemeinsam: sie berichten. Über den Alltag des Bloggers, seine Vorlieben, seine Gedanken. Blogs sind eine der schnellsten Formen, um heutzutage Informationen zu publizieren. Schneller als eine Tageszeitung.«

Ich gebe mir Mühe zuzuhören, linse dabei allerdings zu Marvin rüber, der aufmerksam lauscht. Ich habe dieses Fach gewählt, weil Lisa mich dazu überredet hat, Marvin dagegen sitzt hier aus Überzeugung.

»Eure Aufgabe wird es sein, in Gruppenarbeit einen Blog zu erstellen, ihn mit Inhalten zu füllen und zu verbreiten.«

Unauffällig schiebe ich Lisa die Liste mit den Mumien-Filmen zu, und wir kreuzen und kringeln an, was in die engere Auswahl kommt. Herr Bornbach erklärt etwas über die ersten Schritte, die wir bis nächste Woche als Hausaufgabe erledigen sollen, doch ich höre ihm kaum zu. Folie für Folie der Präsentation wechselt, und ich hoffe, unser Lehrer lädt sie nachher auf den Schulserver hoch, damit ich alles nachlesen kann.

»Da wir eine Medienklasse sind, möchte ich nicht, dass ihr einfach nur eure Fotos ins Netz stellt oder schreibt, was ihr in den Winterferien erlebt habt. Ich möchte, dass ihr in euren Gruppen Blogs betreibt, die sich mit dem Thema der Berichterstattung beschäftigen.«

Die Klasse reagiert verhalten auf das kommende Projekt. Herr Bornbach dagegen wippt vor Begeisterung auf seinen Fußballen. Bei solchen Vorträgen umgibt ihn immer eine Aura aus Entschlossenheit und Tatendrang, die an uns Schülern jedoch völlig abprallt. Ob er genauso vor Freude sprühen würde, wenn ihn am Ende eine Note erwarten würde?

»Der Blog, der sich im Laufe des Wettbewerbs die meisten Follower erarbeitet und besonders aktiv ist, erhält einen Preis«, versucht Herr Bornbach uns zu ködern.

Ich lächle schwach über das Angebot. Lisa stupst mich an und grinst, als hätte sie einen hinterlistigen Plan. Sie ist eben durch und durch Zwerg. Für einen Goldschatz – oder jeden anderen Gewinn – würde sie sich durch fremde Länder prügeln und Drachen zu einem schicken Umhang verarbeiten. Bei unserem Lehrer stellt sich der Preis bestimmt als Freikarten für das Technische Museum heraus.

»Daraus ergeben sich auch die Themengebiete«, fährt Herr Bornbach fort. »Radio – wobei es bei euch liegt, ob ihr eine Sendung, einen Podcast oder ein Hörspiel produziert –, Nachrichten und natürlich Film und Fernsehen.«

Finn meldet sich und hakt nach: »Was ist mit Videospielen?«

Marvin, Deniz und er arbeiten nicht nur zusammen, weil sie als Team gut funktionieren. Sie spielen auch in der gleichen Gilde eines Onlinespiels und treffen sich regelmäßig zu LARPs. Was nichts anderes ist als ein Rollenspiel live und in Kostümen.

Herr Bornbach verneint das und nimmt Antonia dran.

»Was genau verstehen Sie unter Berichterstattung?«, will sie wissen.

»Ja, aber warum dürfen Videospiele kein Themengebiet sein?«, unterbricht Finn.

Mit einem Stirnrunzeln, das so viel aussagt wie »Wenn du aufgepasst hättest, wüsstest du das«, wendet Herr Bornbach sich wieder an Antonia.

»Nun, wer sich das Thema Nachrichten aussucht, sollte über aktuelle Ereignisse berichten. Schaut notfalls in euren Unterlagen aus dem ersten Halbjahr nach.«

Ich erinnere mich dunkel, klappe aber sicherheitshalber meinen Ordner auf und schaue die Notizen durch. Neuigkeiten informativ verbreiten und Wissen verständlich zugänglich machen, heißt es relativ am Anfang meiner Aufzeichnungen. Aha. Herr Bornbach möchte also, dass wir eine Dokumentation auf den Blog stellen?

Unser Lehrer beugt sich runter zu seinem Laptop und in dem Moment landet ein zerknüllter Zettel vor meiner Tastatur. Ich sehe in die Richtung, aus der er geflogen kam. Marvin nickt mir zu, deutet vorsichtig auf den Zettel und nickt noch überschwänglicher. Schnell falte ich das Papier auf. *Willst du* … Weiter komme ich nicht.

»Okay, Leute, dann gebt mir mal eure Gruppen an«, will Herr Bornbach wissen. Ich verstecke die Nachricht in meiner Faust, denn er macht zwar Späßchen wie den Handtuch-Tag mit, Zettel oder Chatfenster, die während seiner Stunden geöffnet sind, stellt er dafür gerne als Scan oder Screenshot zur Strafe für alle sichtbar ins Schulnetzwerk.

Lisas Arm schießt in Sekundenschnelle nach oben.

»Ja, Lisa?«, meint Herr Bornbach.

»Ich bilde mit Jess ein Team und wir nehmen das Thema Film.«

Herr Bornbach trägt unsere Namen in die entsprechende Spalte ein.

»Was ist noch mal die Aufgabe?«, wispere ich ihr zu.

»Du hast nicht zugehört«, seufzt sie. »Bei welcher Filmfigur warst du wieder in Gedanken? Ankh?«

In diesem seltenen Fall bin ich unschuldig, doch das will ich Lisa später erklären. Wenn nicht die komplette Medienklasse, inklusive Herr Bornbach, mithört. »Hast du etwa zugehört?«, frage ich zurück.

»Klar.«

Lisa ist der einzige Mensch, den ich kenne, der Blödsinn machen und gleichzeitig im Unterricht aufpassen kann.

Die anderen Mitschüler melden sich, um ihre Themen zu wählen. Ich nutze die Chance und lese den Rest von Marvins Nachricht: *Willst du mit mir eine Gruppe bilden?*

Oh. Mist.

Marvin sucht meinen Blick und zuckt traurig mit den Schultern, während Deniz und Finn schon Ideen austauschen. Warum wollte er dann mit mir zusammenarbeiten? Nachrichten interessieren mich nicht. Ich beachte nicht einmal die fett gedruckten Schlagzeilen der Tageszeitung, die beim Frühstück das Gesicht meines Vaters verdeckt.

»Tut mir leid«, flüstere ich tonlos, worauf Marvin nickt und sich abwendet.

Lisa bemerkt unseren Austausch und zieht überrascht die Augenbrauen hoch. »Er sollte endlich mit der Sprache rausrücken. Von allein kapierst du es ...« Der Schulgong zur Fünfminutenpause unterbricht meine Freundin und ich bekomme den Rest nicht mehr mit.

Die Tür zum Medienzentrum fliegt auf, sodass der halbe Kurs erschrocken zusammenzuckt. Tom steht schnaufend im Gang und zeigt auf Lisa. »Hast wohl gedacht, du kannst dich vor mir verstecken! Ha! Meine stundenlange Suche war nicht umsonst!«, ruft er und fragt dann keuchend: »Warum trägst du kein Handtuch, Lisa?«

»Nicht Lisa, nenn mich gefälligst Nessa Faelivrin!«

Nach der Schule leihen Lisa und ich uns zuerst einen vernünftigen Mumienfilm in meiner Stamm-Online-Videothek aus, um uns von Ankh und seinem Fluch zu erholen. Danach wollen wir möglichst schnell diese Blog-Geschichte hinter uns bringen. So lautet zumindest der Plan, damit wir es uns mit unserer liebsten Mumie Imhotep gemütlich machen können. Die Arbeit fällt immer leichter, wenn die richtige Belohnung winkt.

Während Lisa also am Schreibtisch die ersten Einstellungen festlegt, sitze ich mit dem Rücken gegen mein lebensgroßes E.T.-Kuscheltier gelehnt und arbeite die Power-Point-Präsentation durch. Ich lese die Folien zwar, doch wirklich weiter helfen sie mir nicht. Das ist wie eine neue Fremdsprache, von der ich nur einzelne Floskeln verstehe, so was wie »Guten Morgen« und »Wie geht's?«. Lisa hingegen klickt und tippt, klickt und tippt, als wüsste sie ganz genau, was sie tut.

»Und wie nennen wir unseren Blog nun?«, frage ich sie.

»Nessa Faelivrins wunderbare Welt des Films.« Sie sieht dabei nicht einmal vom Laptop auf.

»Und wo ist dann mein Name?« Ich hebe E.T.s leuchtenden Finger mahnend. Mein Zimmer ist vollgestopft mit Requisiten und Fanartikeln. Die Kinoposter zu meinen Lieblingsfilmen hängen wie mit der Wasserwaage vermessen an den Wänden. Selbst das Raumschiff, das Tom mir mal gebastelt hat, weist kein Staubkorn auf.

Nach einer Weile scherzt Lisa: »Jess' Kopfkino und Nessa Faelivrins wunderbare Welt des Films Punkt com.« Ich kann ihr breites Zwergengrinsen praktisch sehen, obwohl sie mir den Rücken zuwendet.

»Sag das dreimal schnell hintereinander.«

Zu meiner Überraschung schafft Lisa es, ohne einen Knoten in der Zunge zu bekommen.

»Das ist viel zu lang, das tippt doch keiner ins Browserfenster ein«, argumentiere ich mit einem Seufzer.

»NFJ inside the movies.«

»Warum sollst du zuerst genannt werden?« Ein Blick auf unsere To-do-Liste verrät mir, dass wir so nicht weiterkommen. Ein Blick durch mein Zimmer, vorbei an Wäschehaufen, wirr gestapelten Schulbüchern und dem Pizzakarton von vorgestern Abend zeigt mir, dass ich eine eigene Liste anfangen sollte.

»Weil JNF doof klingt.« Ein letztes Schnauben und Lisa macht sich über eine Packung Kekse her. Die hat sie selbst mitgebracht, denn bis auf ein paar Notwendigkeiten wie Milch oder Kaffee herrscht in unserer Küche wie meistens gähnende Leere. »Und klar muss der Name auf Englisch sein, wir reden hier schließlich von einer Produktion internationaler Größe.«

»Der Blog liegt auf unserem Schulserver«, widerspreche ich.

Doch Lisa lässt sich nicht abbringen. »Internationale Stars gewinnen immer die Preise.«

Meine gierige Zwergenfreundin ist also im Goldrausch. »Du darfst die Seite gern auf Englisch übersetzen, ich kümmere mich um den deutschen Teil.«

Sofort verschluckt sie sich, hustet und ruft mit einer Salve Kekskrümel: »Meinetwegen in Elbisch, das verstehen bestimmt mehr Leute.«

»Und wenn du zuerst genannt werden willst, musst du mehr Aufgaben erledigen«, werfe ich ein.

»Ja, ja, wir suchen einen Titel ohne unsere Namen und die Arbeit wird gerecht aufgeteilt.«

Fast hätte ich sie gehabt. Schade. »Okay, du machst das Design, ich schreibe den ersten Artikel.«

Lisas Erwiderung geht in einem erschrockenen Husten unter. Dann hämmert sie auf der Tastatur meines Laptops herum, was ich als schlechtes Zeichen deute.

Ich lege den Ausdruck der Präsentation auf einen freien Fleck des Bodens und setze mich neben Lisa. Herr Bornbach hat jeder Gruppe bereits einen Account und ein Passwort zugeteilt, damit wir sofort mit dem Aufbau unserer Blogs loslegen können. Wir müssen uns eigentlich nur auf einen Namen einigen und ein Design erstellen, das zu unserem Thema passt. Bisher habe ich schon eine Stunde darauf verschwendet, den Unterricht von heute Nachmittag nachzuholen.

In der Zeit hätte ich mir längst die neue Folge von *Captain Calderon* reinziehen können. Bisher war die elfte Staffel unglaublich spannend und ich fürchte mich jetzt schon vor dem kommenden Cliffhanger.

»Was ist das?« Das Browserfenster zeigt überhaupt nichts an.

»Drück F5.«

»Hab ich«, meint Lisa gequält und kaut auf ihrer Unterlippe herum. Das macht sie nur, wenn etwas wirklich schiefläuft.

»Mach schon.«

Sie drückt. Unser vermeintlicher Blog lädt sich erneut, doch die Seite bleibt unverändert weiß.

»Noch mal.«

Gehorsam betätigt Lisa die Taste und nach einer gefühlten Ewigkeit erscheint: »Zeitüberschreitung beim Aufruf der Seite.«

»Wie hast du das hingekriegt?«

»Keine Ahnung.«

Ich drehe meine Schreibtischlampe in ihre Richtung, damit sie wie in diesen alten Polizeiserien direkt angestrahlt wird. »Gestehe«, fordere ich streng. »Wie hast du das hingekriegt?«

»Wirklich, Officer, keine Ahnung!« Lisa springt auf, stapft zu meinem Bett und stürzt wie von einer Kugel getroffen. »Ich habe es so gemacht, wie Bornbach es erklärt hat.«

»Sieht nicht danach aus.« So schnell entkommt sie mir nicht.

Lisa vergräbt den Kopf in einem Kissen und murmelt etwas, doch ihre Antwort wird von einem Klingeln an der Haustür unterbrochen. Für den Moment lasse ich meine Freundin in Ruhe und eile in den Flur. Mein Verhör kann ich später fortsetzen. Die Verdächtige wird definitiv keinen Fluchtversuch unternehmen.

Der Türspion offenbart mir eine weitere Überraschung, wenn auch eine positive. Sofort schiebe ich die Kette beiseite und öffne so schwungvoll, dass die Tür gegen die Wand donnert.

»Marvin!«, rufe ich überrascht aus.

»Hat ja lange gedauert, bis ihr Hilfe wolltet«, begrüßt er mich. Außerhalb der Schule trägt er eine Nerdbrille, die ich total süß finde. Doch die anderen Mädchen haben ihn so sehr geärgert, dass er im Unterricht nur noch Kontaktlinsen benutzt. »Ihr wolltet keine Gruppe mit mir, aber für den Feuerwehrmann in der Not reiche ich aus.«

»Woher weißt du, dass wir Hilfe brauchen?«, frage ich ihn. Da muss ich an das Desaster mit unserem Blog denken.

»Ich hab ihm einen Hilferuf über Skype geschickt.« Lisa taucht hinter uns auf.

»Seit wann versuchst du, den Fehler zu beheben, bevor du ihn mir gezeigt hast?«, werfe ich meiner Freundin vor. »Hast du gehofft, mir fällt es nicht auf, bevor Marvin ankommt?«

Lisa reagiert nicht darauf, sondern nimmt sich zunächst Marvin vor. »Außerdem hat Herr Bornbach auch Dreiergruppen erlaubt. Du hättest nicht mit Deniz und Finn zusammenarbeiten müssen. Oder sehe ich das falsch?«, kontert sie.

Marvin öffnet den Mund, sagt jedoch nichts.

»Lisa!«

»Nessa Fae ...«, will sie mich automatisch verbessern, aber ich schneide ihr das Wort ab. »Marvin soll uns retten, pack das Kriegsbeil wieder ein.« Ich schenke ihm ein Lächeln, das Marvin aber genauso wenig aus seiner Starre reißt. »Zum Glück bist du hier. Lisa hat es geschafft, dass nichts mehr funktioniert.«

»Das ist total übertrieben!«

»Also wie immer«, meint Marvin und schält sich aus seinem Wintermantel.

»Los, wir haben nicht den ganzen Tag Zeit!« Lisa schnappt sich seinen Arm und zieht ihn mit sich.

Der Mantel landet auf dem Boden, geistesabwesend hebe ich ihn auf. Ich denke an den Zustand meines Zimmers, und schon stelle ich mir ein Pizzakartonmonster vor, das sich durch die Teppichstadt namens *Unrat und Chaos* kämpft. Achtlos lasse ich den Mantel wieder fallen und stürme den Flur entlang. »Nicht reingehen! Ich muss noch …!«

Irgendwie drängle ich mich an den beiden vorbei und schaffe es, eine Schneise frei zu räumen, bevor Marvin eintritt. Bei Lisa ist es mir egal, wenn sie meine Unordnung sieht, doch kein Junge sollte meine zusammengeknüllte Wäsche entdecken. Schnell verbanne ich den Berg hinter die Kleiderstange und platziere E.T. wie einen Wächter davor. »Ein Blick dahinter und ihr werdet es bereuen«, scheinen seine Augen zu sagen.

»Wenn du auf der Schwelle stehen bleibst, bist du keine Hilfe«, meckert Lisa, die sich mit ihren Keksen auf mein Bett verzogen hat.

Marvin aber schaut zur Decke. Er kennt meine »Ich muss noch aufräumen«-Attacken bereits.

»Komm rein«, gebe ich Entwarnung.

Sofort kümmert er sich um den Blog, während ich mich zu Lisa setze und vor Anspannung die Hände ringe. Falls Marvin das nicht wieder hinkriegt, wird Herr Bornbach in der nächsten Stunde jeden einzelnen Schritt mit uns durchkauen, bis wir es den restlichen Kursmitgliedern erklären können. So eine harte Strafe habe ich nicht verdient.

»Was habt ihr da angerichtet?«, fragt Marvin nach ein paar Minuten.

»Wieso? Wie schlimm ist es?« Ich klinge wie die aufgescheuchten Angehörigen, die in amerikanischen Fernsehserien vor den OP-Sälen ausharren.

»Als wäre Godzilla durch den Quellcode gestapft und hätte euer Design mit seinem Laserstrahl verdampft.«

»Wird er es überleben?«, wispere ich theatralisch.

Lisa grunzt, während Marvin die Stirn runzelt. Ich fürchte schon, dass es hoffnungslos ist. Wenn er eine gute Nachricht hätte, würde er nicht so ein ernstes Gesicht machen. Die Ärzte in diesen Serien schweigen immer und suchen nach den richtigen, tröstenden Worten. Wir haben den Patienten verloren.

»Natürlich kriege ich es hin.«

Am liebsten wäre ich Marvin vor Erleichterung um den Hals gefallen, aber er macht sich schon an die Arbeit. Also wende ich mich an Lisa und bohre ihr zur Strafe meinen Finger in die Seite.

»Ich habe nie gesagt, dass ich weiß, was ich tue«, brummelt sie.

»Trotzdem wolltest du als Erste genannt werden.«

»Macht mal Platz.« Marvin drängt sich mit dem Laptop plötzlich zwischen uns. »Passt bitte genau auf, sonst darf ich morgen wieder alles reparieren und ich ...«

»Als ob dich das stören würde«, erwidert Lisa.

Marvin führt seinen Satz nicht zu Ende, unschlüssig verharren seine Finger über der Tastatur.

»Hör nicht auf sie.« Lisa hat ihren Namen definitiv im Blogtitel verspielt. Warum ärgert sie ihn, obwohl er uns aus der Patsche hilft?

Meine Freundin verfällt erneut in ein fröhliches Gackern, doch ich habe den Zwergenwitz scheinbar verpasst. Marvin und ich tauschen einen fragenden Blick, was ihr Gelächter nur steigert.

»Erzählt mal, wie der Blog aussehen soll.« Er konzentriert sich wieder auf den Bildschirm. »Eine Seitenspalte? Zwei? Wollt ihr eine feste Startseite? Und wie habt ihr das Menü geplant?«

»Eine Filmrolle, die sich im Hintergrund abspult«, schlage ich vor.

»Die Argonath-Wächter im Panorama«, schwärmt Lisa.

»Nein, die Stuhlreihen des alten Chinese Theatre.«

Marvin nickt und wartet, ob noch mehr Wünsche kommen.

»Und das Menü?«, wiederholt er geduldig.

»Wir brauchen einen Unterpunkt für Kritiken. Mir juckt es in den Fingern, was zu *Mummy Love* zu schreiben«, merke ich an.

»Und sonst?«

Im Gegensatz zu uns blutigen Anfängern betreibt Marvin seit einiger Zeit einen Blog über Videospiele. Wenn auf Events Spiele vorgestellt werden, berichtet er darüber. Genauso wie er Komplettlösungen einzelner Abschnitte online stellt. Oder manchmal filmt er auch, wie Deniz, Finn und er zocken und gleichzeitig den Spielverlauf kommentieren. So ist Marvin fast zu einem Blogger-Profi geworden. Für ihn werden die nächsten Wochen bestimmt ein Kinderspiel.

Hmm. Wie könnten wir unseren Blog gestalten? Für den Moment lasse ich mich zurücksinken und schließe die Augen. Doch statt mich auf das Design zu konzentrieren, stelle ich mir eine Mumie vor. Ihre Bewegungen sind abgehackt, ihre Gliedmaßen und die unzähligen Bandagen glänzen feucht, als würden sie aus Knete bestehen.

»Womit fangt ihr an?«, fragt Marvin weiter, die Hoffnung nicht aufgebend, dass wir schon einen Plan ausgearbeitet haben.

Fasziniert betrachte ich die Mumie in meinem Kopfkino.

»Na, mit den Anfängen des Films«, antworte ich langsam. »Womit denn sonst?«

Mit einer Hand umfasst die Mumie einen Krummsäbel. Den Mund zu einem stummen Schrei aufgerissen, hebt sie den Säbel an.

»Woran denkst du?«, möchte Marvin auf einmal wissen.

»Nichts Bestimmtes.« Die Mumie starrt mich aus bandagierten Augen so intensiv an, dass mir eine Gänsehaut über die Arme fährt. Als würde sie auf etwas Bestimmtes warten. Was will meine Fantasie mir damit sagen?

»Wenn's hilft, den Wettbewerb zu gewinnen, spuck's aus.«

»Eine Mumie. Aus Knete, glaube ich.«

Marvin stoppt beim Tippen, schweigt jedoch.

»So heiß, dass du ständig von ihm träumen musst, war Ankh nun wirklich nicht, Jess«, neckt mich Lisa.

»Ankh ist mir so was von egal«, betone ich, setze mich wieder auf und reibe mir über die Augen. Warum meine Gedanken mir eine Knetmumie präsentieren, kann ich auch noch später herausfinden.

»Imhotep-Imhotep«, brummt Lisa und spielt eine Art Trancezustand vor, woraufhin ich breit grinse.

»Zurück zum Thema«, erinnert Marvin uns.

»Was macht ihr eigentlich für einen Blog?«, geht Lisa in die Offensive. Um von ihren Fehlern abzulenken, stellt sie gern Gegenfragen. Nach drei oder vier Themenwechseln vergesse ich immer, warum ich sauer auf sie war.

»Finn und Deniz wollen ein Onlineradio aufziehen.« Vorsichtig schaue ich Marvin über die Schulter. Das Grunddesign ist wieder aufgetaucht, stelle ich erleichtert fest.

»Ihr hattet euch doch für Nachrichten entschieden?«

»Wir konnten uns dabei auf nichts einigen, also ziehen wir jetzt einen Rollenspiel-Podcast auf.«

»Klingt lustig.«

»Und die beiden brauchen dich nicht?«, fragt Lisa weiter.

Er lächelt gelassen. »In dieser Minute sind sie gerade dabei, die Titelmusik mit einer Okarina aufzunehmen. Ich glaube, das machen sie nur aus Protest, weil Bornbach uns Games verboten hat. Einer spielt, der andere rappt dazu.«

Wie von mir vermutet, hakt Lisa nach, was eine Okarina sein soll, und Marvin verfängt sich kurz in einem Monolog über die kleinen Kugelflöten. Dennoch lässt er sich nicht ablenken. »Sollten wir uns nicht um euren Blog kümmern?«

Ich lehne mich gegen seinen Oberarm und beobachte beeindruckt, wie er den Quellcode der Seite verändert. Dann schweift mein Blick über das Filmmuseum in meinem Zimmer und ich verweile in Gedanken bei der schauerlichen Knet-Mumie. »Ich weiß einen Namen.«

»Lass hören? Nessa Faelivrin behind the scenes?« Die Matratze wippt, Lisa setzt sich schlagartig aufrecht hin.

»Nein.« Ein breites Lächeln bekräftigt meine Idee. »Wir nennen unseren Blog *movies on my mind.*«

13. FEBRUAR, 20:57 Uhr, verfasst von moviesonmymind

– HALLO WELT. –

Okay, hallo Welt. Das ist so eine Voreinstellung, das haben wir uns nicht ausgedacht. Unser Lehrer findet das bestimmt witzig. Aber wir zweifeln sehr, dass die gesamte Welt diese unglaubliche Notiz zu lesen bekommt.

Hello world, bonjour tout le monde, Nǐ hǐo shìjiè. So, jetzt stehen die Chancen zumindest höher. Danke, google translator.

Und nun zu den wichtigen Dingen: Wir sind Jess und Lisa, die Verantwortlichen hier. Vollkommen gleichberechtigt, es könnte genauso Lisa und Jess heißen. Wir sind zwei sechzehnjährige Nerds aus Berlin und wir LIEBEN FILME. So sehr, manchmal würden wir gerne darin leben. Ihr kennt doch bestimmt diese Momente, wenn's im Film einfach schöner wäre als … der ganze Rest halt.

Daher wird's hier um die neuesten Blockbuster gehen, Merchandise und alles, was das Nerd-Herz braucht. Findest du gut? Super, dann darfst du gerne bleiben! :)

Jessica und Lisa von moviesonmymind

3. Kapitel

Bevor Computeranimationen zum gängigen Mittel wurden, revolutionierte die Stop-Motion-Technik die Welt des Films. Ray Harryhausen ließ aus vielen Einzelaufnahmen von Knetfiguren oder Monsterpuppen eine Illusion von Bewegung entstehen, wie man sie in der zweiten Hälfte des zwanzigsten Jahrhunderts so noch nie gesehen hatte, und erschuf Fabelwesen, Dinosaurier, Geister …

Ich starre die Zeilen auf meinem Laptopbildschirm an, kann jedoch keinen Fehler finden. Das Thema fühlt sich richtig an, die Umsetzung sperrig. Wie genau soll ich darüber berichten? Und wie nicht?

»Das klingt noch nicht gut, irgendwie trocken«, murmle ich vor mich hin, während ich darauf warte, dass der Timer des Backofens klingelt. Meine Tiefkühl-Cannelloni duften schon durch die halbe Wohnung. »Und eigentlich müsste ich auch Méliès erwähnen«, grüble ich und schiebe mir meine violette Strähne hinters Ohr.

Dank Marvin funktioniert das Design unseres Blogs, jetzt liegt es an mir, den ersten Artikel zu schreiben. Da ich mich mit den Anfängen beschäftigen wollte und garantiert niemand aus unserer Medienklasse Harryhausen kennt, fand ich eine Vorstellung über ihn passend. Doch nun stecke ich bereits nach den ersten Absätzen fest.

Marvin möchte ich nicht erneut um Hilfe bitten, immerhin hat Lisa ihn ihren kompletten Teil der Hausaufgabe erledigen lassen.

Ich schiebe meinen Laptop ein Stück nach hinten auf den Küchentresen und werfe einen weiteren Blick auf den Timer des Backofens. Auch ohne tickende Zeitbombe kann ich mich schlecht konzentrieren. Wenn die Anzeige auf null schaltet, passiert ja nichts Schlimmes, außer dass mein Mittagessen fertig ist. Trotzdem lässt sich der Druck nicht abschütteln. Ich will, dass mein Blogartikel gut wird, er muss es einfach.

Mein knurrender Magen erinnert mich außerdem an die Stunden, die vergangen sind, seit ich meinen Vater zuletzt gesehen habe. Zwar habe ich im Halbschlaf das typische Klirren seiner Schlüssel gehört, bin mir jedoch unsicher, wie spät es letzte Nacht gewesen ist. Und heute Morgen empfing mich eine Nachricht am schwarzen Brett in der Küche: *Bin für einen Abschluss ins Büro. Könntest du schon mal einkaufen?*

Da ist mir gleich der Appetit aufs Frühstück vergangen.

Vielleicht ist es peinlich, immerhin bin ich bereits sechzehn, trotzdem wünsche ich mir insgeheim, dass mein Vater mehr Zeit für mich hat. Dass ich keine Notizen und angehefteten Fünfzig-Euro-Scheine vorfinde, sondern wir zusammen einkaufen. Ich vermisse unser gemeinsames Kochen. Gut, früher endete es regelmäßig in einer Katastrophe, die Nudeln waren pappig, die Fischstäbchen hart wie Ziegelsteine und die Tomatensoße angebrannt. Aber selbst das schmeckte im Beisein meines Vaters tausendmal besser, als alleine in einem Tiefkühlprodukt herumzustochern.

Mein Versuch zu kochen wurde einmal von einer Rauchsäule und dem Anspringen des Rauchmelders gekrönt. Allein verkohlte Reste essen, das muss ich echt nicht wiederholen.

Die Küchenuhr tickt gemütlich weiter, doch die Lösung, wie ich meinen Blogartikel verfassen soll, will nicht kommen. Also werde ich nachhelfen müssen.

In der hintersten Ecke unterhalb meines Bettes bewahre ich zwei Schuhkartons auf. Gut versteckt hinter anderem Kram, damit mein Vater sie nicht zufällig entdeckt. Zuerst ziehe ich den kleineren hervor und hebe vorsichtig den Deckel an. Im Innern bewahre ich Erinnerungsstücke aus meiner Kindheit auf. Eine perlmuttweiße Muschel, ein altes Märchenbuch, ein Schreibfüller mit einer völlig verbogenen Spitze, weil Marvin und ich uns wie Schwertkämpfer duellierten. Am Boden der Schachtel liegt ein Umschlag, den ich heute nicht zu öffnen wage. Ich versichere mich, dass er noch da ist, und verschließe den Karton sorgfältig.

Abgesehen von meinem Zimmer, das an ein Filmmuseum erinnert, sieht unsere Wohnung aus wie eine Männer-WG. Keine Dekoration. Keine Bilder. Keine Zimmerpflanzen. Alles ist praktisch und funktional.

Doch ich weiß, dass es all diese Sachen mal gegeben hat. Ich erinnere mich an ein riesiges grünes Gestrüpp, das im Wohnzimmer wucherte, erinnere mich an bunte Souvenirs, und wenn ich genau hinsehe, erkenne ich die helleren Flecken an den Wänden. An den Stellen, wo mal Bilderrahmen hingen. Doch die Fotos sind verschwunden, zusammen mit meiner Mutter aus meinem Leben gerissen. Bis auf zwei Stück. Zwei Fotos, die ich in einem Umschlag in der hintersten Ecke meines Zimmers und meines Herzens aufbewahre. Vor allem aus Angst, dass sie mir auch weggenommen werden.

Im zweiten Karton finde ich, was ich für einen Motivationsschub brauche. Meine alte Gummifigur eines T-Rex. Die bewegbaren Glieder haben mich als Kind total fasziniert, jetzt können sie mir bei Harryhausen weiterhelfen.

Zurück in der Küche greife ich mir einen Topf, eine Zuckerdose und den Messerblock, um so eine provisorische Filmstadt auf dem Küchentresen zu errichten. Früher besaßen Filmemacher auch nur eine bemalte Leinwand als Kulisse. Schnell reiße ich eine Gummibärchentüte auf, stopfe mir ein paar in den Mund und verteile den Rest so, als würden sie panisch flüchten. So viel zum Set. Jetzt kommt der schwierigste Teil von Harryhausens Stop-Motion-Technik.

Ich platziere den Dino in seiner Ausgangsposition und greife nach meinem Smartphone. Das erste Foto ist schnell geschossen, zur Sicherheit mache ich ein zweites. Dann bewege ich den Arm meines T-Rex ein winziges Stück, gehe in Position und mache ein weiteres Foto. Den Arm einen Millimeter verrücken, Foto machen, noch ein Stückchen.

Für ein flüssiges Video braucht man ungefähr fünfundzwanzig Einzelbilder pro Sekunde. Schnell rechne ich im Kopf hoch. Eine Bewegung über vier Sekunden macht also hundert Fotos. Aber vier Sekunden sind nichts, das ist vielleicht ein Schritt meines T-Rex. Das dauert eine Ewigkeit!

»Entweder war der Mann sehr geduldig oder ihm war sehr oft langweilig«, scherze ich und schließe die Kamera-App. Selbst wenn ich schnell durch die Galerie wische, sieht meine Variante lediglich verruckelt aus. Und der Winkel ist bei jedem Bild ein bisschen anders.

Trotzdem starte ich einen zweiten Versuch, der genau wie der erste endet.

Wie man sieht, macht das viele Alleinsein schon seltsame Dinge mit mir. Lisa und Marvin sind gestern noch bis spät am Abend geblieben, daher kann ich nicht erwarten, dass sie gleich wieder bei mir aufschlagen. Doch mit einem Vater, der ständig und immer arbeitet, ist unsere Wohnung häufig leer und still. Dann höre ich nur das Brummen des Kühlschranks, das Ticken einer Uhr oder manchmal den Fernseher unserer Nachbarn. Früher hat die Stille mich aufgefressen, ich habe Nachmittage lang auf dem Teppich gelegen und mich gefragt, warum mein Vater keine Zeit mit mir verbringt. Warum der Lkw-Fahrer dem Unfall mit der Straßenbahn ausgewichen ist, sein Fahrzeug nach links ausbrechen ließ und meine Mutter frontal erwischte. Was geschehen wäre, wenn er nach rechts gesteuert hätte ...

Bis ich angefangen habe, ins Kino zu flüchten. Dort ist es nie still und immer voller Menschen.

Nach einem dritten Versuch gebe ich es auf, die Technik nachzumachen, ich würde bestimmt Jahre brauchen, sie zu beherrschen. Müsste ich Stop-Motion für eine normale

Hausaufgabe erklären, würde ich einfach einen Film im Unterricht zeigen. Aber ein Blogartikel nur mit dem Satz, welche DVD ich empfehle, wird Herrn Bornbach bestimmt nicht reichen.

»Jessica?«, fragt plötzlich die Stimme meines Vaters. »Was machst du da?«

»Hausaufgaben?«, quietsche ich erschrocken. Mein Blick fällt auf die aufgereihten Gummibärchen auf dem Küchentresen und den uralten Spielzeugdinosaurier.

»Hausaufgaben?«, wiederholt er ungläubig.

Tatsächlich steht mein Vater neben mir in der Küche, wie aus dem Nichts aufgetaucht. Der Krawattenknoten sitzt locker, die Lesebrille sehe ich nirgends und der wohl deutlichste Hinweis für seinen Feierabend ist die Plastiktüte in seiner Hand. Sofort erkenne ich die silbernen Transportschalen und das Logo unseres Lieblingsitalieners am Potsdamer Platz.

»Warum bist du schon zu Hause?«, frage ich dennoch verblüfft. Langsam lasse ich das Smartphone hinter meinen Rücken verschwinden, wie um Beweise zu vernichten.

»Wollten wir nicht was unternehmen?«, erwidert mein Vater.

»Du hast geschrieben, du hast einen Abschluss, der ...«

Er geht zum schwarzen Brett und hält mir die Rückseite seines Zettels vor die Nase.

»Ich mache um zwölf Uhr Schluss, damit wir noch was unternehmen können«, lese ich laut vor.

Mein Vater schenkt mir ein Stirnrunzeln, das so gar nicht zu seinem feinen Businessanzug passt. Betrachtet man nur sein Gesicht, sieht man den typischen Erziehungsberechtigten mit vorwurfsvollem Elternblick. Der Rest von ihm erinnert eher an die versnobten Superreichen, deren Geld er bei seinem Job in der Bank verwaltet.

Ich stopfe die Hände in die Bauchtasche meines Sweaters, um sie nicht defensiv vor der Brust zu verschränken. »Woher soll ich wissen, dass da was auf der Rückseite steht? Wie wäre es mit einer Markierung? Einem Pfeil oder so?« Eigentlich möchte ich nicht pampig klingen, aber nun piept der Backofentimer, und ich fühle mich überrumpelt. Ich hatte mich bereits damit abgefunden, den Samstag allein zu verbringen. Da taucht mein Vater auf und schmeißt alle meine Pläne über den Haufen, als hätte ich nur darauf gewartet.

Nicht, dass ich überhaupt Pläne gehabt hätte. Aber darum geht es ja nicht.

»Verrätst du mir noch, warum du einen Dino fotografierst?

»Nö.« Genervt packe ich meinen Laptop und halte ihm den Bildschirm entgegen. »Ich mache Hausaufgaben«, maule ich.

Als seine Augen über die Zeilen fliegen, klappe ich ihn schnell zu. Ich bin noch nicht bereit, meine Worte irgendwem zu präsentieren. Deshalb bringe ich meinen Laptop und das Spielzeug in mein Zimmer, aber als ich zurückkomme, wartet mein Vater geduldig an Ort und Stelle.

»Also, wie sieht's bei dir aus, Jessica? Ich verhungere gleich.« Damit scheint das Thema für ihn beendet und freiwillig werde ich bestimmt nicht darauf zurückkommen.

Mit den TK-Cannelloni landet auch meine Laune im Müll. Nur das mitgebrachte Essen meines Lieblingsitalieners rettet mich vor einem absoluten Stimmungstief. Obwohl ich eigentlich noch eine Weile schmollen will, sind scharfe Spaghetti mit Scampi und frischem Parmesan ein sehr gutes Argument, fröhlich zu lächeln. Immerhin kennt er mein Lieblingsessen.

Während mein Vater von seinem Finanzgeschäft erzählt, höre ich nur halb zu. Mit der Gabel im Mund antworte ich kurz angebunden auf seine Nachfragen nach dem Verlauf meiner Woche. Mein »Wie immer« stört ihn nicht, er nimmt es mit einem Nicken zur Kenntnis, bis er sich nach dem Ergebnis des Physiktests erkundigt.

Schnell schiebe ich mir eine viel zu große Ladung Nudeln in den Mund und gebe vor zu kauen. Mein Vater durchschaut das Manöver natürlich auf den ersten Blick.

»Eine Drei«, nuschele ich gequält.

»Da musst du dich beim nächsten Mal besser anstrengen, Jessica. Soll ich dir vielleicht einen Nachhilfelehrer besorgen?«

Genau aus diesem Grund weiche ich in letzter Zeit Gesprächen aus. Keine halbe Stunde sitzen wir zusammen am Tisch und schon hat er etwas an mir auszusetzen. Ich werde nie eine geniale Physikerin sein, Nachhilfe brauche ich trotzdem nicht.

»Ich hab keinen Hunger mehr«, stoße ich hervor und lasse die Gabel klirrend auf meinen Teller fallen. Ich will nur noch in mein Zimmer verschwinden. Doch als mein Vater mir ein »Zieh dich warm an« hinterherruft, stürme ich los und packe mich in meine Wintersachen. Warm anziehen, überlege ich und hole meine Boots hervor. Was könnte er vorhaben?

Schlittschuhlaufen!

Ich bin hoffnungslos. Einerseits existiert eine seltsame Barriere zwischen mir und meinem Vater, als wäre die einzige Schnittmenge unserer Leben der Aufenthalt in unserer Wohnung. Eine erschreckend winzige Schnittmenge, da ich regelmäßig ins Kino flüchte und er sich auf seiner Arbeit nicht losreißen kann. Oder will.

Andererseits freue ich mich wie ein kleines Mädchen am Weihnachtsabend, wenn er mal Zeit für mich hat.

»Kann losgehen!« Wie mit Lichtgeschwindigkeit tauche ich wieder in der Küche auf, Parka und Handschuhe bereits angezogen, obwohl mein Vater noch isst.

Wirklich hoffnungslos.

Die Freude, endlich mit ihm Schlittschuhlaufen zu gehen – was wir diesen Winter ständig verschoben hatten –, verschleiert mein Urteilsvermögen. Deshalb bemerke ich zunächst auch gar nicht, dass wir in die falsche Richtung fahren.

Denn mein Vater fährt mit mir in den Zoo. In den Zoo.

Die Freude darüber, mit ihm etwas zu unternehmen, verschwindet sofort. Ich fühle mich wie bei einem Sturz aus großer Höhe, der Fall ist schnell, der Aufprall schmerzhaft. Trotzdem frage ich nach, ob »Zoo« vielleicht ein Codewort für etwas anderes sei. So, wie Spione sich in Filmen mit seltsamen Sätzen wie »Oh, die Sonne blendet, dabei habe ich meinen Regenschirm vergessen« austauschen.

»Frische Luft wird uns beiden guttun«, entgegnet mein Vater bloß.

Er wirkt müde, als habe dieses Geschäft mit den Chinesen viel Schlaf gekostet. Aber sobald er meinen Blick von der Beifahrerseite aus spürt, dreht er sich kurz zu mir, bevor er sich wieder auf den Verkehr konzentriert.

Und lächelt flüchtig. Es dauert nur einen Sekundenbruchteil, doch es entgeht mir nicht.

Wann habe ich ihn das letzte Mal lächeln gesehen? So richtig? Ernsthaftigkeit umgibt ihn wie eine Schutzhülle, die alles, was darunter liegt, verbirgt. Was auch immer das sein mag. Geduldig, ruhig, so würde ich ihn beschreiben, meistens streng darauf bedacht, Regeln und Abläufe einzuhalten.

Unsere Auffassungen von Spaß gehen meilenweit auseinander, der heutige Tag liefert einen weiteren Beweis dafür. Trotzdem lächelt er. Er hält den Zoo für ein tolles Ausflugsziel.

Aber Spaß bringt es definitiv nicht. Ich friere bei jedem Windstoß, der durch die breiten Gänge braust, und beneide die Tiere, die sich in ihre Gehege zurückziehen können. Gemütlich durch den Zoo zu spazieren, hält nicht annähernd so warm wie die Bewegung beim Schlittschuhlaufen, und schnell bereue ich meine Kleiderwahl. Ich wünsche mir einen dickeren Pulli und eine Strumpfhose herbei und frage mich, ob wir die einzigen Besucher sind. Bisher sind wir nur auf einen alten Mann auf einer Bank gestoßen und einen Fotografen, der die Eisbären beobachtete.

Mein Vater scheint ebenfalls ein Eisbär zu sein.

Mit jedem Schritt losgelöster, taut er bei diesem Wetter erst richtig auf, während ich zu erstarren drohe. Er deutet fröhlich auf karge Bäume, weil er mir irgendetwas zeigen möchte, ich dagegen hoffe schweigend, dass kein Schnee aus den grauen Wolkentürmen fällt. Ich spiele mit, weil er glaubt, mir eine Freude zu machen. Doch lange kann ich meine schlechte Laune nicht mehr unterdrücken. Den Aufenthalt im wohlig warmen Vogelhaus zögere ich hinaus, aber als mein Vater sich auf ein Geländer stützt, das eine völlig leere Wiese umschließt, und meditativ in die Ferne starrt, muss ich mir regelrecht auf die Zunge beißen.

»Schau, ein Büffel«, meint er ehrlich begeistert, während ein zotteliges Ding vorbeitrottet, eine Runde dreht und wieder verschwindet.

Verschwinden würde ich auch gern. Wenigstens zurück ins Auto, da könnte ich die Heizung aufdrehen. Stattdessen zappele ich auf der Stelle, um mich zu wärmen.

»Das ist kein Büffel«, ich zeige auf das Schild neben uns, »sondern ein Bison.« Meine Stimme klingt frostig, so frostig wie dieser Februartag. Trotz meiner Boots friere ich erbärmlich. Ja, ich besitze ein zweites Paar Schuhe, obwohl Antonia es selbst vor Gericht bestreiten würde. Allerdings trage ich sie auch nur, wenn die Temperaturen unter null Grad fallen, was in Schulgebäuden äußerst selten vorkommt.

Mein Vater sieht noch einen Moment in die Ferne, dann spannt er die Schultern an und richtet sich mit einem Seufzer auf. »Warum gefällt dir das nicht, Jessica?«

Ernsthaft jetzt?

»Ich bin nicht mehr acht.« Die Stimmung zwischen uns beiden ist schon angespannt genug, aber dank meiner Freunde weiß ich, dass ein Ausflug Spaß machen soll. Und dass ich auch mal meckern darf, wenn das nicht der Fall ist. Sonst würde Tom mich immer noch zu den Release-Partys der neuen Staffeln von *Captain Calderon* schleppen, wo man sich nur mithilfe von Zitaten aus der Serie unterhalten darf.

»Wir hätten was anderes machen können«, stelle ich fest, spreche jedoch nicht aus, dass ich erwartet hatte, endlich mit ihm Schlittschuhlaufen zu gehen. Ziemlich kindisch, ich weiß. Trotzdem wünscht sich ein Teil von mir, dass mein Vater es nicht vergessen hat.

»Was denn?«

Ich beiße mir auf die Lippen, bevor ich antworte.

»Sind nicht gerade Schwimmmeisterschaften in der Stadt? Oder wir hätten ins Filmmuseum gehen können. Außerdem hat Olaf schon dreimal gefragt, warum du dich kaum mehr blicken lässt. Er hat heute frei, wir hätten ...«

»Es dreht sich bei dir immer nur ums Kino.«

»Klar, weil ich eben oft da bin. Olaf hätte sich wirklich gefreut, wenn ...«

»Hast du kein anderes Thema?«, fällt mein Vater mir ins Wort.

»Ist das so schlimm?«, fauche ich zurück. Heftiger als beabsichtigt, weil ich genau weiß, was jetzt kommt.

»Ich will nur nicht, dass du dich komplett auf das Kino versteifst. Es gibt so viel mehr, das du machen kannst. Anstatt dich in Träumen und Wolkenschlössern zu verlieren. Filme sind nichts Reales.«

Da ist sie wieder. Die Rede, dass Filme nichts mit der Realität zu tun haben und ich nichts von ihnen lernen kann. Mach was Neues, probier doch mal – füge hier einen x-beliebigen Begriff ein, der als Hobby dienen könnte. Diese Predigt hält mein Vater mir seit einer Ewigkeit. Egal, wie oft ich ihm erkläre, dass Filme nun mal meine Leidenschaft sind und mich nichts anderes wirklich interessiert, er beharrt darauf, dass ich zu jung sei, um mich auf eine Sache festzulegen.

Und das wiederholt ausgerechnet er gebetsmühlenartig, der seit der Schule in Schwimmvereinen ist. Der dreimal die Woche wie ein Fisch seine Bahnen zieht und sämtliche anderen Sportarten einfach ignoriert. Aber ich verkneife es mir, ihn darauf hinzuweisen. Mein Vater würde entweder »Beim Sport wird man über die Jahre erfahrener« oder »Dadurch bleibe ich fit« antworten.

»Vielleicht macht dir was anderes noch mehr Spaß, Jessica. Dazu musst du aber auch mal was Neues ausprobieren.« Damit beendet er seine Predigt und zeigt auf den davonschleichenden Bison. Ich schnaube lediglich und mein Atem bildet weiße Wölkchen in der kalten Luft. Mein Vater hofft wohl, dass ich Filme eines Tages leid bin. Darauf kann er allerdings lange warten. Manchmal habe ich das Gefühl, dass meine Leidenschaft für den Film mir sogar mehr beibringt als die Schule. Doch das würde ich vor meinem Vater nie erwähnen. Sonst verdonnert er mich wirklich noch zur Nachhilfe.

»Mein Interesse für Zotteltiere hält sich in Grenzen. Aber ich probier gerade tatsächlich was Neues aus«, kontere ich und setze mich auf die freie Bank hinter uns. »Oder eher, ich probier es gerade mit Lisa aus.«

Mein Vater horcht auf und folgt mir. Mit Mühe verkneife ich mir ein Lächeln, da mein geheimer Plan aufgeht. Die Bank besteht praktisch aus Eis, sodass die Kälte bereits durch meinen Parka dringt. Daher stehen die Chancen gut, dass er ebenfalls zu frieren beginnt, wir den Zoobesuch abblasen und irgendwo einen Kaffee trinken gehen, um uns wieder aufzuwärmen. Meine tiefgefrorene Laune und ich hätten nichts gegen ein Stück Kuchen einzuwenden. Mit Sahne.

Plötzlich grinse ich glücklich, als ich an Lisas und meinen Blog denke. Zwar verstehe ich nicht halb so viel davon wie Marvin, trotzdem begeistert mich die Möglichkeit, mit wie vielen Filmfans ich mich demnächst austauschen kann.

»Und? Erzählst du es mir noch?«, möchte mein Vater wissen. »Oder sind die Lippen schon zugefroren?«

Ich rümpfe die Nase und erzähle ihm von unserem Blog und dem Projekt der Medienklasse.

»Und auf wen läuft das Impressum?«, fragt mein Vater ernst. Leider scheint er völlig kälteresistent. Er reibt sich nicht einmal die Hände.

»Keine Ahnung. Brauche ich so was?«

Er nickt. »Ich möchte nicht, dass du unsere Adresse ins Internet stellst, Jessica.«

Da ist es wieder. Dieser mahnende Tonfall, als sei ich ein Kind, auf das jede Sekunde aufgepasst werden muss, weil es sonst nur Unsinn anstellt.

»Herr Bornbach hat nichts davon gesagt, daher läuft das bestimmt über die Schule«, erwidere ich genervt.

»Das will ich auch hoffen.«

»Jahaaa.«

Mein Vater hebt nur verwundert die Augenbrauen. »Das ist eine ernsthafte Angelegenheit, Jessica. Es gibt viel zu viele Verrückte im Internet. Leute, die Adressen sammeln oder Identitäten klauen.«

»Ja doch.«

»Habt ihr euch über Bildrechte informiert?«

Mein Schweigen deutet er richtigerweise als Nein.

»Also nicht. Wenn du möchtest, frage ich einen befreundeten Anwalt, der kann dir und Lisa ...«

»Papa! Du machst es unnötig kompliziert. Das ist ein Schulprojekt. Marvin bloggt seit zwei Jahren und hat keinen Anwalt irgendwas gefragt. Wer soll sich groß aufregen, wenn ich ein Foto oder ein Kinoposter auf dem Blog einstelle? Das findet eh keiner.«

»Schon wieder Filme«, stellt mein Vater fest. »Immer dreht es sich um dieses leidige Thema.«

»Ehrlich, ich dachte, du freust dich und würdest mich dabei unterstützen.« Ich schenke ihm einen verwunderten Blick. Ein Windstoß lässt die kahlen Äste klappern, fährt mir bis in die Knochen.

Doch anstelle eines Zeichens von Freude verschränkt er die Arme und sieht mich streng an. »Damit das klar ist, dieser Blog ist keine Ausrede dafür, noch mehr Zeit im Kino zu verschwenden oder nächtelang Filme zu gucken.«

Seine Reaktion ist mal wieder völlig übertrieben, aber ich

schweige trotzig. Anstatt diese seltenen gemeinsamen Stunden für eine Unterhaltung zu nutzen, muss er mich ständig belehren. Das nervt.

»Genauso wenig solltest du deswegen ununterbrochen vor dem Internet hängen, das richtige Leben …«

Inzwischen zittere ich nicht nur vor Kälte, sondern auch vor Wut. Den Rest seiner Ansprache blende ich aus. Das ist neben dem Kopfkino meine zweite Superkraft: eine integrierte Stummtaste. Kombiniert mit einer Stur-in-die-Ferne-starr-Technik kann ich alles Mögliche komplett ignorieren. Leider muss ich das bei meinem Vater viel zu oft anwenden.

»Hörst du mir überhaupt zu, Jessica?« Er steht plötzlich vor mir, überragt mich, als wäre er mir haushoch überlegen. Ich kann seinem Blick nicht ausweichen, sodass mein Trick nutzlos wird. Unter erschwerten Bedingungen brauche ich wohl mehr Übung.

»Mir reicht's.« Schnell springe ich auf, trotzdem fühle ich mich klein. Wieder hat er diesen verkniffenen Gesichtsausdruck. Ich kann ihm einfach nichts recht machen.

»Ich fahr zu Lisa, die findet es super, dass ich diesen Blogartikel schreibe.« Zornig funkele ich ihn an. »Der übrigens genial wird und vernünftig recherchiert ist, aber dich garantiert nicht interessiert. Ich bespreche nämlich was Filmgeschichtliches. Und das ist richtige Geschichte, auch wenn du es immer wieder abstreitest.«

Bevor ich mich umdrehe, höre ich die leise, aber bestimmte Stimme meines Vaters. Ich erwarte eine Entschuldigung, doch stattdessen sagt er nur:

»Jessica, es ist schon spät.«

»Na und?«, presse ich hervor.

»Ich möchte nicht, dass du im Dunkeln alleine unterwegs bist.«

»Ich bin keine acht mehr!«, wiederhole ich mich und stapfe los. »Und zu deiner Info: Ich werde bei Lisa schlafen.« Für Tage wie diesen habe ich immer eine Notfalltasche zum Übernachten bei meiner Freundin gebunkert. Weil ich entweder die Stille in unserer Wohnung nicht aushalte oder ich mich mal wieder mit meinem Vater gestritten habe.

Einer der Ausgänge des Zoos kommt in Sicht, und ich schicke Lisa kurz eine Nachricht, dass ich auf dem Weg zu ihr bin. Klar, bis gleich – ihre Antwort braucht keine zehn Sekunden.

Trotzdem drehe ich mich noch einmal zu meinem Vater um. Doch ich kann ihn zwischen den wenigen Besuchern, die sich bei dem eisigen Wetter hierher verirrt haben, nirgendwo entdecken. Wie so oft, wenn ich mich mit ihm über Belanglosigkeiten streite, frage ich mich, wie der Tag verlaufen wäre, wenn der Lkw-Fahrer damals nach rechts ausgeschert wäre. Meine Mutter hätte bestimmt gewusst, dass ich unbedingt Schlittschuh laufen wollte. Meine Mutter hätte nicht einfach was auf die Rückseite eines Notizzettels geschrieben, ohne einen Hinweis zu hinterlassen. Außerdem wäre meine Mutter bestimmt immer pünktlich zu Hause gewesen und hätte die Arbeit mir nie vorgezogen.

Bestimmt wäre meine Mutter nicht verschwunden, sondern hinter mir hergelaufen, um das Missverständnis zu klären.

Das Einzige, was mein Vater meisterlich beherrscht, ist sich zu sorgen. Das ist auch alles. Er könnte vorschlagen, mich dann morgen bei Lisa abzuholen, er könnte mir besser zuhören ... stattdessen macht er mir nur Vorwürfe.

Dabei möchte ich neue Erfahrungen sammeln und Erinnerungen schaffen. Schöne. Lustige. Gemeinsame. Wenn schon keine mit meiner Mutter, dann wenigstens mit ihm. Aber die Schnittmenge unserer beider Leben ist wie ein Nadelöhr, durch die winzige Öffnung passen niemals all die Worte hindurch, die ich ihm sagen möchte.

4. Kapitel

Geräuschvoll putze ich mir am Montagvormittag die Nase und stopfe das Taschentuch zu den anderen in meinen Parka. Der Besuch im Zoo endete nicht nur mit einer vorläufigen Funkstille zwischen meinem Vater und mir, sondern auch mit einer Erkältung meinerseits. Weshalb ich echt sauer auf ihn bin, denn fürs Schlittschuhlaufen wäre ich vernünftig angezogen gewesen.

»Ich versteh nicht, warum er sich so aufführt«, seufze ich und schlucke den letzten Rest meines Hustenbonbons runter. Selbst wenn ich heute Morgen mehr als die Rückseite der Zeitung gesehen hätte, hätte ich ihn nicht gefragt, ob ich krank zu Hause bleiben darf.

»Er macht sich Sorgen«, antwortet Marvin. »So sind Eltern nun mal.«

»Du klingst wie Lisa.«

Marvin und ich sitzen in der ersten großen Pause im Gang vor dem Medienzentrum. Dort gibt es eine Nische mit einem wandhohen Heizkörper, an den wir uns lehnen. Obwohl mein Kopf auf Marvins Schulter liegt, ich meinen Parka trage und die Heizung hinter mir fröhlich gluckert, friere ich fürchterlich. Seit dem Ausflug fühle ich mich wie eingefroren. Coole Spezialeffekte, wie Schneeflocken meinem Willen zu unterwerfen, habe ich dadurch leider nicht erlernt.

Meine Klagelieder, wie wenig ich mich mit meinem Vater verstehe, kennt Marvin auswendig. Dennoch stört es ihn nicht, dass ich mal wieder ausgiebig jammere. »Ich wette, wenn ihr euch aussprechen würdet, wäre das Problem aus der Welt.«

»Das sagt sich so leicht.« Ich linse den Gang hinunter, doch es ist kein Lehrer in Sicht, der uns hinauswirft, damit wir frische Luft schnappen. Vermutlich hört uns Herr Bornbach, falls er wieder eine Serie schaut, aber er stellt sich während der Pausen meisterlich taub.

»Manchmal glaube ich, ich bin im falschen Film«, gestehe ich. »Oder dass ich nach der Geburt vertauscht worden bin und es dort draußen irgendwo einen Vater gibt, der meine Vorlieben teilt, dafür aber als Tochter einen Workaholic und Schwimmfan hat.«

Marvin lächelt mich warm an. »Das ist auch normal.«

»Du wurdest ebenfalls vertauscht?«

»Ich nicht, dafür mein jüngster Bruder.«

»Ach?«

»Ja, er hat uns am Wochenende eröffnet, dass er es mit seiner Karriere als verrückter Erfinder ernst meint und deswegen nach New York ziehen will.«

»Und von welchem Geld?«, frage ich amüsiert nach. »Wie alt ist er jetzt? Zehn?«

»Das haben meine Eltern ihn auch gefragt. Er überlegt sich was, denn er will unbedingt für Tony Stark arbeiten.«

Ich schmunzele, trotzdem gebe ich ihm recht. Auf den ersten Blick scheint sein kleiner Bruder das schwarze Schaf der Familie zu sein. Er hat sogar mal Marvins Spielekonsole geklaut, um sie zu einem Roboter umzubauen und sie dabei komplett geröstet. Außerdem hat er mir in der Halloweennacht eine Strähne violett gefärbt und Marvins Kopf komplett neongrün, während wir schliefen.

»Wo ist Lisa überhaupt?«, fragt Marvin. »Ich habe sie noch gar nicht gesehen.«

»Hab sie angesteckt«, gestehe ich und drehe die Strähne um meinen Finger. »Nachdem wir bis in den Sonntagmorgen Filme geschaut haben, bekam sie plötzlich Fieber und hustete wie verrückt, als ich ging. Ihre Mutter hat mir eine Nachricht aufs Handy geschickt, dass Lisa zu Hause bleibt.«

Ich beiße mir auf die Lippen, um das stechende Gefühl zu unterdrücken. Jedes Mal, wenn ich Lisa mit ihrer Mutter zusammen sehe, kommen bei mir all die Gefühle hoch, die ich sonst so sorgfältig in meinem Herzen verschließe. Ich versuche dann, mir nicht anmerken zu lassen, wie traurig ich bin, weil mir meine Mutter so schrecklich fehlt.

»Du siehst nicht gerade gesund aus, Jess.« Marvin legt mir eine Hand auf die Stirn, als wolle er prüfen, ob ich Fieber habe, und beginnt, meine eiskalten Finger warm zu rubbeln. Als auch das nicht hilft, wickelt er sie in die Enden seines Schals ein.

Ich rutsche ein Stück näher zu ihm.

Kaum jemand weiß, was der blau-silber gestreifte Schal bedeutet, der genau wie mein schwarz-gelber aussieht. Außer Lisa und Tom ist es niemandem aufgefallen, doch die beiden haben sich gleich die Pendants in Silber-Grün und Rot-Gold gekauft. Der kluge Kopf, die Treuherzige, die listige Schlange und der mutige Abenteurer. Ein Insiderscherz, über den wir uns jeden Winter freuen.

Ich nehme den Schal als ein Versprechen, immer für meine Freunde da zu sein und so die Lücke in meinem Leben zu schließen.

Würden unsere Mitschüler Marvin und mich hier sitzen sehen, würden sie uns mal wieder damit aufziehen, dass wir ein Paar seien. Dabei verstehe ich nicht, wie sie zu diesem Schluss kommen. Klar, Marvin und ich können praktisch die Gedanken des anderen lesen und kennen uns besser als die aktuellen Drei-Wochen-Beziehungen der Stufe. Aber das ist doch kein Beweis für eine Beziehung, eher völlig logisch, wenn man so lange befreundet ist wie wir.

Während ich also lausche, wie Marvin von seinem Wochenende erzählt, taue ich langsam auf und wünsche mir, der Gongschlag würde auf sich warten lassen.

Doch der Gong fällt natürlich nicht auf wundersame Weise aus, und schon trampeln unzählige Füße durchs Schulgebäude, als würde eine Lawine durch den Trakt tosen. Das Rauschen und Donnern passt überhaupt nicht zu den Schülern, die jetzt in ihre Klassen schlurfen.

Marvin reicht mir eine Hand und hilft mir auf die Beine, da übertönt ein scharfes, klackendes Geräusch das Trampeln. Im Gleichschritt schreiten Antonia und Michelle auf ihren schwindelerregend hohen Stiefeln heran.

»O-M-G, Freaks haben ja doch ein Liebesleben.« Ihre Worte sind genauso spitz wie ihre Absätze. »Knutschereien im Schulflur hätte ich von euch beiden nicht erwartet, das ist ja fast was Normales. Passt bloß auf, nicht dass ihr euch noch vermehrt, von euch Freaks gibt es nämlich echt schon genug.«

Ich spare mir eine Antwort. Außerdem geht sie in einer Mischung aus Lachen und Husten unter, denn Antonia trägt eine knallpinke, mit Glitzersteinchen verzierte Weste.

»Welches Kuscheltier hast du denn dafür getötet?«, fragt jedoch Marvin. Verwundert sehe ich ihn von der Seite an. Normalerweise ist er bei Antonia nie so schlagfertig, aber diese Weste toppt alles Vorangegangene um Längen. Meilen.

»Du hast doch keine Ahnung.« Sie fuchtelt in Richtung meines olivgrünen, eher unscheinbaren Parkas.

»Echt keine Ahnung, ihr Freaks«, wiederholt Michelle. »Von welcher Antarktis-Mission hast du die Boots denn mitgebracht, Jessica?«

»Oh, du hast ein neues Wort gelernt«, stichle ich krächzend zurück. »Und gleich ein so Schwieriges. Ant-ark-tis. Respekt, Michelle, drei ganze Silben. Aber weißt du auch, wo das liegt? Direkt neben dem Northpole-Geschäft ist die falsche Antwort.«

»Jetzt spiel dich nicht so auf.« Antonia mustert mich abschätzig, als würde sie lieber nackt zur Schule kommen als aussehen wie ich. »Ich habe deinen seltsamen Blogbeitrag gelesen, weißt du?«

Ihre Finger drehen sich um meine violette Haarsträhne, und ich muss mich zwingen, ruhig zu bleiben. Beim letzten Mal habe ich ihre Hand weggeschlagen, und obwohl Marvin versuchte, das Missverständnis zu schlichten, wurde ich von einem Lehrer dafür verwarnt.

Antonia will mich provozieren. Ich kenne diese Masche

nur zu gut, trotzdem falle ich hin und wieder auf ihre Tricks rein. Ob ich sie wegschubse oder ihr eine Gemeinheit reindrücke, ändert für mich nichts.

Die Versuchung ist riesig, trotzdem reiße ich mich zusammen.

»Und?«, presse ich mühsam hervor. »Überrascht, weil es so spannend war?«

Wie so oft schweigt Marvin, da ihm die passenden Sprüche meist erst im Nachhinein einfallen. Oder in diesem Falle, er sein Pulver bereits verschossen hat. Er ist nicht der Typ, der Streit sucht, geht ihm lieber aus dem Weg oder lässt es gar nicht erst dazu kommen.

Meine Strähne gleitet durch Antonias Finger und ich atme erleichtert auf. »Nein, überrascht hat es mich nicht, ich wusste, dass es total langweilig wird.« Mir bleibt die Erwiderung im Hals stecken. »Hab ihn nach der Hälfte weggeklickt.«

Ich spüre, wie sich meine Wangen rot verfärben, eine Mischung aus Scham und Wut. Gut, nicht jeder kann etwas mit Ray Harryhausen anfangen, trotzdem hätte Antonia die sechshundert Wörter durchhalten können. Nein, müssen. Schließlich ist er einer der Erfinder der Tricktechnik. Was rede ich mir eigentlich ein? Der Beitrag klingt total hölzern, eher wie ein Schulaufsatz.

Was das betrifft, muss ich noch ein wenig üben.

»Knetfiguren und verruckelte Filmchen?«, piesackt sie mich weiter. »Wen kümmert's, was vor Jahrzehnten mal gemacht worden ist, das ist so lange vorbei, das kennt doch kein Mensch.«

»Vielleicht hat Jess es ja genau deswegen vorgestellt«, kontert Marvin, und ich schenke ihm ein Lächeln. »Weil es so viele nicht mehr kennen.«

»Wen interessiert's, was vor Jahren mal war?«, echot Michelle. »Was vorgestern war, ist längst langweilig.«

»Du sagst es.« Antonia zupft ihre Weste zurecht und lässt mich dabei nicht aus den Augen, bis Michelle ein »Ja, echt mal« hinterherwirft.

In meiner Jackentasche balle ich die Hände zu Fäusten. Ich wüsste ganz genau, wie ich Antonia zum Schweigen bringen könnte. Zumindest mithilfe meiner Vorstellungskraft.

»Knetfiguren sind was für Kinder«, fährt sie fort. »Herr Bornbach müsste dir Punkte für so eine Hausaufgabe abziehen, das ist überhaupt keine Berichterstattung.«

Ich schließe die Augen, als würde ich ihre weiteren Lästereien stumm ertragen. Innerhalb meines Kopfkinos ist alles möglich. Dort würde ich die Situation so lösen: Der Boden beginnt erst zu vibrieren, das Kreischen wird lauter. Ein gewaltiges RUMMS! ertönt und die Scheiben im Gang klirren bei der Erschütterung. Staub rieselt von der Decke, als ein Krachen die Schule erschüttert und ein giftgrüner Echsenfuß durchs Dach platzt. Eine Sekunde später hat er bereits Antonia zermalmt. Einer Comicfigur gleich liegt sie platt wie ein Blatt Papier unter der krallenbesetzten Klaue.

Das würde endlich mal ihr Mundwerk schließen.

Als ich die Augen wieder öffne, ist leider nichts davon passiert. Trotzdem habe ich mich so auf meine ganz eigene Weise gewehrt. Ein kleines bisschen zumindest. Auch wenn es außer mir niemand weiß.

»Es hat ihr die Sprache verschlagen«, kommentiert Michelle.

»Worüber sollte man denn dann bloggen?«, feuere ich mit zurückgewonnener Stärke zurück. »Worum geht es bei euch? Ihr habt genauso wie wir Film gewählt, oder?«

Bevor sie antworten kann, öffnet sich die Tür zum Medienzentrum und Herr Bornbach winkt uns herein. »So etwas höre ich gern, noch vorm Unterricht mit dem Thema beschäftigt«, meint er. Die Anfeindungen sind ihm anscheinend entgangen. Das geheime Talent vieler Lehrer.

Antonia schiebt sich an mir vorbei, sodass mir ihr selbstgefälliger Gesichtsausdruck fast entgeht. »Anstatt so was Antikes zu nehmen, berichten wir über die wirklichen Größen des Films, über all die Neuigkeiten, die Hollywoodstars so zu bieten haben.«

Ich schlurfe hinterher, werfe meine Tasche auf den Boden und lasse mich in einen Stuhl fallen. Während Antonia sich anmutig hinsetzt, geschmeidig die Beine überschlägt und wie für eine Zahnpasta-Werbung lächelt. Nach und nach kommen die anderen Kursteilnehmer dazu, doch weder sie noch Herr Bornbach stören sich an unserem Streit.

»Und über was berichtest du dabei?«, frage ich, obwohl ich das Thema einfach ruhen lassen könnte. Ich verschränke trotzig die Arme und unterdrücke ein Niesen. Keine drei Minuten aus Marvins warmem Schal und ich friere schon wieder. »Welche Projekte gerade in Pre-production sind, dafür gibt es jede Menge Datenbanken, dafür braucht man keinen Blog.«

»Langweilig«, fällt Antonia mir ins Wort, und sogleich ertönt ihr Echo. »Was ist interessanter als Gerüchte oder die kleinen persönlichen Geheimnisse der Stars?«

Ich starre die beiden irritiert an. »Was?«

Antonia und Michelle antworten abwechselnd: »Was trägt Angelina zu einer Preisverleihung?« – »Hat Leonardo DiCaprio sich wieder getrennt?« – »Funktioniert die neue Diät von Drew?« – »Oder hat Christina mal wieder zugenommen?«

Antonia und Michelle sind ein Monster mit zwei Köpfen, die nach der Geburt in der Mitte getrennt wurden. Sie reden und reden, wie von einer automatischen Strahlenpistole abgefeuert, prasseln ihre Worte auf mich nieder, bis mir die Schläfen pochen. Dagegen war die Vorstellung meines Echsenfußes echt harmlos.

»Darüber berichtet ihr? Wie ein schlechtes Klatschblatt?«, hake ich nach. Ich bin so fassungslos, ich vergesse sogar zu niesen.

Antonia schüttelt sachte den Kopf. Mit geschürzten Lippen scheint sie meine Unwissenheit zu bemitleiden. »Jessica, Jessica. Ein Freak wie du kann das nicht verstehen. Normale Leute wie ich oder Michelle, wir wollen wissen, wie die Reichen und Schönen leben, und uns daran erfreuen. Ihnen nacheifern.«

»Der Blogbeitrag über Madonnas neue Jogginghosen-Kollektion ist total gut angekommen«, wirft Michelle mit ein.

»Leute, Konzentration!«, schreitet nun endlich Herr Bornbach ein. »Die Stunde beginnt.«

Frustriert lege ich den Kopf auf den Tisch und schließe die Augen. Gegen das Antonia-Michelle-Monster hilft keine Diskussion. Die würde meine Kopfschmerzen nur verschlimmern.

»Schön, dass du deine Niederlage einsiehst, Jessica«, flüstert Antonia schadenfroh in meine Richtung. »Ich werde definitiv gewinnen.«

Um den Gewinn geht es mir nicht mal. Warum habe ich eigentlich die komplette Biografie von Harryhausen gelesen, um wahre Fakten über ihn in meinen Blog zu stellen, wenn ich einfach hätte schreiben können, dass er zum Frühstück gerne Kaffee trank? Das kann man genauso wenig beweisen wie Antonias an den Haaren herbeigezogenen Tratsch.

Okay, ich weiß, warum: Weil ich es spannend fand. Megaspannend sogar. So wie Lisa und Tom, denen ich über Skype eine Zusammenfassung mit weiteren Links geliefert habe.

Die Schmerzen verwandeln sich in einen Schraubstock um meinen Schädel und ich zwinge mich in eine aufrechte Position. Unterricht, sporne ich mich in Gedanken an, hoch mit dir.

Herr Bornbach ruft Antonia und Michelle nach vorne, um die Hausaufgaben zu präsentieren. Mehr denn je fehlt mir Lisas Grunzen, gleich muss ich die Wiederholung ihres Blog-Konzepts ertragen. Ohne die gehässigen gewisperten Kommentare meiner Freundin.

Plötzlich setzt sich Marvin auf Lisas freien Platz und ich schenke ihm einen fragenden Blick.

»Ich hab Bornbach gesagt, dass es dir nicht gut geht«, flüstert Marvin. »Für heute bin ich Lisas Ersatz.« Und das sagt er mit einem Lächeln, als würde er sich darüber freuen, den Großteil meiner Arbeit zu erledigen.

Marvin besitzt ein Radar dafür, wann ich Hilfe brauche. Schon in der Grundschule tauchte er neben mir auf, wenn ich meinen Schirm an einem Regentag zu Hause liegen gelassen hatte. Oder mich ärgerte, weil ich das einzige Mädchen war, das nicht stricken konnte.

Wenn die Katastrophe eintrifft, starre ich wie paralysiert auf das Ergebnis. Marvin dagegen nimmt sich des Problems einfach an und findet einen Ausweg.

»Alles klar, Jessica?«, erkundigt sich nun Herr Bornbach. »Oder möchtest du in den Sani-Raum?«

Ich schüttele vorsichtig den Kopf. Antonia ist Sanitäterin, und eine Schulstunde allein mit ihr in einem Raum ... Da ertrage ich lieber Kopfschmerzen, Fieber und Unterricht.

Antonia und Michelle beginnen die Vorstellung ihrer Hausaufgaben mit der Titelmelodie der Oscar-Verleihung, und ich kann nicht anders, als mit den Augen zu rollen. So toll wird der Blog kaum sein, dass er gleich einen Preis gewinnt.

»Gar nicht übertrieben«, krächze ich mit einem Husten.

Marvin schnaubt kurz auf, widmet sich dann aber wieder dem Vortrag. Lisa hätte in diesem Moment wahrscheinlich aus Spaß »Angeber« in ein Niesen eingebaut.

»Gossip of Girls.« Antonia macht eine Kunstpause. »So lautet der Titel unseres Blogs.«

Oh, echt kreativ.

Schon zieht sie mit ihren drei Waffen alle in ihren Bann. Wirft ihre langen Locken über die Schulter, präsentiert ihr schönstes Lächeln und strahlt ein Charisma aus, als wäre sie dazu geboren, solche Präsentationen zu halten. Gibt es denn gar keinen Makel an ihr?

»Wir legen besonderes Augenmerk auf die Verbreitungsgeschwindigkeit von Gerüchten aus der Filmbranche und wie rasch diese an Aktualität und Wichtigkeit verlieren.«

»Sozialwissenschaftlich ein interessantes Thema«, erkennt Herr Bornbach an.

Ernsthaft? Ich lege mir die Hand über den Mund, um keinen meiner Gedanken laut auszusprechen. Obwohl ich sie nicht ausstehen kann, legt Antonia einen erstaunlichen Vortrag hin. Ihr Blog wirkt, als hätte ein Profi ihn programmiert. Sie muss das ganze Wochenende drangesessen haben und offensichtlich kennt sie sich damit viel besser aus als der restliche Kurs. Ich möchte auch fließende Übergänge haben, Hintergrundmusik und aufblendende Logos. Plötzlich scheint *moviesonmymind* wie von gestern. Klobig und sperrig designt, sodass bestimmt niemand einen Blick darauf werfen will.

»Oh nein, sind die beiden schon wieder zusammen?«, ruft ein Mädchen aus, als Antonia einen Blogbericht mit einem Pärchen zeigt. »Sie hat ihn doch betrogen!«

Ein paar Mädchen stimmen mit ein, diskutieren, ob das Foto ein Fake sein könnte. Antonia und Michelle landen mit ihrer Vorstellung einen Volltreffer. Ich wette, heute Nachmittag werden alle Kursmitglieder sich den Blog ansehen.

Antonia und ich sind wie zwei Seiten einer Medaille. Sie ist die schillernde, gut polierte Vorderfront, während ich mir manchmal wie die Grünspan ansetzende Rückseite vorkomme, für die sich die wenigsten interessieren. Und falls doch, dann nicht wegen meines Aussehens.

Wenn wir uns auch noch mit dem Thema beschäftigen, das mich ausmacht, dem Film, überfällt mich besonders schmerzhaft das Gefühl, weniger wert zu sein.

Dazu überrascht es mich, wie unterschiedlich wir uns als Fans verhalten. Mir ist es ziemlich egal, ob mein Lieblingsschauspieler Veganer ist oder aus reiner Überzeugung nur limettengrün trägt. Hauptsache, er haut mich mit seiner Rolleninterpretation aus dem Kinosessel. Oder spielt in einem Film mit, über den meine Freunde und ich uns noch Monate später den Mund fusselig reden, die coolsten Sprüche zitierend. Ich kann schon mental sabbern und hibbelig quietschen. Nur nicht für Ankh in seinem Drei-Lagen-Klopapier-Mumienkostüm. Ich zähle dafür die Tage runter, bis die Fortsetzung meines Lieblingsanimationsfilms im Kino anläuft – noch 96.

Antonia stempelt das bestimmt als Kinderkram ab.

»Jess«, flüstert Marvin und reißt mich aus meinen Überlegungen. »Wir sind dran. Ich erkläre den technischen Aufbau« – den Marvin ja auch für uns erledigt hat – »und das Konzept. Klickst du durch die Präsentation?«

»Ja, das schaffe ich.«

Müde, frierend und leicht genervt trotte ich ans Whiteboard. Mit Mühe unterdrücke ich den Drang, Marvin vor versammelter Kursmannschaft zu knuddeln. Er baut doch tatsächlich Satzfetzen wie »Ich glaube, Lisa hat das so eingestellt, weil …« ein und sorgt dafür, dass ich kaum etwas beitragen muss.

Meine Stimme klingt leiernd und kratzig, nur die Hälfte der anfänglichen Begeisterung schwingt mit. Deshalb ernte ich auch keine Nachfragen wie Antonia, keinen verbalen Applaus. Stattdessen Stille und ein paar Lacher, als ich mit einem Link zu einem Video von Harryhausens Stop-Motion-Technik abschließe.

Marvin hebt stumm den Daumen, bleibt jedoch am Lehrertisch stehen, um den Rollenspiel-Podcast aufzurufen, den er mit Finn und Deniz programmiert hat.

So sehr ich meinen Freund auch schätze, heute reicht mir seine alleinige Unterstützung nicht. Heute gebe ich der nagenden Eifersucht und der bodenlosen Niedergeschlagenheit nach. Lag es an mir, dass der Blog einen so schlechten Start hinlegte? Oder am gewählten Thema?

Ich kann keine Antwort darauf finden. 42 ist es jedenfalls nicht.

5. Kapitel

Den restlichen Montag habe ich den Blog ignoriert und den Dienstag über bin ich Antonia aus dem Weg gegangen. Trotzdem rief sie mir regelmäßig ein »Und, Jessica, hast du gestern noch mit deinen Knetfiguren gespielt?« hinterher, wenn ich möglichst unauffällig an ihr vorbeischlich. Nur das eine Mal, als Tom quer durch den Gang »Von wegen gespielt, wir drehen ganz professionell einen Film. Bald auf meinem YouTube-Channel, Leute« zurückbrüllte, hat es Antonia die Sprache verschlagen. Zumindest für fünf Minuten.

Mein Herz sagt, ich habe mich für das richtige Thema entschieden, als ich über Harryhausen berichtete. Mein Verstand erklärt mir, dass Antonia über alles herziehen würde, das von mir stammt. Doch meine tief sitzende Unsicherheit will, dass ich mir sehr wohl Gedanken darüber machen sollte, was die anderen von mir halten. Wie wohl eine Welt aussehen würde, in der die Nerds die Beliebten und die jetzigen Beliebten die Außenseiter wären?

Letzten Endes entscheide ich mich für die gleiche Lösung wie immer: die Zweifel vergraben, einsperren und den Schlüssel wegwerfen. Bis zum nächsten Mal.

Zur Ablenkung habe ich den schweren inneren Kampf ausgefochten, ob ich den Tipps meines Vaters nachgehen und mich ins Thema Bildrechte einlesen soll. Einerseits, weil ich hoffe, dass er sich meinen Blog ansehen wird. Andererseits will ich deswegen keinen erneuten Streit riskieren. Schließlich haben wir den aktuellen noch nicht mal geschlichtet. Keiner von uns hat den Zoobesuch angesprochen, wir sind halt beide gut im mürrischen Schweigen. Ja, okay, die Bedenken meines Vaters gegenüber dem Blog waren begründet. Zugeben werde ich das trotzdem nicht. Ich hänge weiter an der Vorstellung, dass er irgendwann abends in mein Zimmer kommt und sagt: »Dein Blog ist wirklich toll geworden, Jessica.«

Und dann schenkt er mir die neuste Staffel von *Captain Calderon*, weil er die Serie endlich genauso großartig findet wie ich.

Bisher ist es nur eine schöne Vorstellung. Allerdings arbeite ich an ihrer Umsetzung.

Bis zum Mittwochnachmittag habe ich ein Dutzend Blogartikel angefangen und nach der Hälfte wieder verworfen. Doch gerade jetzt scheint der richtige Moment zu sein, etwas Gutes zu schreiben. Weder Stille noch Einsamkeit noch Zweifel nagen an mir, denn auf dem Boden sitzt Marvin und lernt höchst konzentriert für seine nächste Mathearbeit. An besonders frustbelasteten Tagen überlege ich immer, ins Sekretariat zu stürmen und mich zu beschweren. Wer hat sich den schlechten Witz ausgedacht, meine besten Freunde in Parallelklassen zu stecken?

Amüsiert beobachte ich, wie Marvin mit dem Bleistift auf seinen Block klopft. Wenn ich könnte, würde ich mitrechnen, doch seine Klasse ist schon weiter und Mathe bestehe ich auch nur dank seiner Hilfe.

Er hat vermutlich keine Ahnung, dass er sich beim Nachdenken auf die Unterlippe beißt. Auch jetzt runzelt er so genervt die Stirn, dass ich ihn am liebsten ablenken würde. Früher habe ich das oft gemacht, habe irgendetwas Dummes erzählt, ihn plötzlich gekitzelt ...

Die Versuchung ist so groß.

Während ich mit Marvin Stunden verbringe, ohne ein Wort zu sagen, belastet mich das Schweigen zwischen meinem Vater und mir. Ich suche dann immer nach Worten, ohne sie letztendlich auszusprechen, weil der Klang meiner Stimme piepsig wirkt. Insgeheim wünscht sich ein Teil von mir mehr Gespräche mit meinem Vater. Während alle restlichen Teile bereits wissen, dass das nicht passieren wird. Oder sie nur wieder in einen Streit ausarten werden.

Heute Nachmittag haben Marvin und ich kaum geredet, dennoch wiegt diese Stille leicht. Sie ist herrlich angenehm, selbst wenn ich nur seine Atemzüge höre oder das Kratzen seines Bleistifts auf dem Papier. Im Gegensatz zu meinem Vater, den stets eine unnahbare Wand umgibt, bemerke ich bei Marvin tausend Kleinigkeiten. Wenn er in seinem Arbeitsblock umblättert, stoßen seine Schultern gegen die Matratze meines Bettes. Er nickt zufrieden und schiebt sich die Brille die Nase hoch, wenn er eine Aufgabe richtig gelöst hat.

Ich weiß gar nicht, was die Mädchen in meiner Schule haben. Ich mag seine Nerdbrille. Andererseits gehört diese Seite von Marvin mir so ganz allein.

Ohne Vorwarnung hebt er den Kopf und begegnet meinem Blick. Schnell konzentriere ich mich wieder auf meinen Laptop. Habe ich ihn gerade fünf Minuten lang angestarrt?

Ich gehe meine Notizen durch und entdecke halb belustigt, halb erschrocken, dass ich all meine Beobachtungen über Marvin aufgeschrieben habe. Schnell lösche ich sie, bevor ich sie aus Versehen veröffentliche und alle Welt mitliest.

»Kriegst du's hin?«, fragt er.

»Klar.« Ich präsentiere stolz die neue Startseite meines Blogs. Beim Aufrufen der URL erscheint zunächst ein abgedunkelter Kinosaal, welcher sich beim ersten Klick erhellt und die Seite enthüllt. Unter dem Header entrollt sich eine Filmrolle und präsentiert die Menüpunkte.

Leider, leider musste ich auf die Wunschmotive meiner Zwergenkriegerin verzichten. Oh, wie schade.

»Sieht gut aus«, lobt Marvin. Vor zwei Tagen hätte mich die fehlende Zustimmung der Kursmitglieder fast zum Scheitern gebracht, jetzt kann ich über den Gedanken nur lachen. Im Gegensatz zu den anderen kennt Marvin sich in der Materie aus, ein Lob von ihm wiegt daher doppelt so viel.

»Hast du einen Moment? Die Besprechung zu *Mummy Love* ist zwar schon online, aber ich würd mich über Feedback zum nächsten Artikel freuen.«

»Schieß los.« Marvin hievt sich aufs Bett und schaut mich auffordernd an.

18. FEBRUAR, 17:57 Uhr, veröffentlicht von
moviesonmymind

– WANN IST EIN FILM GUT? –

Mummy Love hat's an die Spitze der Kinocharts geschafft – es gibt an meiner Schule gerade kein anderes Thema als Ankh, Ankh, Ankh … Ich fand den Film ja eher bescheiden und frage mich, warum Meinungen manchmal so meilenweit auseinandergehen.

Was macht einen Film also gut? Was heißt überhaupt gut? Und wenn etwas nicht gut ist, ist es dann automatisch schlecht? Nicht unbedingt.

Klingt erst mal kompliziert, was?

Es gibt zwei Arten von ›gut‹.

Rein subjektiv, also einfach nach unserer Meinung, bedeutet es, unsere Erwartungen werden erfüllt. Oder sogar noch übertroffen. Dann ist ein Film krass gut :) Die kommenden Blockbuster sind *Boom the Beat 5* und *Der Kakerlakenmann,* und ich muss sagen, meine Erwartungen sind hochhaushoch. Ich will mit dem neuen Superhelden mitfiebern. Die Leidenschaft fürs Tanzen spüren, so sehr, dass mein Fuß mitwippt! (Was glaubt ihr, werden die beiden Filme euch begeistern oder eher enttäuschen? Lasst hören!)

Und dann gibt es da noch das andere ›gut‹. Ich kann einen Film total langweilig finden, dennoch kann er rein objektiv gut sein. Gut recherchiert. Gut umgesetzt. Sicherlich kennt ihr einen alten Horrorfilm, so aus den 80ern. Da fließt kein Tropfen Blut – alles nur angedeutet. Aber … die sind gespenstisch gut gemacht. Und das ohne Computeranimationen. Ich bekomme da immer eine Gänsehaut! Heute wird nur noch der Sound plötzlich hochgedreht oder auf übertrieben viel Blut gesetzt …

Gut ist also nicht gleich gut. Und etwas Schlechtes kann wiederum auch gut sein. Aus einem anderen Blickwinkel betrachtet.

Besser wäre es nur, wenn man sich nicht einreden lässt, was gut ist, sondern es für sich selbst herausfindet. Wisst ihr, was ich meine?

Eure Jess von moviesonmymind

»Find ich gut«, erkennt Marvin an. »Da musste ich gleich an den Thriller denken, den wir letztens gesehen haben. Wie hieß der noch mal?« Beim Nachdenken rückt er seine Brille zurecht. »Ich erinnere mich noch an ein Klassentreffen ... Hm.«

»Der mit den fünf Frauen?«

»Genau.«

»Millionen von Dollar reingesteckt für alle möglichen Effekte, aber die Story war so lahm.« Marvin und ich hatten uns auf den angeblich so spannenden Psychothriller gefreut, in dem fünf Frauen sich beim Klassentreffen wiedersehen und von einem Mann gejagt werden, den sie in der Schulzeit ziemlich fertiggemacht hatten. Problem dabei: Abgesehen von den fünf Frauen gab es nur einen berühmten männlichen Schauspieler – und jetzt ratet mal, wer der Mörder war?

»Zum Gähnen langweilig.« Ich erinnere mich nicht mal mehr ans Ende, weil ich neben Marvin auf der Couch eingeschlafen bin.

Auf einmal klingelt es an der Tür Sturm. Kein Paketdienst foltert so den Klingelknopf. Also springe ich auf, um nachzusehen, wer hier so dringend Einlass fordert. Marvin folgt mir wortlos.

Kaum spähe ich durch den Spion, höre ich die genervte Stimme meiner besten Freundin. »Mach auf, ich bin's! Jetzt mach schon«, grummelt sie ungeduldig.

Ich schiebe die Kette zurück, doch da baut sich Marvin vor mir auf und öffnet. Mit ausgestreckten Armen, als würde er einen Stab halten, stellt er sich Lisa entgegen.

»You shall not pass«, scherzt er.

»Nicht witzig, außerdem bist du für einen Zauberer dreihundert Jahre zu jung, zu schmächtig und nicht weise genug.«

Oh, etwas muss Lisa mächtig die Laune verdorben haben, wenn sie Marvin so anfaucht.

»Lauf, du Narr.« Marvin gibt nicht auf, obwohl sein Lächeln nicht mehr ganz so breit ist. Normalerweise würde Lisa auf die Anspielung anspringen.

»Solltest du nicht im Bett liegen?«, werfe ich ein.

Tatsächlich hat Lisa über ihren Schlafanzug nur eine Winterjacke geworfen. Sie hat ja schon oft angedroht, eines Tages nur noch in Gewand und Reisemantel in die Schule zu kommen. Eine Elfenprinzessin im Nachtgewand stelle ich mir trotzdem anders vor. Mehr in Seide und Spitze gehüllt als in einem Schlafanzug mit grinsenden Cupcakes.

»Geht es dir besser?«, frage ich, während sich Lisa unter Marvins ausgestreckten Armen durchduckt und mich in eine flüchtige Umarmung zieht. »Du hast mir gar keine Nachrichten geschickt.«

»Ich hab praktisch durchgeschlafen, wollte meiner Mutter nicht glauben, dass heute schon Mittwoch ist.«

Ich schließe hinter Lisa die Tür und lege den Riegel vor.

»Mama ist nicht begeistert, dass ich hier bin, aber ich hab ihr gesagt, es sei ein Notfall, ein schrecklicher, schulischer Notfall. Sie holt mich in einer Stunde ab.«

»Notfall?«, wiederhole ich. »Was für einer soll das denn sein? Ich habe von deinem Klassenlehrer zwar einen USB-Stick mit dem Stoff der letzten Tage bekommen, aber seit wann ist das ein Notfall?«

Ich sehe fragend zu Marvin, der nur mit den Schultern zuckt.

»Bei Thurins Bart, was ist auf *moviesonmymind* passiert?« Lisa stürmt los, schneller, als ich es ihr mit einer Erkältung zugetraut hätte. Mich hat es nur halb so schlimm erwischt, trotzdem ist jede Strecke anstrengend. Wie ein Stein, der einen Abhang hinunterrollt, gewinnt Lisa immer mehr an Fahrt. »Das sieht ganz anders aus! Wie sollen wir so den Preis ge...«

»Das sind Verbesserungen«, werfe ich ein, und wir folgen ihr. Automatisch nimmt sie den Weg in mein Zimmer.

»Sind die wirklich besser?«

»Ja«, kommentiert Marvin schlicht, was Lisa nicht im Geringsten beruhigt.

Meine Freundin schnappt sich meinen Laptop, setzt sich

an den Schreibtisch und wartet, bis Marvin und ich auf dem Bett Platz genommen haben.

»Ich habe die Änderungen im Layout erst gestern vorgenommen«, erkläre ich ruhig. Worüber regt sie sich so auf? »Die hat uns Bornbach am Montag erst erklärt. Damit kann er die Blogs rein zahlenmäßig besser bewerten.«

Schnell fasse ich zusammen, was die nächsten Schritte sind. Der Besucherzähler, der den Traffic festhält, war gar nicht so schwer, ich habe sogar einen gefunden, der aussieht wie eine Szenenklappe. Mein persönlicher Erfolgsmoment der letzten Tage. Das Schullogo ins Impressum einzubauen, klappte danach erstaunlich gut. So langsam weiß ich, wo welche Werkzeuge fürs Bloggen versteckt sind.

Lisa verengt die Augen zu Schlitzen – sie schmiedet eindeutig einen Plan. »Und nach welchen Kriterien verläuft die Bewertung? Wer ist die Jury?«

»Wir alle«, antwortet Marvin. Verdutzt schaut sie ihn an. »Ja, wir alle. Der aktivste Blog gewinnt.«

»Du schreibst ab sofort drei Filmrezensionen täglich! Du hast genug gesehen, und ich besteche Tom, dass er auch noch was beisteuert. Es gilt, eine Schlacht zu schlagen, meine Gefährten!«

»Das ist kein Krieg, Lisa.« Mein Lachen schlägt in ein schwaches Husten um.

»Nessa Faelivrin zieht mit dir in die Schlacht, die die Welt verändern wird. Wie kannst du es da wagen zu lachen?« Sie fuchtelt mit der Faust durch die Luft, weil ich mich nicht zusammenreiße.

Eine Elbin hätte Haltung bewahrt und edel ihre Kampfabsichten verkündet, ein wenig steif, aber hochwohlgeboren. Lisa dagegen wettert wie ein aufgeregter Zwerg. Bereit, die Axt zu schärfen und die Rüstung zu polieren.

»Selbst wenn, sollt ihr nicht euren Blog mit Artikeln zuspammen«, fährt Marvin fort und schiebt die Brille den Nasenrücken hoch, »sondern möglichst viele Leute auf euch aufmerksam machen und sie zu Kommentaren bewegen.«

»Deswegen sieht die Seite auch anders aus«, nehme ich den Faden wieder auf. »Wir haben eine Kommentarfunktion eingefügt sowie eine Verlinkung zu einer Facebook-Seite und Google+, damit mehr Leute davon hören.« Ich zeige ein Victory-Zeichen. »Zwölf Fans. Zweistellig.«

»Ja ja, ich bin Nummer zwölf. Komm zum Punkt.« Lisa wirft die Hände in die Luft. »Es ist ein verdammter Notfall, sage ich, und ihr erklärt mir nur, was ich im Unterricht verpasst habe.«

»Keine Ahnung, wovon du redest, Lisa.«

Zur Bestätigung zuckt Marvin mit den Schultern und ich verziehe gespielt verletzt die Miene.

»Nessa Faelivrin, so schwer ist das doch nicht. Egal ... Was habt ihr beide hier gemacht?«, fragt Lisa verwundert. »Dass ihr so gar nichts mitbekommen habt?«

»Gelernt«, erwidert Marvin blitzschnell.

»Deinen Teil der Arbeit«, kommentiere ich.

»So, so, gelernt. Wirklich nur gelernt?«

Marvins Wangen färben sich rosa, die Fragen sind ihm peinlich. Es ist schon schlimm genug, dass unsere Mitschüler ständig behaupten, wir wären ein Paar, Lisa könnte sich mit solchen Sticheleien wirklich zurückhalten.

»Hör auf, ihn zu ärgern«, fordere ich sie auf. Sie weiß haargenau, wie unangenehm Marvin das ist. »Ich nenn dich auch bei deinem Pseudonamen, Nessa Fae-dings.«

Lisa grunzt abfällig. »Bei Jess glaube ich sogar, dass ihr nur gelernt habt.« Marvin wechselt von rosa zu dunkelrot und sie wendet sich wieder an mich. »Außerdem hast du meinen Teil nicht übernommen, sonst wäre dir aufgefallen, was mir aufgefallen ist.«

Je länger sie um diesen schrecklichen Notfall drumherum redet, desto weniger habe ich eine Idee, was sie meint.

»Was sollten wir denn mitbekommen haben?«, versucht Marvin das Gespräch auf das eigentliche Thema zu lenken.

Da stößt Lisa einen brummelnden Laut aus, der wie ein Knurren klingt. Meine Freundin ist fuchsteufelswild und zornig. »Oh, ich bringe Antonia um!«, schimpft sie. »Dreimal und gleich noch mal zur Sicherheit. Bei allem, was mir heilig ist, das wird sie büßen! Schau dir unseren Blog an!«

Lisa reicht mir den Laptop, unsicher lege ich ihn auf die Knie. Marvin schaut mir über die Schulter. »Das hat sie nicht wirklich?«, fragt er ungläubig, während ich wie hypnotisiert auf die Zeilen starre.

Als einzigen Kommentar unter Harryhausens Vorstellung entdecke ich Folgendes:

> An Tonia, 18. Februar, 13:43 Uhr
> Äääätzend! Knetmonster sind so verstaubt, lass sie doch in Frieden in ihrem Grab vergammeln.

»Entspricht ihren sonstigen Sticheleien«, gestehe ich, und Marvin bestätigt das mit einem Nicken.

»Schau dir die Besprechung von *Mummy Love an*«, seufzt Lisa.

Ich rufe den Artikel auf und sehe ebenfalls einen Kommentar von Antonia. Nur von ihr, niemand anderes scheint unseren Blog zu lesen.

»So eine Scheiße«, meint Marvin, dabei flucht er so gut wie nie. Das letzte Mal habe ich ihn schimpfen gehört, als seine Playstation abstürzte und alle seine Speicherstände unwiederbringlich gelöscht waren.

> An Tonia, 18. Februar, 15:17 Uhr
> Du hast echt keine Ahnung! Wer würde schon Ankh verschmähen? Jedes Mädchen träumt davon, seine Prinzessin zu sein, jedes! Bist du keins, Jessica? Sind Freaks geschlechtslos?

Obwohl Lisa nichts davon erwähnt, rufe ich gleich den Artikel auf, den ich Marvin eben noch vorgelesen habe. Eine böse Vorahnung leitet mich, vielleicht wäre es besser, nicht nachzusehen. Gleichzeitig möchte ich es einfach hinter mich bringen. Antonia hackt zu gerne auf mir herum, sie sollte mich eigentlich nicht mehr schocken können.

Und natürlich finde ich wieder einen Kommentar von ihr vor. Sie muss unserem Blog sehr gewissenhaft folgen, dieser Beitrag hier ist keine zehn Minuten alt.

An Tonia, 18. Februar, 18:13 Uhr
Woher willst gerade du wissen, was gut ist und was nicht? Findet dich jemand gut? Kann ich nicht behaupten. Eher das Gegenteil, Freak. Deine Meinung interessiert niemanden, die findet niemand gut! Check's endlich!

Ich traue meinen Augen kaum und umfasse meinen Laptop fester, bis die Fingerknöchel weiß hervortreten.

»Du machst noch das Gehäuse kaputt.« Vorsichtig löst Marvin den Laptop aus meinem Griff. »Oder schmeißt das arme Gerät gegen die Wand.«

»Ich bin fürs Schmeißen«, wettert Lisa sogleich. »Was Schweres gegen Antonias Schädel, da ist eh nur Mist drin.«

Ich drohe zusammenzusacken, halte mich gerade so aufrecht. Sofort erscheint Lisa an meiner Seite und nimmt meine Hand, versucht mir Trost zu spenden. Doch sie steigert sich nur in ihre Schimpftiraden hinein, während Marvin bereits seine innere Ruhe wiedergefunden hat. Ich sitze zwischen einem brodelnden Vulkan und einem stoischen Zen-Mönch, bin mir allerdings nicht sicher, auf welche Seite ich mich schlagen soll.

Bin ich wütend? Irgendwie nicht. Lässt es mich kalt? Auch das nicht.

Ich nehme es mir zu Herzen, aber ich weiß nicht, wie ich reagieren soll.

Antonia kann meine Kleidung kritisieren, meine Art zu reden oder meine seltsamen weder braunen noch blonden Haare. Das stört mich nicht, da schleudere ich problemlos eine spitze, sarkastische Erwiderung entgegen. In diesem Moment fühlt es sich jedoch an, als hätte sie mein Herz herausgerissen und darauf herumgetrampelt. In diesem Projekt steckt mein Herzblut und gleichzeitig schürt es all meine Unsicherheiten.

Warum hat niemand außer Antonia kommentiert?

Prüfend fahre ich mit den Fingern über mein Herz, alles heil. Antonias Kommentare schmerzen, doch ich lasse nicht zu, dass meine brodelnde Fantasie mich in einen Tagtraum zerrt. Jetzt ist keine Zeit für mein persönliches Drama.

Das Stechen verschwindet trotzdem nicht. Im Gegenteil, ich spüre durch den Pullover mein Herz wild pumpen.

Obwohl ich immer wieder mit Antonia in der Schule zusammenpralle, käme mir nie in den Sinn, sie öffentlich im Netz anzugreifen. Das hebt die Sticheleien und Wortgefechte auf eine ganz neue Stufe.

»Facebook«, knurrt Lisa derweil. »Geh auf unsere Seite. Wir müssen diesen Mist wie einen Schlag, dem man nicht ausweichen kann, hinnehmen. Ein fieser, gemeiner Schlag, eindeutig unter der Gürtellinie.«

Marvin öffnet unsere Facebook-Seite und dreht den Laptopbildschirm zu uns. Mir wird übel, während ich die Zeilen überfliege.

> Macht euch nicht die Mühe, diesen Blog zu besuchen. Total öde. Wie bei allen uralten Kinos sollte auch hier der Vorhang für immer geschlossen bleiben.

An Tonia, Michelle Mega und fünfzehn anderen gefällt das.

»Sie hat uns überall ...?«

»Überall. In jedem sozialen Netzwerk, das ich kenne. Dieses Mist...«

»Wieso?«

»Weil das Antonia ist!« Lisa schlägt mit der Faust in die Luft, als ob sie irgendwelche imaginären Feinde bekämpfen würde, während ich Antonias Post wieder und wieder lese. Fünfzehn Leuten gefällt es, dass Antonia unseren Blog niedermacht. Warum, frage ich mich. Ich habe ihnen weder einen Grund geliefert noch sie angegriffen. Ist denen nicht klar, dass jeder einzelne Like sticht, als würden sie mir ein Messer ins Herz rammen?

Fünfzehn Fremde teilen Antonias Meinung, dass die Themen unseres Blogs niemanden interessieren und nicht zeitgemäß sind. Rein zahlenmäßig scheinen sie überlegen zu sein ... Aber haben sie deswegen auch recht? Ich bin verwirrt, zweifle, ob meine Herangehensweise die richtige ist. Kann ich mich dazu überwinden, über so Oberflächliches wie Antonia zu berichten? Bis Montag wusste ich nicht mal, dass Madonna Mode designt.

Diese blöden Zahlen sprechen eine andere Sprache. Ich wünschte, ich könnte sie löschen, sie vergessen. Ich wünschte, ich hätte nie mit diesem blöden Blog angefangen. Dann würde ich jetzt nicht auf meinem Bett kauern und mich unbeachtet und wertlos fühlen.

»Ich stopf ihr den Mund mit Knete zu«, wettert Lisa zornig. »Ich werde sie fesseln und in eine tiefe, tiefe Schlucht werfen, wo sie verrottet! Im Dunkeln. Allein.«

»Das wird schwer«, antwortet Marvin. »Wenn überhaupt, habe ich nur Knete in diesem Pflaumenspiel von früher. Erinnerst du dich? Es war wahnsinnig lustig, die Dinger zu zermatschen.«

Ich schmunzle verhalten über Marvins Versuch, Lisa abzulenken.

»Da waren wir acht oder so.« Sie reibt sich die Hände und grinst ihr »Ich habe einen fiesen Plan«-Grinsen, das gegnerische Generäle zusammenzucken lassen würde. »Rache wird am besten steinhart serviert!«

»Das geht zu weit, Lisa, äh ... Nessa Dings«, werfe ich ein. »Außerdem, was soll sie daran hindern, danach weiter Kommentare ins Netz zu stellen? So wird es nur schlimmer.«

»Schmier ich ihr eben die Knete in die Tastatur.« Lisa tippt sich mit dem Finger ans Kinn. Sie ist so sehr in Rage, sie korrigiert nicht mal ihren Elbennamen. »Tom kennt bestimmt jemanden, der jemanden kennt, der Viren programmiert. Ohne Laptop oder Smartphone – keine Kommentare mehr.«

»Es gibt immer noch das Schulnetzwerk oder sie macht das von Michelle aus.«

Lisa stößt einen wahrhaftigen Kriegsschrei aus. »Wird die Schule gleich mit lahmgelegt. Ohne PCs haben wir in Medien Freistunde.«

»Oder«, Marvin wartet mit der schlimmsten Konsequenz auf, »zusätzliche Mathestunden mit Bornbach.«

»Bloß nicht! Dreimal Mathe in der Woche reicht.« Lisa

hält bei den Racheplänen kurz inne, so eine Bestrafung wünscht sich keiner von uns.

Mir dagegen ist zum Heulen. Ich könnte mich auf Antonias Gerüchteküche einlassen, aber damit würde ich mich selbst belügen. Das Bloggen macht mir Spaß, weil ich über das schreiben darf, was mir gefällt. Also sollte ich mich nicht von Antonias Hetzereien beeinflussen lassen.

Außerdem geben Lisa und Marvin ebenso wenig auf. Wir haben zu viel Arbeit in *moviesonmymind* gesteckt, um jetzt aufzuhören.

»Wir müssen auf jeden Fall etwas unternehmen.« Lisa verschränkt die Arme. »Das ist Rufschädigung.«

»Negative Presse ist ebenfalls Presse«, meint Marvin ruhig.

Überrascht wende ich mich ihm zu.

»Sicherlich ist das nicht der Weg, wie ihr euren Blog bekannt machen wolltet, aber dank Antonia haben schon jede Menge Leute davon gehört. Und deren Freunde bestimmt auch, das ist wie ein Schneeballsystem, wenn der Ball einmal läuft ...«, versucht Marvin mich aufzumuntern.

»Wir sollen Antonia also für ihre Gemeinheiten auch noch dankbar sein? Niemals!« Lisa greift über mich hinweg und will den Laptop packen. »Marvin, zeig mir, wie ich diese Kommentare löschen kann. Sofort.«

»Nein«, weigert er sich und hält das Gerät außer Reichweite.

»Gib her!«

Bevor meine Freundin über mich hinwegklettert, um Marvin zu attackieren, halte ich sie fest.

»Das ist nicht richtig, Lisa«, argumentiert Marvin gelassen. »Meinungen werden immer unterschiedlich sein. Daran wirst du nichts ändern.«

»Dann akzeptiere jetzt meine Meinung und gib mir den Laptop!«

Es nützt nichts. Lisa besitzt die Kraft eines Taifuns, braust über uns hinweg, und ehe ich mich versehe, liege ich auf Marvin, der unter mir auf dem Boden ächzt.

In der Zwischenzeit hat Lisa den Laptop an sich gerissen und thront triumphierend auf meinem Bett.

»Wir könnten es einfach ignorieren«, sage ich vorsichtig und richte mich wieder auf. »Abwarten, bis keiner mehr davon spricht.«

»Ich bin weder geduldig, noch werde ich das auf mir sitzen lassen.« Kurz flackert ihr schelmisches Grinsen auf. »Wollt ihr weiter aufeinander liegen? So werden die Pärchen-Gerüchte definitiv nicht weniger.«

Ruckartig rutsche ich von Marvin runter, bleibe jedoch auf dem Boden sitzen. Darauf schenkt er mir ein unsicheres Lächeln, als wollte er sagen: Lisa meint es nicht böse.

Im Gegensatz zu Antonia. Die will mit ihren Worten verletzen. Wenn wir also antworten, begeben wir uns nur auf Antonias Niveau runter. Zwar hat Antonia buchstäblich den ersten Stein geworfen, doch was passiert, wenn ich ihn aufnehme? Mit voller Wut zurückgeschleudert, endet das nur in einem Hagel an Beschimpfungen, Beulen und Verletzungen, denn keiner von uns wird freiwillig aufhören. Und ich bezweifle, dass Lisa eine Niederlage eingestehen würde.

Ein nicht enden wollender Teufelskreis.

»Das bringt nichts.« Ein Hustenanfall meiner abklingenden Erkältung schüttelt mich durch und ich lasse mich gegen Marvin sinken. »Antonia wird immer weitermachen. Wir müssen so antworten, dass wir ihr keine Angriffsfläche bieten.«

»Du meinst, rein sachlich«, schlussfolgert Marvin. »So etwas wie: Schade, dass wir nicht die gleiche Meinung teilen?«

Ich nicke, nun wieder energischer. »Wir reagieren, jemand anderes wird das sehen und auf unseren Kommentar reagieren, so funktioniert das doch, oder?«

»Theoretisch und im besten Fall«, stimmt Marvin mir zu.

»Im schlimmsten?«

»Macht Antonia einfach weiter.«

Darauf antworte ich nur mit einem Schulterzucken, denn nichts wird Antonia davon abbringen, uns zu demütigen.

Da hält Lisa meinen Laptop wie eine Friedenspfeife vor sich. »Okay, sachlich.« Dennoch seufzt sie theatralisch, als wäre ihr die Chance auf einen guten Kampf entgangen. »Das formuliert lieber ihr, ich würde ihr nämlich gerne sämtliche Flüche, Poltergeister und Dämonen an den Hals wünschen.«

Mit dem Klingeln des Weckers hüpfe ich am nächsten Morgen aus dem Bett und beame mich praktisch zum Schreibtisch. Sofort rufe ich unseren Blog auf. Antonias Hetzreden sind nicht verschwunden, wär ja auch zu schön. Dafür sind drei Kommentare dazugekommen.

Cloud_FF, 18. Februar, 22:57 Uhr:
Ich freue mich, zum Start des Superhelden-Films mit dir ins Kino zu gehen. Im Trailer sahen die Schwärme von Kakerlaken super animiert aus.

Das ist Marvin, ich kenne seine Namen im Internet genauso gut wie seine Augenfarbe. Immer versucht er mich aufzumuntern oder mir so gut es geht weiterzuhelfen.

CaptainTom, 19. Februar, 0:45 Uhr:
Also, ich finde den Bericht genial! Ich geh gleich mein altes Spielzeug und den Camcorder suchen. Rawr, Roboter vs Yokai und sie machen alles platt! Ich füg dir den Link an, wenn's online ist :)

Typisch Tom. Er drohte bereits, dass wir mit ihm so einen Film drehen müssen. Ich höre seine Stimme in meinem Ohr, wenn ich die Worte lese, und nehme mir vor, mich zu revanchieren.

Außerdem ist da noch ein weiterer Kommentar von einer Yasmin98. Ich kenne keine Yasmin, umso überraschter bin ich, ein paar Zeilen von ihr zu lesen. Natürlich soll der Blog auch Fremde ansprechen, dennoch fühle ich mich ein wenig überrumpelt.

»Hi Yasmin, willkommen auf unserem Blog«, flüstere ich, was natürlich total absurd ist.

Yasmin98, 19. Februar, 3:47 Uhr:

Hey, lass dich von den fiesen Gemeinheiten nicht runterziehen. Shake it off, sag ich nur dazu! Ich hab mich bei dem Video schlapp gelacht. Werd mir noch mehr Filme davon reinziehen. Das ist so alt, dass es schon wieder cool ist.

Yasmins Kommentar begeistert mich über alle Maßen. Zwischen Duschen, Anziehen, und Haare-Föhnen schleiche ich zu meinem Laptop und überfliege erneut ihre Nachricht. Am liebsten möchte ich vor Freude hüpfen und ein ausgelassenes Lachen blubbert am Rand meines Bewusstseins. Ich rufe den Artikel sogar mit dem Smartphone auf und mache mir einen Screenshot, damit ich Antonias Lästereien überstehe.

Nach außen hin scheint es mich nicht zu stören, wenn ich mit meiner Meinung bei anderen anecke, aber dieses Selbstbewusstsein ist reine Fassade. So viele Unsicherheiten, mit denen ich kämpfe, Fragen, auf die ich keine Antwort finde ... Die Zustimmung eines Fremden ermuntert mich weiterzumachen. Yasmin will mir nichts beweisen, macht das nicht, weil sie einer Freundin helfen will, sondern weil sie meine Auffassung teilt.

Manchmal reicht schon eine einzige Zustimmung, damit ich nicht mehr das Gefühl habe, dass ich mit meiner Filmverliebtheit allein bin.

Gleichzeitig erinnert es mich daran, wie sehr ich mir so etwas von meiner Mutter wünsche.

Ich hab noch ein bisschen Zeit, bevor ich zur Schule aufbrechen muss. Daher hole ich die Kisten unterm Bett hervor, bis ich die letzte in der hintersten Ecke zu fassen bekomme. Zwei Bilder sind mir von meiner Mutter geblieben. Ein Foto zeigt meine Eltern als junges Paar an Weihnachten. Von den schrecklichen Frisuren und den anscheinend selbstgestrickten Elchpullovern mal abgesehen, wirken sie total verliebt. Meine Mutter sitzt auf dem Schoß meines Vaters, er lächelt mit dem Kopf auf ihrer Schulter in die Kamera. So ein Lächeln habe ich seit Ewigkeiten nicht mehr bei meinem Vater gesehen.

Das andere Foto ist von einem Strandurlaub. Meine Mutter brutzelt in Badeanzug und gewaltigem Strohhut in der Sonne, während mein Vater mit meinem vielleicht dreijährigen Ich eine riesige Sandburg baut. Wir häufen lachend Sand auf und meine Mutter lächelt zufrieden in die Kamera. So, als besäße sie alles Glück, das sie auf dieser Welt bräuchte.

Ich kann weder mit meiner Mutter sprechen, noch kann sie mir antworten. Genauso wie meine Vorstellungskraft sich beharrlich weigert, sie erscheinen zu lassen. Dennoch kann ich ihr per Gedanken all meine Zweifel, Ängste und Wünsche mitteilen. Heute Morgen erzähle ich ihr stumm von Yasmins Kommentar und dass ich mich nicht unterkriegen lasse.

Es ist ein einseitiges Gespräch, was normalerweise die Lücke, die sie hinterlassen hat, nur noch größer werden lässt. Doch heute fasse ich stattdessen einen Entschluss: Ich werde mich endlich auf die Suche nach dem Mann auf den Fotos begeben. Werde ihn aus seinem Versteck holen, ihn und den Spaß, den wir damals zusammen hatten. Wieso muss ich mich so einsam fühlen, wenn ich ihn doch habe?

Schnell räume ich meine geheime Box weg und marschiere voller Zuversicht in die Küche. Sämtliche Spuren meiner Mutter sind aus unserer Wohnung verschwunden, aber das heißt nicht, dass es nicht wie früher sein kann.

Hoffnungsvoll setze ich mich an den Frühstückstisch und gieße mir eine Tasse Kaffee ein, während mein Vater seine Zeitung liest und gelegentlich von einem Brot abbeißt. Ich nutze meinen Höhenflug, wir werden das lästige Schweigen jetzt beenden. Sofort. Und wenn es nicht funktionieren sollte, muss ich in spätestens fünf Minuten los, um noch pünktlich in die Schule zu kommen. Ich habe also nichts zu verlieren.

»Guten Morgen. Ich hab mir diese Sache mit den Bildrechten durchgelesen.«

Mein Vater hält beim Umblättern seiner Zeitung inne und sieht mich verwundert an.

»Für den Blog, das Schulprojekt für Medien?«, erinnere ich ihn und kippe mein Müsli in die Schale. Ganz beiläufig, als wäre es nichts Besonderes. »Alle Bilder, die gegen das Copyright verstoßen, sind raus. Meine Schule ist im Impressum angegeben und das Passwort knackt niemand.«

Jetzt legt er die Zeitung weg und seine Mundwinkel heben sich zu einem winzigen Lächeln. »Ich weiß.«

Mein Herz schlägt schneller, es rast beinahe vor Aufregung, sodass ich Mühe habe, die Milch nicht zu verschütten. Besser, ich stelle die Packung beiseite, bevor ich mich noch umziehen muss.

»Du hast den Blog gelesen?« Tatsächlich schiebe ich mir einen Löffel halbtrockenes Müsli in den Mund. Mein Körper handelt wie auf Autopilot – Jess braucht Frühstück, sonst übersteht Jess die ersten beiden Schulstunden nicht –, während meine Gedanken rattern, singen, jubilieren.

Ich freue mich über jedes Körnchen, als hätte ich einen Goldbarren verdient.

»Natürlich habe ich ihn mir angesehen.« Mein Vater greift nach der Milchpackung und ertränkt mein Müsli, genau so, wie ich es am liebsten mag.

Der nächste Goldkrümel. Ich grabe hier noch einen großen Schatz aus.

»Auch gelesen?« Ich halte in meiner Euphorie kurz inne, fürchte, dass er verneint.

»Noch nicht«, betont mein Vater, und es klingt wie ein traumhaftes Versprechen. Mit Mühe löffle ich langsam, damit ich mit dem Kauen hinterherkomme. Einerseits taktisch klug gewählt, dass ich bald zur Schule aufbrechen muss, so wäre ich jedem Streit aus dem Weg gegangen. Andererseits könnte ich jetzt auch eine Stunde lang am Tisch sitzen bleiben. Ich will ihn fragen, was er von dem Blog hält ... oder sollte ich mein Glück nicht überstrapazieren?

Der Streit vom Wochenende scheint jedenfalls ausgestanden zu sein, oder wir haben beide beschlossen, ihn ruhen zu lassen. Daher wage ich einen weiteren Vorstoß und frage: »Hast du am Samstag Zeit? Wir könnten noch mal probieren, was zu unternehmen.« Ich wähle die Worte schwammig, mein Vater soll bloß nicht ans Kino denken, werfe jedoch ein: »Nur nicht in den Zoo.«

Er winkt ab. »Die Idee war nicht so gut, was?«

»Nein«, antworte ich ehrlich. »Vor allem bei dem eisigen Wetter, selbst den Tieren war es draußen zu kalt.«

»Also ein Fail.«

Ich verschlucke mich fast an meinem Müsli. »Was?«

»Ein Fail.« Unsicherheit flackert in seinen Augen auf. »Kollegen haben mir die Blogs ihrer Kinder gezeigt. Da kamen ständig Überschriften wie Fail des Tages oder Fail des Monats drin vor.«

Vor Überraschung, dass mein Vater so ein Wort benutzt, vergesse ich weiterzulöffeln. Das ist ja, als wenn Michelle plötzlich wüsste, was superkalifragilisticexpialigetisch bedeutet. Außerdem wächst meine Verwunderung weiter an – er hat sich wirklich meinen Blog angesehen! Scheint sich sehr wohl für mich zu interessieren, anstatt sich immer nur unnötig Sorgen zu machen. Gut, er musste sich zwar von anderen Erwachsenen Hilfe holen, aber ich frage Marvin und Lisa auch oft um Rat, wenn ich seine Entscheidungen nicht verstehe.

Gleichzeitig finde ich es süß.

Mein Vater erzählt mir von diesen Missgeschicken. Das Wort liegt ihm schwer auf der Zunge, eigentlich spricht er immer ruhig und flüssig, doch vor jedem »Fail« legt er eine kurze Pause ein. Als würde er darüber nachdenken, ob er es richtig verwendet.

»Der Zoobesuch war wohl unser Fail der letzten Woche«, schließe ich das Gespräch, bevor ich zu spät zur ersten Stunde komme.

»Bis heute Abend«, verabschiede ich mich. Die Tageszeitung meines Vaters liegt unbeachtet auf dem Frühstückstisch.

Wir haben aus dem eigentlich schrecklichen Zoobesuch etwas Schönes gewinnen können. Vielleicht haben wir nur kurz miteinander gescherzt, aber ich grinse beim Gedanken daran. Habe ich doch in letzter Zeit viel zu wenig gute Erinnerungen mit ihm.

6. Kapitel

In den kommenden Tagen wartete mein Vater jeden Morgen am Frühstückstisch auf mich, um mit mir über alles Mögliche zu reden. Und das, obwohl er praktisch mitten in der Nacht nach Hause kam. Die Investmentbank, für die er arbeitet, hat jede Menge internationale Kunden, und da er der Abteilungsleiter für den Bereich der Westküste der USA ist, muss er oft erst mittags ins Büro.

Das ist manchmal so ungerecht. Wenn ich in der Schule sitze, können seine Kunden in San Francisco und Los Angeles noch friedlich schlafen. Er theoretisch auch, dennoch frühstückt er immer mit mir. Bis zu meinem bisher wohl größten Fail eine Woche später, in der Nacht von Mittwoch auf Donnerstag. Meine Erkältung war so gut wie weg, und da mein Vater ja zurzeit abends nicht zu Hause war, beschloss ich, heimlich die nächste Preview in meinem Stammkino zu besuchen.

Manchmal werden Previews richtige Partys. Ich habe mich bisher immer passend zum Film verkleidet, mich schon mit Laserschwertern duelliert und als Zauberin Lisa mit meiner Magie quer durch den Saal gejagt.

Doch Lisa musste aufgrund ihrer Erkältung passen und auch Tom konnte nicht mitkommen. »Ich hab Donnerstag gleich um acht Uhr Führerscheinprüfung, dafür muss ich wach und ausgeruht sein.«

Das waren zumindest triftige Gründe, sonst wäre mir in den Sinn gekommen, dass sie den neuen Superhelden nicht richtig würdigten.

So blieb nur Marvin, der dem Film genauso entgegenfieberte wie ich. Zum einen weil wir ihn unbedingt ein paar Stunden vor dem offiziellen Erscheinen sehen wollten, zum anderen aufgrund unserer gemeinsamen Vorliebe für Superhelden.

Da er mir tausendmal mit dem Blog ausgeholfen hatte, ohne mehr als ein »Danke« zu verlangen, wollte ich mich revanchieren. Wäre Marvin ein Mädchen, hätte ich es Marvin-Tag genannt. Solche Späßchen enden mit Lisa meistens damit, dass wir stundenlang quatschen, uns die Fingernägel lackieren und über die letzte Folge unserer Lieblingsserie diskutieren.

Bei Marvin sieht die Sache ein wenig anders aus. Wir gehen oft zusammen ins Kino oder zocken eine Runde an seinen Konsolen. Deshalb habe ich ihn als Dankeschön mit selbstgemachten Keksen beschenkt, nach dem allereinfachsten idiotensichersten Rezept, das ich im Internet finden konnte. Ich habe nicht die Küche abgefackelt! Fast nicht ... Und obwohl es ein bisschen knackte beim Kauen, hat er sich gefreut. Vermutlich haben die vielen bunten Zuckerstreusel den verbrannten Geschmack abgeschwächt.

Gelangweilt zu Hause malträtierte Lisa mich mit einem Haufen Nachrichten: Ihr habt ein Date :), Mach keinen Unsinn beim ersten Date, Sei lieb zu Marvin ;) oder Du musst mir nachher alles erzählen!! Es nervt tierisch, sich nicht aufs Essen konzentrieren zu können, weil das Smartphone ständig piept, vibriert oder blinkt. Deshalb schaltete ich es schon Stunden vor der Kinovorstellung stumm.

»Woran denkst du?«, fragt Marvin mich, und meine Gedanken schnellen wieder zurück in die Gegenwart. Warum beschäftigen mich Lisas Sticheleien auf einmal so sehr? Ich sollte es einfach abhaken, aber ihre Nachrichten lassen mich nicht los.

Warum besteht sie so darauf, dass wir ein Date haben?

»Jess? Können wir dann los?«

»Was?« Ich reiße mich zusammen und sehe noch die letzten Zeilen des Abspanns von *Kakerlakenmann*. »Ja, bin so weit.«

Das Licht geht an, als ich mich bei Marvin einhake und wir gemeinsam die Treppe runtergehen.

Für heute Abend hat der Zauber des Films ein Ende gefunden. Trotzdem kann ich seine Kraft noch fühlen, immerhin trägt der Großteil der Leute im Saal Masken und T-Shirts mit aufgedrucktem Kakerlaken-Torso. So, wie auch Marvins und mein Gesicht eine schwarze Augenmaske ziert.

Die Zuschauer rennen lärmend durch den Vorraum, stürmen zu den Ausgängen. Wallende Capes über Winterjacken, Gelächter und ausgelassenes Singen der Titelmusik. Marvin und ich summen vergleichsweise leise mit.

Wer so eine Preview nicht schon mal erlebt hat, weiß vermutlich nicht, wie berauschend das Gefühl ist, ein Teil davon zu sein. Es ist ein Festzug, der hinaus auf den Vorplatz marschiert, eine Anerkennung sowie ein Dankeschön an die Macher eines tollen Films.

Der für Berlin typische graue Nachthimmel liegt wie ein Tuch über dem Potsdamer Platz. Es riecht nach Schnee, vermischt mit einem Hauch Abgase. Tagsüber wandern hier Tausende von Touristen über das Kopfsteinpflaster, kurz vor Mitternacht ist es zwar nicht mehr so überfüllt, aber immer noch voller Leben. Wobei Berlin eine Stadt ist, die niemals schläft und erst recht nie still ist. Dazu tragen wir Superhelden-Fans heute einen erheblichen Teil bei.

Auf dem Weg zum Nachtbus verlieren wir die meisten unserer Mitstreiter am S-Bahnhof. Eine Weile höre ich nur das Knirschen der Schritte und dumpfes Gemurmel aus den Lokalen in der Nähe, während Marvin und ich unseren Gedanken nachhängen. Frierend ziehe ich meinen Schal höher und betrachte versonnen den Himmel. Irgendwo zerschneiden Scheinwerfer die Dunkelheit, reflektieren die vereinzelten Schneeflocken, die aus den Wolken rieseln.

Der nächste Bus lässt nicht lange auf sich warten. Schweigend steigen wir ein, doch sobald uns die angenehme Wärme des Innenraums empfängt, fangen Marvin und ich gleichzeitig an zu sprechen.

»Fuuurchtbar eklig.« – »So genial.«

»Das hätte ich nicht gedacht.« – »Hab ich schon vermutet.«

Wir tauschen ein Lächeln aus, während sich der Bus mit einem Ruck in Bewegung setzt. Abgesehen von einem Obdachlosen, der einige Sitzreihen weiter vorne schnarcht, sind die Sitze leer. Vorsichtig löse ich den Knoten meiner Maske und stecke sie ordentlich zusammengefaltet in meine Tasche. Meine Finger sind wieder halb eingefroren, aber irgendwie traue ich mich nicht, Marvin als Heizkissen auszunutzen.

»Echt jetzt?«, wundere ich mich. »Die vielen Käfer waren gruselig.« Die Story hat mich echt mitgerissen, nur leider wollte ich mir bei den Milliarden von Kakerlaken am liebsten die Augen zuhalten. Ich habe so manchen Splatter-Film überstanden, doch *Kakerlakenmann* war selten widerlich.

»Ach, jetzt hab dich nicht so«, zieht mich Marvin auf. »Das war cool. Auf so eine Idee musst du erst mal kommen.«

»Typisch Jungs.« Ich schüttele mich vor Unbehagen. »Der sah aus wie eine Kakerlake. Hätten die ihm nicht wenigstens die Fühler ersparen können?«

»Die Fühler stören dich, sechs Arme sind aber okay?«

»Ja.« Prompt und präzise. »Die Fühler sahen so verdammt echt aus.« Ich fasse mir in die Haare und erschaudere gleich wieder.

Marvin schmunzelt. »Der Kakerlakenmann ist unzerstörbar. Er hat eine atomare Katastrophe ohne einen Kratzer überlebt.«

»Dass ein Kammerjäger bei seiner Arbeit in eine Grube voller genmanipulierter Kakerlaken fällt, sie ihn beißen und so das Gen übertragen, findest du nicht ziemlich weit hergeholt? Wo kamen die alle her?«

»Ist das wichtig? So entstehen nun mal Helden. Außerdem dient das dem Konflikt. Er wird zu dem, was er bekämpft hat.« Marvin schiebt sich seine Brille auf die Nase. Die meisten Superhelden haben eine zweihundertprozentige Sehkraft, für mich gibt es jedoch nichts Besseres als

Marvin mit Maske und Nerdbrille. Ich widerstehe der Versuchung, eine Million Fotos mit meinem Smartphone von ihm zu schießen.

»Vermutlich finde ich die Erklärung in den Comics, das hat Hollywood bestimmt gekürzt«, seufze ich.

Ein schabendes Geräusch erklingt, das halb im Brummen des Motors untergeht. Prompt stellen sich mir die Härchen in meinem Nacken auf. »Wenn ich heute Nacht auch nur ein leises Kratzen oder Rascheln höre, renne ich schreiend durch die Wohnung.«

Plötzlich hört sich das Schaben doppelt so laut an.

Ein kalter Schauer läuft mir über den Rücken. »Uaaah«, schüttele ich mich. Das ist kein Tagtraum, das passiert gerade wirklich.

Ich ziehe die Füße hoch, betrachte angeekelt den Boden, doch da krabbelt nichts, kratzt nichts, und überhaupt sehe ich nur ein zerknülltes Taschentuch von einem früheren Fahrgast.

Aber irgendetwas ist da unten, ich kann nur noch an krabbelnde, kratzende Kakerlakenschwärme denken, mit ihren brummenden Flügelschlägen und ... da zieht Marvin seine Hand unter dem Sitz hervor und das Geräusch verstummt.

»Das warst du«, beschwere ich mich. »Du hast mich reingelegt.«

»Nur ein bisschen.«

Mein böser Blick spießt ihn regelrecht auf.

»Nächsten Sommer erfahren wir, was die Aliens am Ende sollten«, fährt er einfach fort, und ich kann ihm nicht länger böse sein.

»Der Kakerlakenmann überlebt sogar in der Weite des Alls.« Ich lasse meine Hand durch die Luft schweben, als streiche sie über eine Anschlagtafel. »Wenn die Kakerlake auf ihre außerirdischen Insektenbrüder trifft.«

»Monsterlibellen.«

»Alienmarienkäfer.« Ich grinse.

»Gruselig.«

»Eine rote Invasion.«

»Der *Green-Lantern-Chor*, nur in Rot«, seufzt Marvin, und ich stupse ihn in die Seite. Vor Ewigkeiten haben wir eine grüne Laterne wie die aus den Comics gebastelt und in Marvins Fenster gestellt. Er liebt diese Reihe, doch ich bin froh, dass er nicht rekrutiert wurde.

»Wir sehen uns nachher in der Schule.« Der Nachtbus stoppt an meiner Haltestelle und die Türen gleiten auseinander. »Hat Spaß gemacht!« Mit einem Satz hüpfe ich ins Freie und rutsche fast auf dem frischen Schnee aus, der am Abend gefallen ist.

»Vorsicht!«, meint plötzlich Marvin hinter mir, als der Motor des Busses aufheult. Vor Schreck zucke ich zusammen, rutsche fast erneut weg, da schnellt ein Arm um meine Taille und hält mich aufrecht. Das Licht einer Straßenlampe lässt das Glatteis wie einen Spiegel glänzen und ich starre einen Moment verwirrt auf die Reflexionen. Der Fast-Sturz lässt mein Herz schneller schlagen.

»Hast du dir wehgetan?«, fragt er mich. Mein persönlicher Superheld hat mich vor einem gebrochenen Handgelenk bewahrt und mich in letzter Sekunde aufgefangen. Wenn das kein wahr gewordener Traum aller Nerdinen ist.

»Musst du nicht noch weiterfahren?«, frage ich lahm.

Anstatt mich loszulassen, hilft er mir, mein Gleichgewicht wiederzufinden. »Ich kann dich nicht um Mitternacht alleine nach Hause laufen lassen.«

»Ich lass mich schon nicht von Vampiren zur Geisterstunde beißen.«

Trotz der Maske erkenne ich Marvins Stirnrunzeln.

Normalerweise ist es Tom, der mich nach Hause bringt. Er wohnt praktisch um die Ecke, während Lisa und Marvin in eine andere Richtung müssen. Obwohl Tom immer scherzt, dass eher unsere Zwergenkriegerin Marvin nach Hause bringt als umgekehrt.

»Na los, du Held«, fordere ich ihn auf, »führe mich sicheren Pfades über das Glatteis.«

»Mylady.«

Es rührt mich, wie fürsorglich Marvin mir gegenüber ist. Ich kann den hell erleuchteten Eingang des Mietshauses schon sehen, trotzdem schlittern und gleiten wir gemeinsam bis zur Tür. Dabei fällt mir ein, wie oft Marvin mir schon beigestanden hat. Der Blog, klar. Als mir vor zwei Jahren der Querschläger eines Hockeyballs die Nase brach, war Marvin der Erste, der bei mir war und mit einem Handtuch versuchte, die Blutung zu stoppen. Jeden Morgen wartet er am Schultor darauf, dass ich gehetzt angerannt komme, um noch ein paar Worte mit mir zu wechseln. Und im Sommer, um mir eine eiskalte Wasserflasche entgegenzustrecken, als wäre er mein Marathontrainer.

Ich krame mit tauben Fingern die Schlüssel hervor und kämpfe einen Moment mit der Haustür.

»Du bloggst doch über *Kakerlakenmann*?«, wirft Marvin ein, während wir den dunklen Hausflur betreten. »Es gab nicht viele Previews, jede Menge Leute sind neugierig auf den Film.«

»Machst du mit?«, erwidere ich leise und lausche auf das vertraute Summen des Fahrstuhls, der zu uns runter ins Erdgeschoss gleitet. »Spielen wir ›Er sagt – sie sagt‹ und haben so gleich zwei Sichtweisen?« Und können uns im Beitrag genauso darüber auslassen wie im Bus, denke ich grinsend.

»Damit bekommst du bestimmt mehr Reaktionen als Antonia.« Marvin klopft mir auf die Schulter und schiebt mich in den Fahrstuhl. »Vermutlich wird sie sich darüber ärgern, aber die Superhelden werden ihre Hetzreden schon bekämpfen. Superhelden streiten immer für die Seite der Gerechtigkeit und ihre Fans ebenfalls.«

»Danke«, wiederhole ich in dieser Woche zum gefühlt hundertsten Male. Weil Worte jedoch nicht immer ausreichen, schlinge ich die Arme um ihn und ziehe ihn zu mir. Was als eine freundschaftliche Umarmung gedacht war, endet in etwas Unerwartetem. Marvin zuckt bei der plötzlichen Nähe kurz zusammen, bevor er sanft die Hände auf meinen Rücken legt. Durch den Stoff des Mantels sollte ich sie nicht so deutlich spüren, doch sie sind erstaunlich warm und halten mich vorsichtig. Sanfter, als ich es vermutet hätte. Oder gewohnt bin.

Für eine Sekunde rätsele ich, ob ich noch näher an ihn rücken sollte, den Kopf gegen seinen Oberkörper lehnen ... verscheuche den Gedanken aber genauso schnell, wie er gekommen ist, und trete zurück.

Marvins Hände bleiben in der Luft hängen, kurz erinnert er mich an einen Tänzer, dem die Partnerin abhandengekommen ist. Sein Mund ist leicht geöffnet, es kommen allerdings keine Worte heraus. Zweifel spiegeln sich in Marvins Augen. Wie lange ist es her, dass er in meiner Gegenwart so richtig nervös war? Nicht dieses »Jess, ich muss dir irgendwie sagen, dass ich die Herbstferien komplett weg bin«-Nervös. Sondern mit unruhigem Blick, vor Verlegenheit rosa gefärbten Ohren und einem Satz auf den Lippen, den er sich nicht traut auszusprechen.

Der Fahrstuhl bleibt in meinem Stockwerk stehen, die Türen öffnen sich, doch Marvin rührt sich nicht von der Stelle.

Ich schiele an ihm vorbei, überlege, ob ich mich durchdrängeln soll. Marvin kämpft stumm gegen seine innere Unruhe, die Kabine schließt sich und ich warte ab.

»Jess, ich«, er sieht zur Metallverkleidung, als wolle er meinem Blick ausweichen, »also, ich …«

»Was denn?«

Bevor er sich überwindet, gleiten die Fahrstuhltüren erneut auf, dieses Mal zucke allerdings ich zusammen.

Mein Vater wartet im Flur, die Arme verschränkt. Das Haar zerzaust und mit einem Kaffeefleck auf dem sonst stets makellosen Hemd. Noch nie habe ich diese roten Flecken auf seinen Wangen gesehen, er muss wirklich wütend sein.

»Wo bist du gewesen, Jessica?«, fragt er schneidend. Kurz fällt sein Blick auf Marvins Superheldenmaske, ehe er ihn darunter erkennt.

Die Türen schließen sich, verleihen der Szene eine ungewollte Komik. Während meine Finger zur Schalttafel wandern, um irgendeinen Knopf zu drücken, Hauptsache, ich entkomme dem drohenden Streit, gleiten die Türen erneut auseinander.

Das ist ja wie in einem schlechten Horrorfilm!

Marvin schiebt mich sanft aus der Kabine und wir folgen meinem Vater, der kopfschüttelnd zu unserer Wohnung geht. Wie um Halt zu suchen, umfasse ich Marvins Mantelärmel. Seine Verstärkung habe ich jetzt bitter nötig. Flieg mit mir davon, mein Superheld, flehe ich in Gedanken, aber weder meine Fähigkeit für Tagträume noch Marvin erhören meine Bitte.

»Eigentlich sollte ich mich bedanken, dass du Jessica sicher nach Hause gebracht hast«, sagt mein Vater an Marvin gewandt. »Andererseits ...«

»Schon klar.«

»Richte deiner Mutter aus, dass ich dankbar für ihre Hilfe bin.«

Marvin löst sich aus meiner Umklammerung und stopft seine Hände in die Taschen. Mein Vater spießt ihn mit einem meiner Meinung nach viel zu bösen Blick auf und Marvin wendet sich zum Gehen. »Bin schon weg, bis nachher in der Schule, Jess.«

Darauf spult das Leben vor, und ehe ich es verhindern kann, schließt mein Vater die Wohnungstür, und ich öffne den Reißverschluss meines Parkas.

Das Rattern des Schlosses deute ich als schlechtes Omen. Für mich gibt es kein Entkommen.

»Wo bist du gewesen?«, wiederholt mein Vater.

Wenn ich die Antwort »Im Kino« bringe, kann ich auch gleich auf der dünnen Eisschicht eines Sees herumspringen und hoffen, dass sie mein Gewicht trägt. Daher gehe ich direkt zu einer anderen Taktik über: dagegenhalten und bloß keine Schuld eingestehen.

»Wenn du bei Marvin angerufen hast, weißt du das doch längst«, kontere ich.

»Wieso gehst du nicht an dein Handy?«

Meine Gedanken schnellen zu Lisas blöden Anspielungen auf das angebliche Kinodate. Mist. »Hab nach der Schule vergessen, es wieder laut zu stellen. Was regt dich das auf einmal so auf?«, frage ich zurück. »Bisher hat es dich doch auch nicht interessiert, wenn ich abends länger wegbleibe.«

»Bisher wusste ich auch nicht, dass du an Schultagen bis nach Mitternacht unterwegs bist.«

»Es ist ja nicht so, als wäre es das erste Mal.« Ich streife meinen Parka ab und hänge ihn lässig auf die Garderobe im Eingangsbereich. »Ehrlich, es ist nichts passiert, du musst dir keine Sorgen machen. Weder sind meine Noten dadurch beeinträchtigt, noch haben wir etwas angestellt.«

Und so nimmt die Katastrophe ihren Lauf.

Ihr kennt doch bestimmt Katastrophenfilme. Dabei gibt es immer eine Kameraeinstellung, die in einer Totalen die Verwüstung zeigt. Die Schneelawine, die einen gleich mit sich reißt. Der Lavastrom, der eine Stadt unter sich begräbt. Godzilla, der eine Reihe Hochhäuser plattmacht.

Mein Vater rührt sich nicht von der Stelle, aber der anbrechende Streit trifft mich mit der Wucht von allen drei Katastrophen zusammen.

»Nichts passiert?«, hakt er nach. »Keine Sorgen machen? Du hast dich rausgeschlichen, ich hätte dir das nie erlaubt.«

»Hab ich nicht. Du warst nicht da, als ich gegangen bin.«

»Du bist mitten in der Nacht allein ...«

Ich lasse ihn zetern, warte, bis eine Lücke zwischen seinen Worten entsteht, und sage schnell: »Marvin.«

Mein Vater runzelt die Stirn.

»Die Jungs bringen Lisa und mich immer nach Hause. Außerdem brauche ich deine Erlaubnis nicht. Ich bin sechzehn. Sei doch froh, dass ich nur ins Kino gehe. Statt auf irgendeinem Hinterhof Gras zu rauchen und mich zu betrinken.«

»Ist dir nur eine Sekunde lang in den Sinn gekommen, was für einen Schreck du mir eingejagt hast?«, poltert er nun. »Ich komme nach Hause und du bist nicht da. Übers Handy bist du nicht zu erreichen und Lisas Mutter konnte mir auch nicht weiterhelfen. Ich dachte, dir sei etwas passiert, Jessica! Du hättest ...«

»Ich bin oft allein«, erwidere ich spitz. »Ist dir mal in den Sinn gekommen, was alles passieren könnte, wenn du nicht da bist, sondern arbeitest? Nein? Und nur, weil Mama bei einem Unfall gestorben ist, werde ich nicht gleich auch von einem Auto angefahren.«

»Das ist nicht der Punkt!«, wütet er. »Versuch gar nicht erst, es auf mich zu schieben. Du bist das Kind und hast dich an Regeln zu halten.«

»Was hättest du denn gemacht, wenn du Bescheid gewusst hättest? Wenn ich einen Zettel dagelassen hätte?« Ich verschränke die Arme vor der Brust und stelle mich ihm entgegen. »Vermutlich hättest du mich schimpfend aus der Vorstellung rausgezerrt.«

»Ich hätte dich definitiv abgeholt, damit dir nichts zustößt.«

»Was soll schon passieren? Ich hab Marvin oder Tom.«

»Die beiden scheinen ja nett zu sein, bei einer Schlägerei oder einem Überfall haben sie aber bestimmt keine Chance. Da kreisen sie fünf Kerle ein und prügeln sie halb tot, während sie dich ...«

»Papa«, es ist eine Ewigkeit her, dass ich ihn so genannt habe. Das Wort formt sich nur schwer in meinem Mund. »Du übertreibst maßlos.«

»Ich lese im Gegensatz zu dir Zeitung. Wenn ich vor zehn Jahren gewusst hätte, wie gefährlich Berlin wird und was für Freiheiten du dir nehmen wirst, wäre ich mit dir aufs Land gezogen. Dann würden wir diese elende Diskussion hier nicht führen.«

»Du übertreibst. Wenn du so denkst, dürfte ich nie wieder einen Fuß vor die Tür setzen. Oder willst du mich etwa jeden Morgen zur Schule fahren und wieder abholen? Als wäre ich acht?«

Er zögert einen Moment, als ob er es ernsthaft in Erwägung ziehen würde. Bis sich seine Miene verfinstert, denn mit seinem Job ist das kaum möglich.

»Siehst du, das würde nicht funktionieren. Du musst mir vertrauen.«

»Vertrauen? Wie soll ich das? Anscheinend hast du es nicht nötig, mir Bescheid zu geben.«

Die Diskussion führt doch zu nichts. Nur weil etwas passieren *könnte*, werde ich nicht aufhören, ins Kino zu gehen. So langsam beginne ich zu glauben, dass ihn gar nicht das späte Weggehen aufregt, sondern das abgrundtief böse Kino.

»Du steigerst dich da viel zu sehr rein. Immerhin gehen jede Menge Leute aus meiner Schule in Clubs oder treffen sich irgendwo zum Abhängen. Und das wird an anderen Schulen auch nicht anders sein.«

Jetzt mal ehrlich, was mache ich denn so Schlimmes? Oh nein, ich sehe mir bis spät in die Nacht einen Film an und werde anschließend auch noch nach Hause gebracht.

»Das kannst du nicht einfach so behaupten!« Jetzt stampft er doch tatsächlich genervt auf und ballt die Fäuste. »Ich hätte nach dem Tod deiner Mutter mit dir einen Therapeuten aufsuchen sollen.«

»Das klingt, als wäre sie schuld an der jetzigen Situation.«

»Vielleicht ist sie das. Sie hat dir nie Regeln aufgezeigt. Du bist nicht alt genug, um zu verstehen, dass diese ›Man lebt nur einmal‹-Mentalität dich nur in Schwierigkeiten bringt.«

»Ich bin also verantwortungslos und verzogen?« Ich traue meinen Ohren kaum. »Wie meine Mutter?«

Nach all den Jahren will er mir die wenigen verschwommenen Erinnerungen, die ich an sie habe, auch noch schlechtmachen? Was soll sie mit meinen Entscheidungen zu tun haben? Sie ist tot. Sie hat mir weder zugeraten noch geholfen, noch kann sie sich sonst irgendwie in mein Leben einmischen. Ich bin ins Kino gegangen, weil ich es so wollte.

»Damit ist jetzt Schluss«, stellt mein Vater fest. »Sonst wirst du es nie lernen.«

»Und du bist derjenige, der mir das beibringt? Weil du ja so unglaublich viel mit meinem Leben zu tun hast?«, werfe ich ihm an den Kopf, obwohl ich die Sätze nur halb ernst meine. Mich kann er beschuldigen und beschimpfen, aber nicht meine Mutter.

»Ab heute werden strengere Saiten aufgezogen.«

Ich schnaube nur. Der Schein der letzten Tage trügt. Mein Vater und ich haben nichts gemeinsam. Abgesehen davon, dass ich mir auch Sorgen machen würde, wenn ich ihn nicht erreiche, obwohl er schon seit Stunden zu Hause sein sollte.

Es war dumm, mein Smartphone zu ignorieren. Aber das gebe ich nicht zu.

Denn auf einmal taucht ein neuer Gedanke in meinem Kopf auf: Vielleicht schlage ich von meinem Charakter nach meiner Mutter und weiß es gar nicht? Immerhin gibt er ihr die Schuld, weil ich scheinbar irgendwie von ihr beeinflusst wurde. Das ist so eine verquere Elterndenkweise.

»Du hast Hausarrest.«

Ich rolle mit den Augen. Hausarrest mit sechzehn.

»Das heißt, du kommst nach der Schule sofort nach Hause, und es werden keine Freunde eingeladen.«

»Wie willst du das kontrollieren? Und was soll ich machen, wenn wir von der Schule Projektarbeiten haben?«

»Das hättest du dir früher überlegen können, Jessica. Ich werde anrufen.«

»Ooooh«, raune ich genervt. »Am besten per Videoanruf. Dann kann ich mit dem Smartphone alle Ecken abgehen, um dir zu zeigen, dass sich niemand unterm Bett oder in den Schränken versteckt? Nicht zu vergessen, ein Blick hinter meinen Rücken, da könnte Lisa sich ja verstecken.«

»Wenn du mein Vertrauen nicht weiter strapazieren willst, hältst du dich daran.«

»Für wie lange?«, frage ich teilnahmslos. Mit dieser Strafe trifft er mich nicht. Nicht in Zeiten von WLAN, Videochats und Streaming.

»Bis ich entscheide, dass es lange genug war.«

»Ehrlich, glaubst du, dadurch ändert sich irgendwas?«

»Treib es nicht auf die Spitze, Jessica!«, schimpft er. »Du hast genug Ärger am Hals.«

»Schön! Du hast mir ja ausführlich vorgehalten, wie dumm und verantwortungslos ich bin. Damit ich nicht noch dümmer werde, gehe ich jetzt ins Bett. Morgen ist Schule.«

Ich stürme an ihm vorbei in mein Zimmer und knalle die Tür hinter mir zu.

Mein lebensgroßer E.T. blickt mir aus traurigen Augen entgegen, und ich wünsche, er wäre nicht nur eine Figur, sondern lebendig, warm und kuschelig. Ich bräuchte jetzt dringend eine Umarmung.

Für einen Augenblick lausche ich, doch mir begegnet nur wieder diese verdammte Stille. Meine Gedanken kreisen, um den Streit, Marvins seltsames Verhalten im Fahrstuhl ... Nicht ganz überzeugt hebe ich meinen ausgestreckten Daumen in die Luft, aber es rettet mich kein Raumschiff, bevor meine Welt endgültig zusammenbricht.

Frustriert werfe ich meine Tasche aufs Bett und setze mich an meinen Laptop. Ich muss Lisa und Marvin von dem Streit erzählen, alles aus meinem Kopf schreiben. An Schlaf ist eh nicht zu denken.

Mein E-Mail-Programm streikt jedoch, zeigt mir Probleme mit der Verbindung an. Auf gar keinen Fall will ich mein Zimmer verlassen, um den Router zu kontrollieren. Also hole ich mein Smartphone hervor und entdecke das gleiche Ergebnis: kein WLAN.

So sehen also die neuen Regeln aus.

Davon lasse ich mich nicht kleinkriegen. Wofür habe ich mobiles Internet? Dann tippe ich halt meine Besprechung zu *Kakerlakenmann* auf dem Laptop, speichere sie auf meiner SD-Karte und poste sie mit meinem Smartphone auf dem Blog. Pech gehabt, Papa.

26. FEBRUAR, 1:57 Uhr, veröffentlicht von moviesonmymind

– EINSAM WIE DER KAKERLAKENMANN –
Hah! Geschafft! Der Artikel ist online :) Ihr müsst wissen, mein Laptop leidet unter technischen Schwierigkeiten. Wir haben einen WLAN-Dieb im Haus, auch mein Vater genannt. Daher musste ich auf Umwegen ins Internet.
Ihr hibbelt bestimmt auch schon auf *Kakerlakenmann – den Letzten fressen die Schaben* und wisst

ihr was? Ich war gestern Abend bereits in der Preview – der Film ist soooo gut! Kann ich nur empfehlen. Superhelden-Fans finden alles, was das Nerd-Herz begehrt: Einen Helden mit einer übermenschlich großen Aufgabe. Eine dramatische Liebesgeschichte. Sehr coole, aber Furcht einflößende Special Effects. Kakerlaken! Überall Kakerlaken! IEEEEEHHHHH! Ich konnte kaum hinsehen. Kann man gleichzeitig angewidert und geflasht sein, weil der Held auf einem gewaltigen Schwarm Käfer surft? Bei diesem Film auf jeden Fall!
Ich könnt noch Stunden darüber reden. Ich liebe ja Helden, die scheitern und Fehler machen. Wär doch sonst ungerecht, wenn sie Superkräfte *und* einen Spürsinn für die perfekte Entscheidung hätten. Oder?
Ich habe auch eine falsche Entscheidung getroffen. Oder scheinbar die falsche. Zumindest wenn es nach dem WLAN-Dieb geht. Okay, ich werde nicht wie der Kakerlakenmann mit dem Fallout bestraft. Keine Apokalypse, die bis auf die Kakerlaken alles und jeden ausrottet. Aber gerade jetzt fühle ich mich wie der Superheld im Film. Furchtbar einsam und allein. Ich bin die Einzige meiner Art, weil niemand für so was Belangloses eins auf den Deckel kriegt wie ich.
Nur Vorwürfe, falsche Anschuldigungen, maßlos übertriebene Sorgen. Wenn mein Vater mir nur zuhören würde, richtig zuhören und verstehen!!

Dann könnten wir diese tausend Katastrophen verhindern. Ich habe nämlich keine Superkraft, um die ständigen Streitereien zu überstehen. Ehrlich, Leute, mein Vater ist mein Kryptonit.

Eure Jess von moviesonmymind

KenshinHimura4ever, 26. Februar, 7:18 Uhr
VORSICHT, SPOILER! Mann, kannst du nicht reinschreiben, dass du das Ende verrätst und uns damit den Film versaust :(:(:(

NessaFaelivrin, 26. Februar, 9:12 Uhr
Sorry @Kenshin, keine Absicht. Ich zieh ihr die Ohren lang, wenn ich sie nachher in Spanisch sehe!

Lechat14, 26. Februar, 7:23 Uhr
Übertreib mal nicht so. Dein Vater ist sauer auf dich, dafür gibt's nen Grund. Eltern haben immer Gründe … Versuch, was zu ändern, herauszufinden, was los ist, anstatt dich nur in deinem eigenen Leid zu suhlen.

Captain_Tom, 26. Februar, 7:45 Uhr
Ich rette dich, Jess! Ich muss nur schnell mein Raumschiff bauen und betanken. Den Führerschein habe ich in ein paar Stunden in der Tasche. Wünsch mir Glück! ;)

Yasmin1998, 26. Februar, 13:01 Uhr
Viel Glück, Captain_Tom. Nimm Jess mal für mich in den Arm. Und so allein kann sie ja gar nicht sein, also kann sie sich die Dramaqueen sparen. Dein Freund hier will dir ein Raumschiff bauen, Jess?!
BTW: Typ? Höchstgeschwindigkeit?

Captain_Tom, 26. Februar, 16:36 Uhr
Bestanden! Auf neue Abenteuer auf den unendlichen Weiten des Asphalts.
Sternenjäger, 90 MGLT im Vakuum. :)

7. Kapitel

Vorsichtig schleiche ich in meinem nachtschwarzen Kampfanzug die Galerie oberhalb von Gossips Geheimlabor entlang, immer mit der Wand im Rücken. Mein Auftrag ist fast erfüllt, als ich die nächste Sprengladung an einem Stützpfeiler anbringe und die restlichen Pakete Sprengstoff an meinem Gürtel zähle.

Doch meine Neugier treibt mich zur Brüstung und ich werfe einen Blick nach unten. Unendlich viele Kleiderstangen rotieren wie ein Reißwolf unter mir. Tausende Kleidungsstücke, nach Farbe, Jahreszeit, Stil und Muster sortiert, mit megahohen Preisen auf den Etiketten. Roboterarme sprühen die Stücke mit einer gelbgrünen Giftwolke ein, um die Eitelkeit, den Neid und das Streben, an der Spitze der Hackordnung zu stehen, bei den Trägern zu maximieren.

Vergiss nicht deinen Auftrag, erinnere ich mich und kriече im Schatten der Brüstung zur anderen Seite der Halle.

»Gossip bestimmt dein Leben, Gossip ist gut. Gossip sagt dir alles, was du zu wissen brauchst.«

Ich will mir die Ohren zuhalten, doch befestige ich zuerst die letzte Sprengladung und aktiviere die Zeitschaltuhren. Fünf Minuten.

Jetzt nichts wie raus.

Dem Gebäudeplan in meinem Gedächtnis folgend, setze

ich zum Sprint an und hoffe, dass meine Tarnung nicht auffliegt.

Ein paar Handlanger werden auf mich aufmerksam, wollen mich mit ihren Schlagstöcken aufhalten. Aber ich weiche aus, räume sie mit gezielten Tritten meiner Converse aus dem Weg. Ein weiterer, und die Tür zum Ausgang fliegt vor mir auf, ich renne über eine flache Ebene und lande mit einem Hechtsprung in einer Senke. In dem Moment, in dem ich liegen bleibe, zerreißt ein Krachen fast den Himmel. Brennende Trümmerteile fliegen über mich hinweg, eine völlig verbogene Kleiderstange rammt sich gefährlich dicht neben mir in den Sandboden. Ascheflöckchen rieseln auf mich herab, als ich die Senke ein Stück hochklettere und mein Werk betrachte. Gossips Geheimlabor liegt in Schutt und Asche.

Aus meinem Ohrstöpsel erklingt ein Knacken. »Sehr gut, Agentin J«, ertönt die Stimme meines Supervisors, die mich seltsamerweise an Herrn Bornbach erinnert. »Sie haben soeben die Welt von einer großen Bedrohung befreit.«

Ein zufriedenes Lächeln umspielt meine Lippen.

Dann höre ich erneut Herrn Bornbach: »Noch fünf Minuten, Leute, beendet eure Aufgaben.«

»Ich habe die Welt gerettet«, murmle ich, »was denn noch?«

Müde hebe ich den Kopf von meinen Armen und reibe mir über die Augen. Anscheinend bin ich kurz weggenickt.

Antonias Blog flimmert auf dem Bildschirm und meine schlechte Laune wegen dieser Zicke überwältigt mich wieder. Wie leicht wäre es, wenn ich wirklich wie die Agentin aus dem Film wäre, den ich gestern Abend noch gesehen habe? Leider kann ich die Welt nicht vor hirnlosen Gerüchten retten.

Wäre ich eine Agentin, würde mein Vater mir bestimmt erlauben, alle Previews zu sehen, die es in dieser Stadt gibt. Ich könnte nachts stundenlang unterwegs sein, ich könnte mit dem Helikopter nach Hause fliegen, und zum Dank, dass ich einmal die Woche die Welt rette, würde er ab sofort wieder für uns kochen.

Lisas Grunzen holt mich zurück in die Gegenwart.

Meine Freundin tippt und löscht gerade ihren x-ten Kommentar, weil sie es nicht lassen kann, Antonia eins reinzuwürgen. Bisher hat sie noch keine Variante gefunden, die Herr Bornbach akzeptieren würde und die dennoch eine versteckte Beleidigung enthält.

Es fühlt sich wie ein harter Boxkampf in der zehnten Runde an, kurz vor Schluss und Antonia führt nach Punkten. Ich stelle mir vor, wie ich Lisa den Schweiß von der Stirn tupfe.

Mit einem Seufzer hake ich unsere Liste ab. Nachdem Herr Bornbach von Antonias Kommentaren und Hetzereien Wind bekommen hatte, rügte er sie vor dem versammelten Kurs.

Die Vorwürfe kümmerten Antonia jedoch nicht, und sie legte eine beeindruckende Show hin, die unser Lehrer ihr leider abkaufte. Ich bin immer noch völlig fassungslos, wenn ich daran denke. So ungefähr spielte sich das Szenario ab:

»Ja. Herr Bornbach.« Kurz betreten zu Boden sehen.

»Natürlich, Herr Bornbach, kommt nicht mehr vor.« Trauriger Hundeblick. »Ich werde mich bessern.« Leicht beschämtes Lächeln und ihr wurde vergeben.

So eine Superkraft würde ich gerne bei meinem Vater anwenden. Aber nicht zu oft, da Antonias Masche in puncto Manipulation unschlagbar ist.

Lisa und ich wurden für unsere sachliche und erwachsene Verhaltensweise gelobt, aber die Freude darüber hielt nicht lange an. Denn Herr Bornbach verdonnerte den gesamten Kurs, das Kommentieren zu üben. Sachlich und vernünftig. Nicht mal Sarkasmus oder fiese Emojis sind erlaubt. Und das bei rund fünfzehn Blogs – so einschläfernd.

»Nehmt euch ein Beispiel an Lisa und Jessica.« Ich wollte bei der Aussage am liebsten im Boden versinken. »Besonders du, Antonia. Der Grundstein des Internets ist ein freundlicher und höflicher Umgang.«

Ich ahne, dass Antonias Rache schrecklich ausfallen wird, für die Dauer der Medienklasse sind ihr jedoch die Hände gebunden.

Zum bestimmt zehnten Mal gehe ich die Liste durch, damit wir keinen Blog vergessen. Nur noch Antonias Gossip-Blog ist übrig. Die Seiten über Jogginghosen, Menükarten der Stars und Co scheinen uns zu verhöhnen.

Den Kommentar für Marvins Online-Radio hatte ich in dreißig Sekunden fertig. Für Antonias Seite … ich traue mich nicht, auf die Uhr zu schauen.

»Ja! Ich weiß was.« Lisa klopft triumphierend mit der Faust auf den Tisch. »Wir schreiben einfach, stell doch mal

Sachen in meiner Größe vor. Das ist keine Kritik, sondern ein Ratschlag.«

Ich nicke. »Schreib auch noch: Nicht jede trägt XS. Damit holen wir uns Sympathie-Punkte.«

»Und dann folgt ein Scherz. So was wie: Mensch, kein Wunder, dass die Schauspielerin ein Hungerhaken ist, die bekommt ja nie was Richtiges zu essen in dieser Mikroküche.«

Ich nicke wieder. Das ist nur eine normal formulierte Meinung, da stimme ich Lisa zu. Meine Zwergenkriegerin hat ihren Kopf durchgesetzt.

»Unter jeden Kommentar setzen wir einen Link zu unserem Blog. Wie eine Signatur.« Ein Funkeln tritt in Lisas Augen, als schmiede sie einen gemeinen Plan. »Oder noch besser, wir schreiben, dass wir in unserem Blog was zu einem ihrer Filme berichtet haben. So kommen sie alle, a-l-l-e auf unsere Seite. Haben wir doch, oder?«

Ich schüttele den Kopf.

»Nicht?« Lisa schickt mir einen tadelnden Blick. »Meine Liebe, die Freundschaft von Nessa Faelivrin sei dir sicher, aber«, ein schelmisches Grinsen zerschlägt ihr kurzes Schauspiel einer holden Elfe, »spuck gefälligst in die Hände. Der Berg wird nicht bezwungen, indem wir ihn anstarren.«

Da du das Internet gesperrt hast, bleibe ich noch eine Stunde länger in der Schule und kümmere mich um die Hausaufgaben, für die ich welches brauche.

Ich verkneife mir den genervten Smiley und schicke die Nachricht vollkommen emotionslos ab. Wenn Sachlichkeit bei Antonias Hetzreden hilft, warum nicht auch bei stinkwütenden Vätern?

Die Hausaufgabe dient nur als Alibi, um Zeit zu schinden. Denn wie alle Eltern wurde er darüber informiert, dass das Medienzentrum manchmal länger für die Schüler geöffnet hat. Abgesehen vom Bereich, in dem Herrn Bornbachs Unterricht stattfindet, gibt es noch jede Menge Gruppentische.

Theoretisch ist es ein Ort des Lernens, die meisten Schüler nutzen das Angebot allerdings dazu, sich gegenseitig YouTube-Videos zu zeigen.

Freitags ist hier immer wenig los, weil jeder schnellstmöglich ins Wochenende will, deshalb haben wir das Medienzentrum fast für uns. Herr Bornbach schaut zwar sporadisch vorbei, beschwert sich jedoch nicht, dass wir drei Tische zusammengeschoben und uns daran ausgebreitet haben. Draußen wird es bereits dunkel. Eine grauschwarze Wand wartet hinter den Fenstern und das Licht der Neonröhren taucht meine Freunde in ein fades Licht. Wir sind schwer beschäftigt, doch weniger mit Hausaufgaben. Tom kritzelt in seinem Notizheft an einem neuen Raumschiffmodell herum, irgendeinem schnellen Gleiter. Lisa schaut auf meinem Laptop zum gefühlt tausendsten Mal den Kurzfilm, den Tom gedreht hat. In 180 Sekunden zerfetzt mein Dino eine Legostadt und entführt eine von Lisas alten Barbiepuppen in sein Reich, den umgekippten Mülleimer.

Während ich jede Minute in mich aufsauge und den Comic zum Kakerlakenmann weiterlese.

Ich habe die besten Freunde überhaupt! Wer sonst würde freitags nach der letzten Stunde noch länger mit mir in der Schule bleiben?

Mein Smartphone leuchtet auf, das stille Signal, dass eine Nachricht eingegangen ist, und ich starre es böse nieder. Ich stelle mir vor, wie ein Laserblick ein Loch ins Display brennt. Was wohl mein Vater dazu sagen würde? Ob er sich weiterhin beschweren würde, dass er mich nicht erreichen kann? So ein Manöver würde mir aber gleichzeitig die letzte Rettungsleine zur Außenwelt zerreißen.

»Und? Was schreibt dein Vater?«, fragt Lisa, nachdem das Video zu Ende ist.

»Woher willst du wissen, von wem die Nachricht war?«, kontere ich.

»Wir sind alle hier«, meint Tom. »Wer soll dir also sonst schreiben?«

Ich gebe mich schnippisch. »Mein geheimer Loverboy.«

Anstatt zu lachen, grunzt Lisa abfällig. »Jeder anderen würde ich das glauben.« Da schlägt sie Marvin spielerisch gegen den Arm. »Stimmt's, Marvin, hab ich recht?«

Marvin liest konzentriert weiter in seinem Biologiebuch, als wollte er wirklich Hausaufgaben machen. Oder als möchte er keine Antwort beisteuern. Ich vermisse seine Nerdbrille, die er wieder durch Kontaktlinsen ersetzt hat.

Tom und Lisa tauschen einen Blick aus, der ihnen wohl alles sagt, bei mir jedoch nur Fragen hinterlässt. Dass das ein Witz von mir war, ist doch offensichtlich. Ich verstehe ehrlich nicht, warum Marvin nicht darüber lacht und stattdessen die Nase tiefer ins Buch steckt.

»Was schreibt dein Vater nun?«, wirft Marvin ein, ohne aufzublicken, und ich löse die Displaysperre meines Smartphones.

In Ordnung, ich hol dich um halb sechs ab.

Ich werfe einen Blick auf die Uhr. Mir bleibt noch eine halbe Stunde Freiheit.

»Er zieht die Gefängnisaufseher-Nummer echt durch?«, hakt Lisa nach.

»Anscheinend.« Ich seufze. Das wird ein sehr langes Wochenende. Und langweilig dazu, wenn ich bedenke, wie viel ich von meinem Datenvolumen bereits verbraucht habe. »Dafür, dass er Filmen keinerlei Beachtung schenkt, könnte er die Rolle des Aufsehers sofort übernehmen.«

Lisa greift nach meinen Händen und sagt mit Grabesstimme: »Ich werde auf dich warten, Liebes, wie viele Jahre deine Strafe auch dauert.«

»Ich hab Hausarrest und muss nicht nach Alcatraz«, wehre ich ab.

»Schon gut.« Lisa blinzelt einige gespielte Tränen hervor. »Es ist für mich genauso hart. Doch ich werde mit den Kindern vor deinem Fenster stehen, damit sie dir zuwinken können.«

Kichernd klappe ich meinen Comic zu, konzentrieren kann ich mich eh nicht mehr. Ich denke nur noch an eine Zwergenkriegerin, die mir mit ihren Mini-Me's huldvoll zuwinkt.

Tom erhebt sich und umarmt mich mitsamt Stuhl von hinten. »Dieser Abschied fällt mir so schwer.«

»Weil ich das mit der guten Führung nicht schaffe?«

»Das hast du gesagt«, scherzt Tom und knuddelt mich fester. Für einen Moment stelle ich mir vor, wie mich acht Arme eines Tintenfischs umklammern, lang genug sind die von Tom jedenfalls. Aber ein Tintenfisch wäre nass und klebrig, Tom fühlt sich nur warm an. Dennoch ist es nicht das gleiche Gefühl wie letztens im Fahrstuhl mit Marvin.

»Ich würde Jess auch immer umarmen«, geht Lisa dazwischen. »Vergiss das nicht, Jess.« Meine beiden Streithähne stürzen sich sogar bei diesem Thema in einen Wettkampf. »Wenn es nicht aussichtslos wäre, würde ich einen Tunnel graben und dich rausholen. *Prison Break* halt.«

»In den fünften Stock?«, wirft Marvin ein.

Ich möchte etwas erwidern, doch mein Lachen erstickt die Worte.

»Es steht wirklich schlimm, wenn die mächtige Nessa Fea-irgendwas nicht mehr ihre Elbenmagie einsetzt, sondern mit einer Schaufel in der Erde rumbuddelt.«

Lisa runzelt die Stirn. »Ich buddle nicht, ich lasse meine Magie buddeln.«

»Kannst du nicht einen Busch nach deinem Willen wachsen lassen, Baumkuschlerin?«

»Kannst du Jess nicht aus ihrem Zimmer beamen, Raumschiffkapitän?«

»Deine Magie ist wohl nicht stark genug.«

»Deine Technik ist noch weniger ausgereift!« Lisa streckt Tom die Zunge heraus.

Doch der langt mit den Armen nach ihr und seine Fingerkuppen streifen ihre Tunika. »Komm her, Elbenprinzessin, ich kann euch zusammen umarmen. Zieh so viel

Energie für dieses Magiezeugs, wie du brauchst, ich opfere mich gern.«

»Ieeh! Weg mit deinen Tentakeln!«

Lisa flitzt davon, Tom setzt ihr nach, die Tentakel bedrohlich erhoben. Bis sie auf den Flur hinausrennt und außer Sicht ist.

»Hast du versucht, dich mit deinem Vater auszusprechen?«, fragt nun Marvin, als hätte er nur einen ruhigen Moment abgewartet.

Ich lege meinen Comic beiseite und bin froh, als er sein Schulbuch zuklappt.

»Nein. Er hört mir eh nicht zu. Oder will mich nicht verstehen.«

Ich höre ein Aufquieken meiner Freundin, gefolgt von einem Grollen. Das Tentakelmonster hat die Zwergenprinzessin anscheinend in Gefangenschaft genommen. Das wäre ein interessanter Fantasyfilm, sinniere ich für einen Augenblick.

»Ich bin Nessa Faelivrin, Edle des Waldvolkes, wie kannst du es wa...«, mehr kann ich nicht verstehen.

Statt zu lauschen, drehe ich mich zu Marvin.

»Ihr müsst euch nur mal richtig aussprechen«, beharrt er. Zwar streitet er sich regelmäßig mit seinen Brüdern, dafür bleiben seine Eltern stets gelassen. Marvins Familienleben richtet sich nach keinem strengen Regelwerk, sondern beruht auf Offenheit und Vertrauen.

»Als ich dich nach Hause gebracht habe, war er besorgt und wütend, weil er Angst um dich hatte.« Unbewusst schiebt er sich die nicht vorhandene Brille den Nasenrücken hoch. »Vermutlich hat er die Hälfte gar nicht so gemeint.«

»Ich vermute das Gegenteil. Er hat es genau so gemeint.«

Zweifelnd sehe ich mich nach Tom und Lisa um, aber die beiden scheinen nicht zurückzukommen.

»Es gibt immer einen Grund.«

»Warum sollte er meine Mutter unverantwortlich nennen?«, rutscht es mir heraus. Ich muss mich zusammenreißen, um nicht loszuheulen. Alles in mir sträubt sich dagegen, das zu glauben.

Nein, ich bin stark, ich kann das verkraften. Der Ausbruch meines Vaters letzte Nacht stört mich kaum, ich sehe ihn ja so gut wie nie. Ich komme schon klar. Trotz bescheuerter Regeln und der Drohung, dass er mich zu einem Therapeuten schickt, um wieder mehr Kontrolle über mein Leben zu haben. Mir ist es schleierhaft, wie es meinem Vater helfen soll, wenn ich meine Geheimnisse und intimsten Gedanken einem Fremden anvertraue.

»Jess?«

»Was?«, murmle ich.

»Wenn es dich so sehr quält, solltest du das ändern. Rede mit deinem Vater.«

»Ist das so offensichtlich?«

»Ja. Mal abgesehen davon, dass dein Smartphone diese zornigen Blicke nicht verdient hat.« Marvin streicht mir die zerzauste lila Strähne hinters Ohr, die mir wie ein Mopp ins Gesicht hängt. »Du siehst echt geschafft aus.«

»Danke für das Kompliment.«

»Niedergeschlagen, meine ich, als hättest du alle Lebenspunkte verbraucht oder wärst mit einem üblen Fluch belegt«, verbessert er sich. »Du willst vielleicht nicht zugeben, dass du einen Fehler gemacht hast, aber du weißt es.«

Ich schlucke schwer. Auf einmal ist meine Zunge belegt und mir fehlen die Worte. »Wenn das nur so einfach wäre.«

Marvin lächelt. »Ist es.«

»Wirklich?« Ich tippe auf das Cover meines Kakerlakenmann-Comics. »Ich hab doch gebloggt, dass ich mich allein fühle. Manchmal fühlt es sich an, als hätte ich gar keine Familie. Oder als wäre ich in einem Zeugenschutzprogramm gelandet.«

Die Eltern meiner Mutter leben in einer anderen Ecke Deutschlands und weigern sich – aus welchen Gründen auch immer –, mit meinem Vater in Kontakt zu treten. Mein Vater ist als Waise in einem Heim aufgewachsen.

»Zumindest könnt ihr euch beide sehr gut in eure Emotionen reinsteigern.« Marvin schenkt mir ein aufmunterndes Lächeln und rutscht mit seinem Stuhl näher heran.

»Ehrlich, es fühlt sich wie beim Kakerlakenmann an. Nur dass der Tod meiner Mutter meine Zellstruktur verändert hat und nicht der Sturz in einen Brunnen voll Ungeziefer.«

»Trotzdem ist das Rätsel nicht so kompliziert wie Mikrobiologie.«

»In meinen Augen schon.«

»Rede mit ihm«, wiederholt Marvin und greift nach meinem Laptop. »Nur wenn du Fragen stellst, kannst du das Rätsel lösen. Es sind keine unüberwindbaren Hürden wie im Film, du musst es nur wagen.«

Ich schätze sein Vertrauen in mich, wobei ich nicht weiß, woher er das nimmt.

Marvin zieht meinen Laptop zu sich heran und schließt die Internetseite mit Toms Video. »Brauchst du noch Hilfe für deinen Blog? Letzte Chance, sonst musst du bis Montag warten.«

»Du kommst also nicht vorbei, weil wir dringend am Blog schrauben müssen?«, frage ich hoffnungsvoll.

Bei allen Witzen über Tunnel, Winken und Alcatraz, ich hatte wirklich auf Marvins Besuch gehofft.

»Du kannst nicht ewig vor deinem Vater davonlaufen.«

Darauf schmolle ich, was er natürlich sofort durchschaut.

Also rufe ich das Dashboard des Blogs auf, werfe einen Blick drauf und springe von meinem Stuhl hoch.

»Marvin!« Ich zeige auf den Bildschirm wie auf eine tickende Bombe. »Siebenhundertfünfzig Kommentare?«, frage ich ungläubig.

War unsere Strategie bereits so erfolgreich? Lisa wird feiern, wenn ich ihr von unseren vielen neuen Followern, Fans und fleißigen Kommentatoren erzähle. Wenn sich das im gleichen Tempo fortsetzt, hat Antonia mit ihrer Gerüchteküche keine Chance. Gleichzeitig bin ich ein wenig stolz, dass der Blog so gut im Netz ankommt.

Dann öffnet Marvin die Übersicht und ich stutze. Der Großteil der Kommentare scheint in Englisch verfasst zu sein. Oder Japanisch. »Was ist das für eine Schrift?«, rutscht es mir heraus.

»Russisch«, erklärt Marvin und scrollt routiniert über

die Seiten. Ein wilder Mischmasch aus Sprachen, Schriftzeichen und Verlinkungen offenbart sich uns. Teilweise nur Link an Link gereiht.

Ein paar Begriffe erkenne ich beim Überfliegen. Vergrößerungen, Onlinekredite, Casino …? Wie soll so etwas mit unserem Blog in Verbindung gebracht werden? Ich habe mir andere Kommentare zu meiner *Kakerlakenmann*-Besprechung vorgestellt. Die bisherigen, dass ich eine Drama-Queen sei, gefallen mir nur bedingt. Ich hatte sogar auf Yasmin98 gehofft, die mir mit einem IIIIEEEEEHH zustimmt, wie eklig das Kostüm ist.

»Wie kommt das auf unseren Blog?«

»Spam.« Marvin wirkt unbeeindruckt, ich beneide ihn mehr denn je, da ich immer noch mit einer Hand anklagend auf den Bildschirm deute.

»Hast du keinen Filter eingebaut, Jess?«

Ich schüttle langsam den Kopf.

Marvin hebt die Augenbrauen und macht sich an die Arbeit. »Ich zeig dir, wie du das einstellst, damit die Seite nicht von Tausenden Werbesachen erschlagen wird. Hoffentlich hat das Herr Bornbach noch nicht gesehen.«

Langsam lasse ich mich auf meinen Stuhl sinken. Marvin bewegt den magischen Mauszeiger und schon ist die erste Seite gelöscht. Fehlen noch siebenhundertfünfundzwanzig. Mir schwant Übles. »Marvin?« Ich runzle die Stirn. »Muss ich die alle einzeln rausnehmen?«

»Ja.« Trotzdem klappt er meinen Laptop zu. »Dein Vater holt dich gleich ab.«

»Das heißt?«

»Ich erklär nachher Lisa, was sie machen muss. Das wird ein lustiger Skype-Chat.«

Fast umarme ich ihn für die Hilfe, halte mich jedoch zurück. Denn die Erinnerung an diese Fahrstuhlfahrt geht mir nicht aus dem Kopf. Etwas war in diesem Moment anders, ist es jetzt immer noch. Warum, wundere ich mich. Warum ist es zwischen uns plötzlich anders?

Anstatt Marvin danach zu fragen, packe ich meine Sachen ein und werfe meinen Parka über.

Ja, ich bin feige. Veränderungen machen mir Angst.

»Komm, ich bring dich zum Tor«, schlägt Marvin vor, und meine Zweifel verschwinden. Marvin bleibt Marvin. Mit oder ohne diese seltsame Umarmung.

»Mir stehen zwei Tage Knast bevor, nicht zwei Jahre«, scherze ich.

Stumm streift Marvin mir meine Mütze über, bevor er seine eigene Tasche greift und wir Richtung Ausgang gehen. Von Lisa und Tom keine Spur, meine Neugier, was die beiden anstellen, schnellt immer weiter in die Höhe. Ich drücke die Daumen, dass mir einer schreibt, was sie abgelenkt hat.

Für die nächsten 48 Stunden sollte ich mein Datenvolumen dennoch rationieren. Zwei Tage ohne Facebook, frage ich mich, ist das zu schaffen?

Schon von Weitem sehe ich unser Auto auf der anderen Straßenseite parken. Als mein Vater uns entdeckt, steigt er aus und baut sich wie ein Gefängniswärter auf. Die Arme verschränkt, der Blick zornig. Dabei habe ich weder getrödelt noch den Hinterausgang genutzt, um ihn zu ärgern.

Wegen Marvin bin ich sogar zu früh dran. Kurz trauere ich den verlorenen Minuten WLAN nach.

»Ich will nicht«, flüstere ich und werde auf den letzten Metern langsamer.

»Das wird schon wieder«, versichert mir Marvin leise. Ich möchte ihm zu gern glauben.

»Alles geschafft?« An einer freundlichen Begrüßung könnte mein Vater noch arbeiten, aber ich will nicht unnötig meckern.

Ich nicke verdrossen.

Und erinnere mich, dass ich ihn nicht unfair behandeln sollte.

»Ja, alles geschafft.« Marvin lässt sich von den verfeindeten, kriegerischen Staaten zu seinen Seiten nicht einschüchtern. »Danke für die extra Stunde, so konnte ich Jess mit der Spam-Attacke auf dem Blog helfen. Wir sehen uns Montag, Jess.«

Das ist zwar nur die halbe Wahrheit, trotzdem scheint mein Vater besänftigt und bietet Marvin sogar an, ihn mitzunehmen. So bleiben mir ein paar Minuten, in denen Marvin als Puffer zwischen uns agiert, meinem Vater höfliche Fragen stellt und die Stille zurückdrängt.

Die Worte liegen mir auf der Zunge, dennoch traue ich mich nicht herauszufinden, wieso es Marvin so leichtfällt.

5. MÄRZ, 22:34 UHR, veröffentlicht von moviesonmymind

– WIE IHR DIE NÄCHSTE ALIENINVASION ÜBERLEBT –

Habt ihr *I.D. 2* schon gesehen? War in Ordnung, kommt aber bei Weitem nicht an den ersten ran, und das aus ganz einfachen Gründen. Der halbe Cast war neu besetzt! Ja, klar, die Studios haben nicht alle Schauspieler bekommen, aber so blind sind wir nicht!

Tatsächlich bin ich davon ausgegangen, dass mich nach *Titanic 2* keine Fortsetzung mehr schocken kann. Tja, falsch gedacht. Wenn Alienrassen jemals diesen Film sehen, die werden sich fremdschämen. Oder uns erst recht plattmachen. Viel zu leichte Opfer …

Im Nachhinein sind mir gewisse Gemeinsamkeiten mit anderen Filmen des Genres aufgefallen. Denn die Figuren begehen immer die gleichen Fehler! Also, wer überleben will, sollte sich an Folgendes halten:

Platz 5: Aliens greifen immer Großstädte an. Schon mal gesehen, wie eine riesige Alienarmada ein Maisfeld aus reiner Boshaftigkeit vernichtet? Eben nicht. Die hinterlassen dort nur Botschaften. Also, Leute, raus aus der Großstadt!

Platz 4: Aliens greifen höchstwahrscheinlich amerikanische Großstädte an. New York und Los Angeles wurden in Filmen schon so oft überrannt! Europa oder Asien trifft es auch, aber da kann es nicht so schlimm sein, die Bericht-

erstattung verweilt dort nur für Sekundenbruchteile.
Platz 3: Und obwohl die Leute wissen, dass die Alieninvasion sich auf die Großstädte konzentriert, flüchten sie nicht, nein, sie verbarrikadieren sich und hoffen, das Ganze aussitzen zu können. Oder sie fliehen, beschließen jedoch, mit ihren kleinen Raketen und unterlegenem Geschütz in die Stadt zurückzukehren, um die Aliens zu vertreiben. Sicher nicht!
Platz 2: Flieht nicht übers Wasser. Dann könnt ihr euch gleich ausliefern. Wohin wollt ihr schwimmen, wenn die Aliens euch erwischen? Auch kein Flugzeug. Aliens reisen in Raumschiffen an, die über Milliarden von Kilometern durchs Weltall geflogen sind, die Laser, Traktorstrahlen oder Energieschilde besitzen – wie sollen unsere Metallschachteln mit Turbinen dagegen ankommen? Schon mal darüber nachgedacht?
Platz 1: Meidet blaue Lichtsäulen. In seltenen Fällen sind diese auch grün oder gelb gefärbt – meidet einfach generell Lichtsäulen, deren Ursprung aus den Wolken stammt.

Und jetzt spielen wir ein Spiel. Die Aliens greifen an. Der Gegenstand links von euch ist eure Waffe. Was ist es? Und wie sieht euer Plan aus? Ihr dürft eine Person mit in euer Team nehmen.

Drachenallvater, 5. März, 23:01 Uhr: Das ist ja mal eine lustige Idee! Links von mir liegt mein Kopfkissen. Immerhin!

55-CA$H-55, 5. März, 23:57 Uhr: Links von mir steht meine Werkzeugtasche, da ist alles drin, was ich zum Überleben brauche. Hammer zum Überbraten! YE$$$, baby! :)
Ey, Drachenallvater, wo wohnst du, ich komm dich retten.

Captain_Tom, 6. März, 0:07 Uhr: Meine Neutronenpistole. Sterbt, Aliens, ich wähle meine Baumkuschlerin ins Team. Obwohl … kann ich denen auch ein Freihandelsabkommen unterbreiten? Auf lange Sicht bringt das nur Vorteile.

moviesonmymind, 6. März, 0:13 Uhr: Du besitzt keine Neutronenpistole. Lisa habe ich schon offline gewählt. Und Alieninvasion, Tom, die haben nur deine Vernichtung im Sinn. LG, Jess.

Captain_Tom, 6. März, 0:18 Uhr: Es gibt viele Alienrassen, die auf den ersten Blick aggressiv wirken, weil wir ihr Verhalten falsch deu-

ten. Aber auch die sind zu Verhandlungen und Friedensverträgen bereit. Wir müssen nur einen Weg finden, besser zu kommunizieren.
Das ist übrigens unfair, ich wollte Lisa in meinem Team. Ihr begeht Verrat an eurem Captain!

Yasmin1998, 6. März, 3:47 Uhr: Neeeeeeehee-eeein, meine Waffe ist meine leere Teetasse. Ich bin geliefert! Oh … halt! Mein Vater ist Maisbauer, da hinterlassen die Aliens uns nur Nachrichten. Safe. :P

8. Kapitel

»Oh, du wurdest aus Alcatraz entlassen«, begrüßt Olaf mich, nachdem ich in seine Projektorenkabine eingetreten bin.

»Woher weißt du ...« Ich halte inne. »Tom hat's dir erzählt?«

»Tom und Lisa waren am Wochenende hier. Wir haben uns nur durch Zufall getroffen.« Olaf wirft einen kritischen Blick in das Innenleben des Projektors und antwortet, ohne mich anzusehen. »Die beiden sind ein süßes Paar.«

»Was?« Wie kommt er denn auf die absurde Idee? »Die beiden streiten sich doch nonstop.«

»Wie ein altes Ehepaar, das schon dreißig Jahre verheiratet ist«, stellt Olaf fest. »Nie sind sie sich einig und doch können sie die Gedanken des anderen lesen.«

»Sie sind nicht zusammen, das hätte Lisa mir gesagt«, erwidere ich heftig und schüttle den Kopf, sodass meine lila Strähne fliegt. »Das wüsste ich, ehrlich, sie sind Freunde, aber doch nicht ... zusammen.«

Die Vorstellung ist abwegig. Als würden Legolas und Gimli ein Paar sein. Oder Supermann und Zott. Gruselige Vorstellung.

Schnell trage ich Olaf meine Gegenargumente vor.

»Gegensätze ziehen sich an«, winkt er teilnahmslos ab. »Aber deswegen bist du nicht hier, oder? Ich hab deine

Nachricht nicht ganz verstanden, Jess. Wobei soll ich dir helfen?«

Also erkläre ich es ihm noch mal. Der Hausarrest ist tatsächlich beendet, ich darf das Kino jedoch nur besuchen, weil ich Olaf für meinen Blog brauche. Ich stelle mir schon vor, wie mein Vater mich nachher nach Popcornresten absucht und Olaf ins Kreuzverhör nimmt, ob ich auch ja anständig seinen Regeln folge. Denn damit ich nicht allein im Dunkeln im bösen Berlin auf dumme Gedanken komme, soll Olaf mich nachher nach Hause bringen.

Leider hat mein Vater vergessen, dass mein Aufpasser oft viel verrücktere Ideen hat als ich. Olaf klettert über Zäune, um ans Ziel zu kommen, zieht nie ein Ticket für sein Fahrrad und wollte mir tatsächlich schmackhaft machen, jede meiner Haarsträhnen in einer anderen Farbe zu färben.

Aber zurück zum Wesentlichen.

»Den Blog von Lisa und mir kennst du ja bereits, Olaf«, meine ich halb fragend, halb feststellend, während ich meinen Laptop hochfahre.

»Deine Freundin hat mir gezeigt, wie ich euch abonnieren kann«, erklärt Olaf stolz. So gut er in Technik und Physik ist, von sozialen Netzwerken und solchen Dingen hat er keine Ahnung. Was aber schon wieder irgendwie niedlich ist. Olaf ruft mich immer von seinem Festnetzanschluss aus an, wenn er mir etwas erzählen möchte.

»Unser Lehrer möchte, dass wir die Beiträge auf unsere Zielgruppe ausrichten.«

Olaf klappt den Projektor zu, wirft einen Blick auf die Armbanduhr und gesellt sich zu mir an den kleinen Tisch in der Ecke. »Ich glaube, ich falle eher aus eurer Zielgruppe raus. Vermutlich bin ich viel älter als mehrere eurer Leser zusammen gerechnet.«

Schnell schüttele ich den Kopf: »Das Alter spielt bei uns keine Rolle, *moviesonmymind* richtet sich an Leute, die Filme mögen. Lieben. Darin leben würden.«

»Dann verstehe ich trotzdem nicht, wobei ich dir helfen soll«, rätselt Olaf und schnappt sich seine Wasserflasche.

»Ich möchte dich interviewen.«

Ungläubig sieht Olaf mich an.

»Du arbeitest hinter den Kulissen, Olaf. Ich würde dir dazu gern ein paar Fragen stellen. Außerdem möchte ich ein wenig über die Technik berichten. Die meisten Kinogänger wissen bestimmt nicht, dass du früher die einzelnen Rollen wechseln musstest und jetzt einen Großteil online streamst. Oder wie so ein 3-D-Projektor funktioniert.«

»Es sind zwei 3-D-Projektoren«, meint Olaf wie von selbst, doch dann runzelt er die Stirn. »Ich glaube nicht, dass mein Beruf so interessant ist, Jess.« Er schenkt mir ein trauriges Lächeln.

»Für Kinofans bestimmt«, erwidere ich. »Wie lange machst du das schon? Zwei Jahrzehnte? Zwei Jahrzehnte lang konnten Kinogänger deinetwegen Filme sehen. Du solltest einen Orden bekommen.«

Aus Spaß salutiert Olaf zackig. »Jawohl, Chefin. Ich danke der Academy für diese großartige Auszeichnung. Und meiner Frau für ihre Unterstützung und unerschöpfliche Geduld.«

Ich lache herzhaft über Olafs Scherz sowie das Funkeln,

das nun in seine Augen getreten ist. Vielleicht sollte ich ihm wirklich einen Orden basteln, wenn er sich über die Vorstellung schon so riesig freut.

Wie eine Reporterin stelle ich das Aufnahmeprogramm meines Smartphones ein und rufe meine Notizen auf. »Können wir also der Welt deine Geheimnisse anvertrauen?«

Olafs Lächeln verschwindet, plötzlich wirkt er ernst. Fast traurig. Ich halte in meinen Vorbereitungen inne. Ich kann mich nicht erinnern, wann ich ihn das letzte Mal so gesehen habe. Olaf ist wie eine nie versiegende Quelle an Fröhlichkeit, ein paar Minuten in seiner Nähe und die trüben Gedanken und Sorgen verschwinden von allein.

»Jess, Kleines.«

Ich horche auf. Irgendetwas stimmt nicht. Mir fällt als Erstes nur ein, dass Olaf gefeuert worden sein könnte. Doch das wäre absurd. Wenn ich Olafs Chef wäre, würde ich ihm eine Gehaltserhöhung geben.

»Kann ich dir eine Frage stellen?«, möchte Olaf wissen.

»Klar, alles, was du wissen möchtest.«

Er atmet ein, weicht meinem Blick aus, atmet aus und sieht mir direkt in die Augen. Ich muss mich zusammenreißen, meinen Teddybäronkel nicht zu umarmen. Auf einmal spiegelt sich die Trauer der gesamten Welt in seinem Gesicht. Was ist nur los?

»Warum schreibst du diesen Artikel nicht über deine Mutter?«

Stünde mein Laptop nicht auf dem kleinen Tischchen, hätte ich ihn jetzt fallen gelassen. »Meine Mutter?« Ich blinzele verwirrt, während Fragen, Gedanken und Zweifel auf mich einstürmen. Wie kommt Olaf darauf? Ja, sie ist mit mir gerne ins Kino gegangen. Sie wusste unglaublich viel über Filme … Die wenigen verschwommenen Erinnerungen drehen sich darum, wie sie mir etwas über die Welt des Kinos beibrachte.

»Wieso sollte ich das, Olaf?«

Er streicht sich mehrfach über den Bart, bevor er zu einer Antwort ansetzt. Die Bewegungen sind fahrig, so stelle ich es mir vor, wenn jemand im Film schlechte Nachrichten überbringt.

»Weißt du es nicht mehr?«, fragt Olaf vorsichtig. Als könnten seine Worte mich verletzen.

»Was denn?« Unbeabsichtigt erhebe ich die Stimme. Dieses Ausweichen macht mich bei meinem Vater schon wahnsinnig. Olaf soll einfach mit der Sprache rausrücken.

»Ihre Filme, ihre Schauspielerei.«

Ich starre Olaf verblüfft an. »Ihre was?«

»Du warst so klein, verständlich, dass du es vergessen hast.« Er windet sich unbehaglich. »Sprich besser mit deinem Vater darüber, ich bin wirklich nicht derjenige, der …«

»Sie war Schauspielerin?«, rutscht es mir ungläubig heraus. »So richtig?«

»Rede mit deinem Vater.« Olaf reibt sich die Hände, hält inne und legt sie auf die Oberschenkel. Ich sehe, wie seine Finger zucken, als wollte er sich krampfhaft festhalten. »Bitte, Jess.«

»Das werde ich.« Ich stopfe den Laptop in meine Tasche und werfe meinen Parka über. Jetzt sofort. Ich werde in sein Büro stürmen und …

»Jess?«

Schnell drehe ich mich um. »Ja? Sollte ich noch was erfahren? War sie berühmt?« Seltsamerweise ist das meine erste Frage. Aber wäre ich dann nicht längst mal auf sie gestoßen? In einer Videothek oder einem Forum, das sich mit alten Filmen beschäftigt. Vielleicht hatte sie einen Künstlernamen, schießt es mir durch den Kopf, und der Gedanke lässt mich grinsen.

Olaf drückt mich herzlich und streicht mir über die Haare, so wie er es früher getan hat. »Versprich mir, dass du deinem Vater zuhörst und ihn ausreden lässt. Bis zum Schluss.«

»Jetzt machst du mich noch neugieriger, Olaf!«, rufe ich aus. »Hat er irgendwo den Oscar meiner Mutter in der Abstellkammer versteckt, oder was?«

»Versprochen, Jess?«

»Ja, klar. Versprochen. Ich verlasse den Saal doch nicht, bevor der Film aus und das Rätsel gelöst ist.« Ich eile zur Tür, obwohl ich ihn mit Fragen bedrängen, bestürmen und erdrücken möchte.

Noch in der Straßenbahn rufe ich meinen Vater im Büro an. Das Telefon klingelt einmal, zweimal, dreimal, dieses Warten ist schlimmer als ein Besetztzeichen. Bei Letzterem wüsste ich zumindest, dass mein Vater da ist.

Endlich hebt jemand ab und mein Herz schlägt mir bis zum Hals. Ich will »War Mama eine berühmte Schauspielerin?« ausrufen, doch das wäre der falsche Weg. Ich darf ihn weder überrumpeln noch das in seinen Augen leidige Thema Film ansprechen, sonst erzählt er mir gar nichts. Doch wie über die Schauspielerei reden, ohne Filme zu erwähnen? Ich habe mich ganz zufällig gefragt, als was meine Mutter früher eigentlich gearbeitet hat? Dann würde er fragen, warum ich das wissen will, und meine Tarnung würde in sich zusammenstürzen wie ein Kartenhaus.

»Hallo?« Eine weibliche Stimme holt mich aus meinen Überlegungen. »Sind Sie noch dran?«

»Hier ist Jessica«, blubbert es aus mir heraus. »Ich wollte spontan vorbeikommen und ...«

»Ach, Björns Tochter!« Das sagt sie so fröhlich, als würde mein Vater nur in den besten Tönen von mir sprechen. »Oh, er hatte wohl den gleichen Gedanken wie du«, kichert seine Kollegin am anderen Ende der Leitung. »Er hat bereits Feierabend gemacht und ist auf dem Weg nach Hause, Jessica.«

»Danke«, murmle ich ungeduldig und lege beim »Ich wünsche euch ...« auf.

»So ein Mist!« Ein paar Köpfe drehen sich in meine Richtung, danach herrscht wieder die typische Ignoranz des öffentlichen Nahverkehrs. So entgeht den meisten, wie ich mit dem Fuß aufstampfe und genervt das Gesicht verziehe. Die Neugier zerreißt mich förmlich. Was meinte Olaf mit den Filmen meiner Mutter? Was nur? Wieso weiß ich davon nichts?

Da bemerke ich, dass ich in der falschen Bahn sitze und in die falsche Richtung fahre, weg von zu Hause und den so dringend benötigten Antworten. Bei der nächsten Haltestelle springe ich sofort raus, flitze über die Gleise und laufe nervös umher, weil kein Zug in Sichtweite ist. Ich bin allein auf dem Bahnsteig, keine Ablenkung weit und breit. Wenn ich mein Smartphone raushole, würde ich nur meinen Vater anrufen und vor lauter Aufregung nichts erreichen. Keine gute Idee.

Finster starre ich die defekte Anzeigentafel mit den Abfahrtszeiten an. Natürlich ändert sich das blinkende »Außer Betrieb« nicht, dafür tuckert eine leere Bahn an mir vorbei.

Meine übersinnlichen Kräfte brauchen noch viel, viel Schulung.

»Ich will nicht mehr länger warten, ich muss es jetzt sofort wissen«, stoße ich genervt hervor und betrachte aus reiner Beschäftigungsnot eine Horde Ameisen. Der Nachzügler zu meinen Füßen wirkt auf einmal größer, wächst und wächst. Nein, es ist keine Ameise, es ist eine Kakerlake, groß wie eine Maus, wie ein Labrador, wie ein Kind, ein ausgewachsener Mann mit sechs Armen und gruseligen Fühlern auf dem Kopf. Der Kakerlakenmann aus der letzten Comicverfilmung deutet wortlos auf meinen Parka. Ich greife in die Manteltasche und ziehe eine schwarze Maske hervor.

»Was soll ich damit?«, frage ich, und er nickt mir auffordernd zu.

Vorsichtig lege ich mir den kühlen Stoff um, ziehe den Knoten fest und eine seltsame Energie durchströmt mich. Ich gehe in die Hocke, wie ein Sprinter kurz vorm Start … und springe drei Meter weiter auf die Gleise. Der Bahnsteig verschwindet hinter mir und ich sehe einen Leerzug in der

Ferne. Schneller und schneller laufe ich, mache einen gewaltigen Satz, lande elegant auf dem Dach. Der Kakerlakenmann flitzt auf seinen sechs Beinen neben der Bahn her.

Der Fahrtwind lässt meine Haarsträhne flattern, doch ich stehe wie festgeklebt auf der Straßenbahn. Bring mich nach Hause – ein simpler Gedanke reicht, damit das Metall sich meinem Willen fügt. Das Adrenalin pumpt, dennoch ist mir das Fahrtempo zu langsam, der eiskalte Wind nicht beißend genug.

Da schickt der Kakerlakenmann ein Tonsignal aus, es klingt wie ein schrilles Pfeifen, und er krabbelt plötzlich senkrecht an einer Häuserfassade hoch. Instinktiv verstehe ich den Wink, stoße mich in der nächsten Kurve von der Straßenbahn ab, sause im Zickzack von Fassade zu Fassade. Ich will die Arme ausbreiten, wie ein Vogel durch die Luft schweben, frei sein. Gemeinsam lassen wir die Stadt hinter uns, Beton und Häuser verschwimmen ineinander und der Motorenlärm geht im Temporausch unter.

Der Kakerlakenmann hält vor unserem Mietshaus, winkt mit seinen sechs Armen und taucht in der Kanalisation ab. Ich will die Maske absetzen, niemand soll etwas von meiner geheimen Identität ahnen ... Da lässt ein scharfes Bimmeln meine Ohren fast bluten.

Ich blinzle und die Blase meines Tagtraums platzt. Die Superhelden-Maske löst sich auf, und ich sehe gerade noch, wie die Straßenbahntüren zuschlagen. Der nächste Lokführer, der kein Erbarmen zeigt, wenn ein tagträumendes Mädchen auf dem Bahnsteig seine Mitfahrgelegenheit verpasst.

Wie jeder andere Mensch musste ich Bahn fahren, nach Hause laufen und den quälend langsamen Fahrstuhl nehmen, bevor ich Mantel und Tasche fallen lassen kann und ins Wohnzimmer stürze.

»Papa?«, rufe ich. »Bist du schon da?«

»Küche«, schallt die Antwort, und ich wünsche, ich könnte mich zu ihm beamen.

Trotz meiner Ungeduld bleibe ich überrascht auf der Schwelle stehen. Zum einen ist es ein ungewohntes Gefühl, nicht in eine leere Wohnung heimzukehren, sondern begrüßt und erwartet zu werden. Zum anderen steht mein Vater an der Küchenzeile und kocht. Oder versucht es zumindest. Blaue Flammen lecken unter den Platten des Gasherdes, es brutzelt und blubbert in Töpfen und Pfannen. Dreckige Schüsseln stapeln sich auf der Arbeitsplatte und mein Blick fällt auf die pralle Mülltüte.

Der erste Versuch ist also wie immer gehörig danebengegangen. Das erklärt den leichten Geruch nach Rauch und Verbranntem.

»Wolltest du nicht zu Olaf?«, fragt mein Vater verwirrt. »Was machst du schon hier, Jessica?«

»Du kochst?«

»Was dagegen?« Er trägt sogar eine Schürze, die ich seit einer Ewigkeit nicht mehr gesehen habe, und statt Hemd und Krawatte nur Jeans und ein T-Shirt von irgendeiner Rockband aus den Achtzigern. Einen Moment lang hätte ich ihn fast nicht erkannt.

Mein Vater deutet auf eine Schüssel mit Resten von Schokoladenpudding. »Dessert steht im Kühlschrank, falls du dich noch über die Schüssel hermachen möchtest.« Er macht eine auffordernde Geste. »Oder bist du dafür auch zu alt, Jessica?« Mir entgeht nicht der neckende Unterton, doch für den Moment ignoriere ich ihn.

Dann erinnere ich mich, warum ich praktisch im Sprint nach Hause gehetzt bin.

»Papa, wir müssen reden.«

»Hat das nicht Zeit, bis Olaf seinen Mantel aufgehängt hat? Zieh dir erst mal die Straßenschuhe aus.«

»Nein.« Ich stelle mich auf die andere Seite des Kochtresens und der Dampf der Töpfe vernebelt mir die Sicht. Also umrunde ich ihn, bis ich meinem Vater in die Augen sehen kann. »Bitte, wir müssen jetzt sofort reden.«

Mein Vater legt sein Messer beiseite und dreht die Hitze des Herds herunter. »Was ist los? Ist etwas passiert?«, fragt er besorgt.

Wie fange ich an? Die ganze Heimfahrt über habe ich geflucht und gewettert, dass ich zu langsam vorankomme. Jetzt, wo ich vor meinem Vater stehe, bereue ich, keinen besseren Schlachtplan ausgearbeitet zu haben. Mir alle Fragen aufgeschrieben und auf eventuell ausweichende Aussagen Gegenargumente parat gelegt zu haben.

»Äh ...« Mein Kopf ist wie leer gefegt. Ich kann es immer noch nicht glauben.

Mein Vater hebt eine Augenbraue. »Ja?«

»Olaf, er ...«

»Ja?«

Dieser Augenblick ist absurd. Ich platze vor Neugier und bin gleichzeitig von diesem halb fertigen Abendessen überwältigt. Wenn ich meine Fragen ausspreche – was passiert dann? Ich könnte es dabei belassen, ihn morgen fragen und stattdessen das Abendessen mit ihm genießen. Oder ich riskiere das Unerwartete. Das Unerwartete endet aber niemals gut. Zumindest nicht in Filmen.

Mein Herz setzt sich über meine Vernunft hinweg und über meine Zunge rutscht stotternd: »Olaf mei-meinte ... Er meinte, Ma-Ma ... Mama wäre eine Schauspielerin gewesen.«

Jetzt ist es raus.

Instinktiv will ich mich ducken, als fürchte ich, dass gleich der Herd explodieren und die Decke auf unsere Köpfe stürzen könnte. Doch mein Vater reißt nur die Augen auf, bevor er sich mir zuwendet und nach den richtigen Worten sucht.

»Wieso hat er das erzählt?«, fragt er schließlich.

»Olaf dachte wohl, dass ich es wissen sollte.« Mein Vater verschränkt die Arme vor der Brust. »Er hat es nicht mit Absicht gemacht! Sei nicht sauer auf ihn. Ich wollte ihn doch für den Blog interviewen, aber er meinte, meine Mutter wäre interessanter, also hat er sich sozusagen verplappert.«

Die Haltung meines Vaters versteift sich, vom Herd her erklingt ein heftiges Zischen, aber er reagiert nicht darauf. In seinem Innern brodelt es vermutlich gerade genauso heftig wie im überkochenden Topf.

Ich kenne diese Momente, sie bedeuten Ärger.

Schließlich seufzt mein Vater und sackt in sich zusammen. Als wenn aus einem Ballon die Luft rausgelassen wird.

»Und was willst du wissen?«

Ich nehme das als meinen Startschuss.

»In welchen Filmen hat sie mitgespielt? Kenne ich einen davon? War sie berühmt? Oder auf dem Weg, berühmt zu werden? Hat sie unter ihrem richtigen Namen geschauspielert oder unter ihrem Mädchennamen?« Ich hole tief Luft und rassle die Fragen schnell hintereinander runter. »Hab ich deswegen nie einen Film von ihr gefunden? Was war ihr liebstes Genre oder hatte sie eine Lieblingsrolle? Hast du noch ihre Sedcard?«

»Nein.«

»Nein? Wie, nein? Nein, sie war nicht bekannt, sie hatte keinen Künstlernamen? Wie kannst du auf so viele Fragen nur eine Antwort geben?«

»Nein, sie war keine berühmte Schauspielerin.«

»Aber ...« Er hebt die Hand und ich verstumme. Wenn auch widerwillig.

»Sie hatte ein paar kleinere Rollen und Statistenjobs.«

Und wo ist da jetzt der große Unterschied?!, schreie ich in Gedanken, reiße mich aber zusammen.

Mein Vater wendet sich ab und kümmert sich um das Abendessen, ich schaue nicht genau hin, denn in meinem Kopf rasen die Gedanken. Schließlich stelle ich nur eine gezielte Frage. »Gibt es Filme von ihr?«

»Ja.«

»Hast du sie da?«

Er zögert. »Vielleicht.«

»Ich könnte ...«, ich traue mich kaum, es auszusprechen. Das alles kann nur ein Traum sein. »Ich könnte Mama sehen? Wie sie spricht? Lacht? So richtig?«

Ich muss mich an etwas festhalten, weil mir schwindlig wird. Mein Vater ergreift meine Hand, bevor ich auf den heißen Herd fasse. »Ja und nein.«

»Was heißt das?«, frage ich. Die Küche fängt an, sich zu drehen, und ich muss ein paarmal blinzeln, um mich wieder in den Griff zu bekommen.

Sicherheitshalber führt mein Vater mich außer Reichweite von Herd und Messerblock. Auf einmal lehne ich mit dem Rücken gegen den Kühlschrank. »Jessica, lassen wir das Thema einfach auf sich beruhen.«

»Nein!«, rufe ich aus. »Nein, dieses Mal nicht.«

»Ich bitte dich, lass es gut sein. Diese paar Aufnahmen ändern nichts.«

»Doch, das ändert alles.«

Ich könnte mich wieder erinnern.

»Es ist nur Filmmaterial«, versucht mein Vater mich zu überzeugen. »Das, was du sehen würdest, ist nicht, wie deine Mutter wirklich war. Es ist nur eine Rolle, die sie spielt, nur eine Täuschung.«

»Ist mir egal.«

Er will es nicht verstehen. Wie denn auch? Er trägt jahrelange Erinnerungen an gemeinsame Zeiten mit sich.

»Mir ist es nicht egal.«

Für den Moment schließe ich die Augen, um mich wieder zu sammeln, doch meine Vorstellungskraft schlägt sofort zu. Ich bin furchtbar enttäuscht, dieses Gespräch wird wieder zu nichts führen. Es ist, als würde der Boden unserer Küche aufreißen und sich eine Schlucht zwischen uns auftun, breiter und breiter, bis ein tosender Fluss in der Mitte erscheint. Mein Vater und ich stehen auf gegenüberliegenden Seiten, aber es gibt keine Brücke, die uns verbindet. Ich kann rufen, doch je lauter ich schreie, desto breiter wird die Schlucht.

Dabei muss ich einen Weg zu ihm finden, mit meinen Worten zu ihm durchdringen.

Mit Gewalt beende ich meinen Tagtraum, schließlich ändert sich dadurch nichts an der Situation.

Plötzlich erinnere ich mich an Marvins Worte. Für all die Meinungsverschiedenheiten zwischen meinem Vater und mir muss es einen Grund geben. »Es ist die Aufgabe von Eltern, sich Sorgen zu machen«, echot seine Stimme in meinen Gedanken.

Also sollte ich zunächst herausfinden, warum mein Vater seinem Entschluss, die Filme meiner Mutter zu verheimlichen, fast zehn Jahre eisern gefolgt ist.

»Warum hast du mir nie etwas von ihr gezeigt?«, frage ich vorsichtig.

Ich greife mir die Schüssel mit den Puddingresten und streiche mit dem Finger die Seiten ab. So verkürzt sich zumindest die Wartezeit.

Unsicher streift mein Vater sich die Kochschürze über den Kopf. Das flüchtige Lächeln darüber, wie ich die Schüssel praktisch mit meinem Finger sauber putze, entgeht mir fast.

»Wie sollte ich dir damals einen Film zeigen, in dem deine Mutter als Leiche zu sehen ist, Jessica?«

»Okay, das ist ein vernünftiger Grund«, gestehe ich ihm zu. »Trotzdem verstehe ich nicht, warum du mir bis heute nichts davon erzählt oder mir die Aufnahme gezeigt hast. Ich bin mittlerweile doch alt genug, um Film und Wirklichkeit zu unterscheiden.«

»Du warst nicht dabei, als ich sie im Leichenschauhaus gesehen habe.« Als Nächstes nimmt er den Topf mit den Nudeln vom Herd, doch ich bin mir nicht sicher, ob die Küchenuhr schon geklingelt hat. Oder ob er ebenfalls eine Beschäftigung braucht. »Ich will nicht, dass du sie so in Erinnerung behältst.«

Pudding hilft bei so einem Thema nicht und ich lasse die Schüssel sinken. Außerdem ist sie inzwischen blitzblank.

»Verstehst du denn nicht, dass ich mich kaum noch an Mama erinnern kann?« Ich wische mir mit dem Finger über die Augen, da die ersten heißen Tränen drohen. Zu spät merke ich, dass ich damit Pudding über mein Gesicht verteile. »Ich versuche es, jeden Tag, doch es gelingt mir nicht mehr. Willst du mir mit den Aufnahmen nicht helfen?«

Er seufzt. »Nein.«

»Bitte. Welche Rollen hat sie gespielt? In welchen Filmen? Meinst du, sie hätte den Durchbruch in die USA geschafft? Oder war sie eine Serienschauspielerin? Ich möchte das alles wissen, Papa. Bitte, erzähl es mir.«

Schweigend gießt er die blöden Nudeln ab. In meinen Gedanken verbreitert sich der Graben zwischen uns, obwohl ich brülle, winke und verzweifelt mit metaphorischen Fahnen schwenke. Doch nichts scheint zu klappen.

»Biiiitte«, jammere ich. Manchmal hilft nur die Mitleidstour. »Wenn du keine Aufnahmen hast außer der einen, also der einen, die du mir nicht zeigen willst, das ist nicht schlimm, so etwas lässt sich suchen. Aber bitte erzähl mir etwas von ihr. Hat Mama Schauspiel studiert? Kam sie deswegen nach Berlin?«

Und endlich scheint er meine Versuche, ihn erreichen zu wollen, wahrzunehmen.

»Warum auf einmal?«, fragt mein Vater zurück. »Du hast sie lange nicht mehr erwähnt. Ich dachte, du hast ihren Tod überwunden.«

Ich schüttle den Kopf. »Ich hab aufgehört zu fragen. Es quält dich offensichtlich.«

Mein Vater hebt verwundert die Augenbrauen.

»Wenn es dich nicht quälen würde, hättest du längst eine Freundin, oder?«

Er seufzt erneut und lässt sich am Küchentisch nieder. Ich bleibe am Kühlschrank stehen. Nicht, weil ich den Abstand brauche, sondern weil ich nicht weiß, wie ich mich jetzt verhalten soll.

»Du erinnerst mich sehr an sie«, meint er langsam. »Sie hat auch immer versucht, mich so lange zu bedrängen, bis ich nachgebe. Sie hat sich auch in Tagträumen verloren, zumindest wirkte es immer so auf mich.«

Ich verschränke die Arme, da ich mit etwas anderem gerechnet habe. Vielleicht damit, dass ich wie sie lächle oder dass auch sie im Winter ständig so gefroren hat, dass mein Vater ihre Finger warm hielt.

Doch dann fallen meine Hände herab, und auf einmal bin ich froh über den Kühlschrank in meinem Rücken, der mich aufrecht hält.

So oft beklage ich mich, dass mein Vater und ich kaum

Gemeinsamkeiten haben. Mittlerweile hab ich aufgehört, ihn zu zwingen, Filme anzuschauen, während er in seinen stinklangweiligen Dokumentationen regelrecht aufgeht. Und das ist nur der erste Punkt auf einer sehr langen Liste.

Was, wenn ich wie sie bin? Wenn ich keine Gemeinsamkeit mit meinem Vater finden kann, weil ich sie bei ihr suchen müsste? Ja, was, wenn ich wie sie bin? Diese Frage echot tausendfach durch meinen Kopf, wirbelt umher, bis ich begreife, was mein Vater mir gerade offenbart hat: Sie verlor sich ebenfalls in Tagträumen.

Wie ich.

Sie war wie ich, ich bin wie sie.

Der Gedanke lässt mir die Knie weich werden.

Jetzt muss ich erst recht alles über meine Mutter in Erfahrung bringen.

»Okay, sie hatte ein paar Filmrollen«, kehre ich zum Ausgangsthema zurück. Alles in mir verlangt nach Antworten. »Wie ist sie dazu gekommen?« Ich werde schneller und schneller, je weiter ich rede. »Ich meine, so ein Berufswunsch kommt ja nicht von irgendwoher. War es, weil sie den Film so sehr liebte wie ich? Hat sie deswegen geschauspielert?«

Ein Ruck durchfährt meinen Vater, seine eben noch lockere Haltung verschwindet. Erneut wendet er sich von mir ab und gibt vor, genau in diesem Moment Kräuter schneiden zu müssen. Dass ihm die Fragen nicht gefallen, kann ich deutlich hören. Er hackt auf dem armen Grünzeug herum, als wäre es an dem Gespräch schuld.

Ich seufze. Scheinbar hab ich ihn noch weiter davongetrieben.

Sein Schweigen treibt mich fast in den Wahnsinn, es ist unerträglich, auf eine Reaktion von ihm zu warten. Ruhelos greife ich nach Tellern und Besteck und beginne, den Tisch zu decken. Bis vor ein paar Stunden ahnte ich nicht, wie sehr ich mich wirklich danach sehnte, mehr über meine Mutter zu erfahren. Schlimmer noch, alle Antworten sitzen vor mir, eingesperrt durch die Sturheit meines Vaters. Müsste ich für Antworten eine Aufgabe bestehen, ich würde alles bewältigen. Müsste ich dafür Rätsel lösen, ich würde sie knacken. Ich würde sogar richtig nett zu Antonia sein, wenn mein Vater nur den Mund öffnen und die Wahrheit rauslassen würde.

»Warum sagst du nichts?«, frage ich gereizt. Wie stark, klug oder schnell ich bin, nichts kann meinen Vater umstimmen, solange er es nicht von sich aus möchte.

»Es ist besser, wenn ich dir davon nichts erzähle.«

»Na schön. Ich will mich nicht mit dir streiten«, lenke ich widerwillig ein. Gegen den ach so bösen Film komme ich einfach nicht an. »Kann ich dich etwas anderes fragen?«

Er zögert.

»Du musst nichts zu ihren Filmen sagen, ich würde mich auch über jedes andere Video freuen. Ich glaube, wir waren einmal zusammen am Meer, gibt es davon vielleicht Aufnahmen? Ich würde alles anschauen, solange es hilft, mich zu erinnern. Oder erzählst du mir, wie du Mama getroffen hast?«, bitte ich vorsichtig. »Ihr scheint wie die beiden Pole eines Magneten gewesen zu sein und doch hast du dich in sie verliebt. Warum?«

Für eine Millisekunde, nein, Millimillimillisekunde tritt

ein liebevolles Lächeln in sein Gesicht. »Gegensätze ziehen sich an, Jessica.« Da steht plötzlich der Mann aus meinen letzten beiden Fotos vor mir.

Und verschwindet gleich wieder.

»Okay. Das heißt jetzt genau?«

Aber mein Vater schüttelt den Kopf. Nachdem wir uns einen Schritt angenähert haben, macht er gleich wieder fünf zurück.

»Ach, komm schon!« Merkt er nicht, dass er mich damit verletzt? Mich ausschließt?

»Nein, Jessica. Das Thema ist beendet. Lass uns essen, in Ordnung?«

Doch stattdessen stürme ich aus der Küche direkt in mein Zimmer.

Warum versuche ich es überhaupt? Mag sein, dass ich ihn an meine Mutter erinnere. So ganz verstehen werd ich das aber wohl nie. Denn eine Eigenschaft, die ich mit ihm teile, verhindert das: unsere Sturheit. So sehr, wie ich Antworten verlange, so sehr beharrt er auf sein Schweigen.

Leise öffnet sich meine Zimmertür und mein Vater steht im Türrahmen. »Jessica ...«

Hoffnungsvoll erwarte ich eine Entschuldigung, erhalte allerdings etwas völlig Unerwartetes.

»Ich bitte dich, die Toten ruhen zu lassen. Wir dürfen nicht unsere Gegenwart von der Vergangenheit bestimmen lassen.«

In ganz seltenen Fällen überlappen meine Tagträume mit der Gegenwart, immer dann, wenn es mir richtig mies geht. Eigentlich befinde ich mich in meinem Zimmer, ich weiß das, doch es ist, als würde die Schlucht uns wieder voneinander trennen. Die Klippen auf seiner Seite sacken in die Tiefe, fallen vom Rand der Welt ins Nichts. Ich blicke von meiner Seite aus in endlose, bedrohliche Dunkelheit. Die Antworten, die ich suche, scheinen unerreichbar.

Doch ich nehme Anlauf, springe über die Klippe und stürze ihnen nach.

»Hattest du jemals vor, mit mir über Mama zu sprechen?«, frage ich laut.

Entweder mein Vater fängt mich auf oder ...

Ohne zu zögern, schaut er mir in die Augen, aber ich kann seinen Blick nicht deuten. »Nein, Jessica, das hatte ich nicht.«

... oder ich falle ins tiefe, schwarze Nichts.

9. Kapitel

Ich weiß nicht, wie lange es her ist, dass ich vor Marvins Wohnungstür zusammengesackt bin. Während ich auf der kalten Fußmatte kauerte, senkte sich draußen die Dunkelheit über die Straßen.

Gleichzeitig hab ich mich in mein geistiges Schneckenhaus zurückgezogen. Schwarz sind meine Gedanken. Selbst wenn ich mich konzentriere, gelingt es mir nicht, mein Kopfkino heraufzubeschwören und darin zu verschwinden. Immer tiefer falle ich in ein dunkles Loch. Selbst wenn es einen Halt gäbe, etwas, das mich auffangen könnte, ich habe nicht die Kraft, danach zu greifen.

Die Erinnerung an das Gespräch mit meinem Vater schnürt mir den Hals zu und treibt mir die Tränen über die Wangen. Wenn er mit mir nicht über ihre Filme reden möchte, okay. Doch warum nicht über normale Dinge? Meine Mutter hat mich geboren und großgezogen, bis ich sieben Jahre alt war. Warum ist ihre Existenz ein Geheimnis?

Mit einem scharfen Klacken springt die Neonleuchte über mir an und ich kneife die Augen zusammen. »Jess?«

Ich muss furchtbar aussehen nach dem ganzen Geheule. Bestimmt sind meine Augen angeschwollen, mein Mascara verlaufen. Dazu kommt noch, dass ich wie gerädert bin, als ich versuche, mich aufzurichten.

»Ist was passiert?« Marvin eilt auf mich zu. Die Sorge spiegelt sich in seinem Gesicht, während er sich vor mir hinkniet.

Ich will etwas erwidern, aber es fließen nur neue Tränen heraus. Nach dem letzten Satz meines Vaters bin ich rausgerannt. Ohne Tasche, ohne Schlüssel. Ich wollte einfach nur weg.

»Warum hast du nicht angerufen?«

»Keine Ahnung«, flüstere ich. Hab ich mein Smartphone überhaupt dabei? Wenn, dann hätte mein Vater bestimmt schon angerufen. Also muss ich es zu Hause liegen gelassen haben.

»War Lisa nicht da?« Er rubbelt zunächst meine Finger warm, endlich kehrt das Gefühl in sie zurück. Behutsam halte ich mich an Marvin fest. »Du wusstest doch, dass ich das LARP-Vortreffen habe. Und meine Eltern sind mit meinen Brüdern übers Wochenende weggefahren. Wie lange sitzt du schon hier?«

»Keine Ahnung«, wiederhole ich. »Ich wollte einfach nur zu dir.«

Der Gedanke, dass Lisa mir direkt die Tür geöffnet hätte, kommt mir erst jetzt. Warum habe ich hier stundenlang gewartet, anstatt zu ihr zu gehen? Meine Finger greifen nach Marvin, als wollten sie ihn nie mehr loslassen.

Während er nach seinem Schlüssel kramt, klammere ich mich regelrecht an ihn. Seit dem Tod meiner Mutter sitzt die Angst, verlassen zu werden, wie ein Stachel in meiner Seele. Nicht, dass Marvin plötzlich verschwindet, aber in Momenten, in denen ich mich schwach und verletzlich fühle, bohrt sich dieser Stachel tiefer. Mich quält nicht die Angst, was alles passieren könnte, sondern dass eine Veränderung eintritt. Dass meine Freunde und ich uns nicht mehr täglich in der Schule sehen. Dass ich nicht mehr mit Marvin über alles, jenes und nichts sprechen könnte.

Ich fürchte mich davor, einsam zu sein. Und doch ist die Einsamkeit oft mein ständiger Begleiter. Wie ein Schatten, den ich nicht abschütteln kann.

»Du bist eiskalt, Jess.«

Ich bemerke kaum, wie er mir den Parka abstreift. Kurz tippt Marvin etwas in sein Smartphone, bevor er mich in sein Zimmer manövriert. Schwankend stolpere ich hinterher, meine Beine sind ganz wackelig vom langen Sitzen.

Ich will mir nicht eingestehen, wie sehr mich die Wahrheit über meine Mutter mitgenommen hat. Ich bin stark, ich habe einen starken Willen. Ich schaffe alles, was ich mir vornehme, egal, wie viel Arbeit und Energie es kostet. Ich kann auch damit umgehen, dass mein Vater mich jahrelang ... ja, was? Belogen hat? Ist es eine Lüge, wenn man etwas verheimlicht? Dabei habe ich nie richtig nachgebohrt, sondern meistens die Erinnerungen ruhen lassen. Dennoch schmerzt es, dass er mir sie verheimlichen wollte. Dass ich nicht einmal gefragt werde, brennt, sticht, kratzt ... schlimmer als jede Verletzung, jede Lüge, jeder Vertrauensbruch.

Wie kann er so eine Entscheidung ohne mich treffen? Wenigstens was meine Mutter betrifft, sollte ich ein Mitspracherecht haben.

Marvin setzt mich aufs Bett und streift mir einen viel zu großen, aber herrlich warmen Pullover über. Er duftet nach ihm. Es fühlt sich an, als ob ich ein Marvin-Schutzschild tragen würde, das mich vor allem Übel abschirmt. Ich habe überhaupt kein Zeitgefühl mehr, denn auf einmal kehrt er mit einer Teekanne sowie zwei Tassen auf einem Tablett zurück.

Ein leises Piepen durchdringt die Stille und Marvin wirft einen Blick auf sein Smartphone. »Lisa«, meint er knapp. »Dein Vater hat schon fünfmal ihre Eltern angerufen. Ich hab Bescheid gegeben, dass du bei mir bist.«

»Ich will ihn nicht sehen.«

»Das wird sich nicht vermeiden lassen.«

»Mir egal. Diese Entscheidung treffe allein ich.«

Marvin schaltet sein Telefon aus und im nächsten Moment kniet er vor mir, die Hände auf meine Knie gelegt. »Also, was ist los?«

»Sie hat geschauspielert.«

»Wer?«, fragt er verwirrt.

»Meine Mutter.« Ich brauche drei Anläufe, ohne zu schluchzen oder unverständliches Zeug von mir zu geben. »Warum hat er mir das nie erzählt?«

»Dafür gibt es bestimmt einen Grund.«

»Und welchen?« Langsam frage ich mich, woher ich all die Flüssigkeit für meine Tränen nehme.

Als ob er mal wieder meine Gedanken lesen könnte, hält mir Marvin eine Tasse Tee hin. Vorsichtig trinke ich und lasse mich von der Wärme beruhigen. Der Tee wärmt von innen, der Pulli äußerlich und am stärksten Marvins Hände auf meinen Knien.

»Den Grund kannst nur du herausfinden.« Unbewusst

fällt mir auf, wie groß Marvin ist. Obwohl er kniet, schaut er mir genau in die Augen.

»Warum darf ich meine Mutter nicht kennenlernen?« Ich stelle die leere Tasse ab. »Sie ist meine Mutter.«

Schweigend nimmt Marvin mich in den Arm und ich kuschele mich an ihn. Dankbar für die Geborgenheit, die er mir schenkt.

»Ich vermisse sie, oder ich glaube, sie zu vermissen. Ich weiß kaum noch, wie es war, eine Mutter zu haben. So weit ich zurückdenken kann, waren da nur mein Vater und ich. Also, wie kann ich etwas vermissen, das ich gar nicht kenne? Und warum tut es so weh?« Tröstend streicht Marvin mir über den Rücken und lässt mich reden, bis keine Worte mehr kommen. »Warum tut es so weh, all das zu erfahren? Ich verstehe nicht, warum mein Vater mir die Chance nehmen wollte, mich meiner Mutter wieder näher zu fühlen. Dadurch verschwindet der Schmerz vielleicht nicht, aber alles ist besser als diese Ungewissheit.«

Anstatt mir zu erklären, dass meine Mutter keinen so großen Einfluss auf meine Persönlichkeit haben sollte, oder mich wie mein Vater abzuwürgen, fordert Marvin einen neuen Wortschwall heraus.

»Habt ihr nie über sie gesprochen?«, fragt er leise.

»Nein. In den letzten Jahren habe ich es vermieden, dachte, er vermisst sie auch, nur anders. So, dass er nicht über sie reden will. Jetzt frage ich mich, ob er er sie überhaupt vermisst?«

»Du warst oft traurig, als ich dich kennenlernte.« Marvin wechselte in der Dritten auf meine Grundschule, kaum ein

Jahr, nachdem der Lkw meine Mutter erfasste. »Nichts konnte dich aufheitern.«

»Die Fotos, die Andenken, er hat Mama praktisch gelöscht, Marvin. Er hat mich sogar angelogen, als mein Elefant Tröter verloren ging. Den habe ich gar nicht in der Bahn liegen lassen, wie er behauptet hat. Der war von Mama und wurde mit ihr ausradiert!«

»Stimmt, du hattest mal so einen Plüschelefanten«, erinnert sich Marvin. »Solange du nicht mit deinem Vater sprichst, wirst du dich nur im Kreis drehen, Jess.«

Plötzlich hebt er mich hoch, und bevor ich begreife, was passiert, sitze ich schon auf Marvins Schoß. Wie ein kleines Kind, das Trost sucht, halte ich mich an ihm fest.

»Wir finden schon eine Lösung.«

»Das sagst du immer.«

»Wann habe ich mich geirrt? Glaub mir doch mal.«

»Okay ...«

Mir fehlt die Kraft zu widersprechen. Ebenso wenig will ich über meinen Vater nachdenken oder das große Mysterium, das meine Mutter darstellt. Stattdessen lausche ich Marvins Herzschlag und genieße die kleinen Kreise, die seine Finger über meinen Rücken ziehen. Solange Marvin mich festhält, verspüre ich keine Einsamkeit.

Mein Blick fällt auf die Teekanne. Dampf kringelt sich in die Höhe, so undurchschaubar wie der Nebel in meinen Gedanken. Marvin erzählt mir von den nächsten Aufgaben, die er als einer der Gamemaster beim LARP geplant hat. Aber ich höre nur halb hin. Seine warme Stimme lässt meine Lider schwer werden.

Ehe ich mich versehe, bin ich eingenickt.

Als ich die Augen aufschlage, erhellt die matte Märzsonne den Raum. Ich brauche einen Moment, um mich zu erinnern, dass ich bei Marvin Zuflucht gesucht habe. Das Poster zu seinem Lieblingsspiel, das über mir an der Dachschräge hängt, ist ein guter Hinweis, und der Anblick schüttelt meine Müdigkeit ab.

Der geliehene Pullover umschließt mich wie eine zweite Decke. Ich hätte nicht gedacht, dass ich mich nach dem gestrigen Fiasko so schnell wieder so geborgen fühlen könnte.

Ich hatte das Gefühl, in ein tiefes Loch zu stürzen, aber Marvin war da und hat mich aufgefangen. Vielleicht war das der Grund, warum ich zu ihm abgehauen bin. An jedem Todestag meiner Mutter fängt Marvin mich auf, hört mir zu, tröstet mich oder lenkt mich mit einem Ausflug ab. Es gelingt ihm immer, die Traurigkeit zu verjagen.

Gähnend spüre ich, wie sich die Matratze bewegt. Marvin drückt bei seinem Videospiel auf Pause, legt den Controller ans Fußende und streckt sich neben mir aus. Den Kopf auf die angewinkelte Hand gestützt, betrachtet er mich. Sein Blick gleitet über mein Gesicht, meine Hand, die über der Decke liegt, als würde er Risse suchen, die mein Zusammenbruch hinterlassen haben könnte.

»Wieder wach?«, flüstert er. Kaum hörbar erklingt die Musik des Spiels, um mich bloß nicht zu stören.

»Offensichtlich, oder?«

Ich sehe die Sorge in seinen grünen Augen und versuche

ein mattes Lächeln. »Danke, dass du immer für mich da bist.«

Seine freie Hand streift meine, vorsichtig beginnt er, mit dem Daumen über meine Haut zu streichen. Zwar verwundert mich die Geste, doch ich ziehe meine Hand nicht zurück. Als ich allerdings versuche, mich aufzurichten, beugt er sich zu mir herunter. Ich bin völlig überrascht, als Marvins Lippen meine berühren. Salbeibonbons, ich kann sie riechen, ich kann sie schmecken. Diese plötzliche Nähe, der Kuss, es fühlt sich gut an, aber auch anders. Instinktiv reagiere ich auf seinen Kuss, versuche aber gleichzeitig, die Situation zu begreifen: Ich liege in Marvins Bett und wir küssen uns. Er küsst mich. Und ich küsse ihn zurück.

Ich. Küsse. Marvin.

Will ich das überhaupt?

Vor Schreck reiße ich die Augen auf und rutsche zur Seite.

Prompt erreiche ich das Ende des Betts und lande mit dem Hintern voraus auf dem Boden.

»Autsch!« Der Kuss ist zwar unterbrochen, doch Marvin beugt sich sofort wieder über mich, um festzustellen, ob ich mich verletzt habe.

Ich rutsche noch ein Stück weg und beiße mir auf die Lippen, um nicht vor Schmerz und Frustration aufzuheulen.

Marvin spürt meine Unsicherheit, setzt sich auf die Matratze und beobachtet mich schweigend. Wäre die Situation nicht so seltsam, würde ich wetten, dass er sich gleich mit der Hand gegen die Stirn schlägt.

Ich bräuchte jedenfalls einen dreifachen Facepalm, so langsam begreife ich gar nichts mehr.

»Du bist Marvin«, murmle ich, während ich mich aufrichte.

Das klingt bescheuert. Er hat mir nicht das Gehirn weggeküsst, sondern mich nur gehörig verwirrt.

»Du bist mein bester Freund«, setze ich erneut an. »Warum machst du ... so was?«

»Warum?« Verlegenheit färbt seine Wangen rosa, aber er zögert die Antwort heraus. »Lisa meinte schon, dass du schwer von Begriff bist.«

Marvin senkt den Blick und stützt den Kopf in den Händen auf. Ist er enttäuscht? Wie soll ich mich auf mein Urteilsvermögen verlassen, wenn ich die offensichtlichen Sachen nie erkenne?

»Ich sollte lieber gehen«, formuliert mein Mund wie fremdgesteuert. Ungelenk streife ich mir den Pullover über den Kopf. Marvin rührt sich nicht, als ich ihn aufs Bett lege, sieht er nicht in meine Richtung.

So, wie ich mir noch vor ein paar Stunden wünschte, die Schlucht zu meinem Vater zu überwinden, könnte ich nun eine gedankliche Schlucht zu diesem Kuss gebrauchen. Völlig verwirrt ziehe ich meine Converse zunächst falsch rum an, und ich schaffe es nicht, den Reißverschluss meines Parkas einzuhaken. Also lasse ich die Jacke einfach offen. Jetzt ist es passiert. Der emotionale Stress hat mir einen Kurzschluss verpasst. Meine Synapsen sind überlastet und ein Teil ist einfach durchgeschmort.

Was soll ich jetzt nur machen?

Ich halte erst inne, nachdem ich die Tür bereits geöffnet habe. Rechne damit, dass Marvin mir folgt, mich aufhalten möchte, weil er die Situation erklären will. Nichts dergleichen geschieht. Es ist ja auch kein Film, sondern ein ziemlich chaotisch verlaufendes Wochenende.

Zögernd verlasse ich die Wohnung. Das Türschloss rastet ein, und für einen Moment überlege ich, damit einen Schlussstrich unter meine Verwirrung zu setzen. Doch ich kann weder die Erinnerungen an die Auseinandersetzung mit meinem Vater noch die an Marvins Überraschungskuss hinter mir verschließen.

10. Kapitel

»Wirst du mir noch verraten, warum du gestern plötzlich vor meiner Tür standest, Jess? Warum bist du nicht bei Marvin geblieben?«, hakt Lisa nach, während wir die letzten Meter zum Tegeler Palais am See zurücklegen. Ich fühle mich ein wenig schuldig, weil ich nicht sofort zu Lisa gegangen bin. Doch sie hat nichts gesagt, als ich erst nach meiner zweiten Flucht bei ihr auftauchte.

Bald sind vierundzwanzig Stunden seit der Sache mit Marvin vergangen. »Sache« klingt so winzig und nichtig, als wäre nichts passiert. Es klingt so gar nicht danach, dass meine komplette Welt kopfsteht. Ich traue mich weder ihn anzurufen noch eine Nachricht zu schreiben. Was, wenn er auf eine Reaktion von mir wartet und die ganze Zeit auf sein Smartphone starrt?

Nein, weg mit dem Gedanken. Ich möchte den Kuss schnell vergessen. Aber genau das gelingt mir nicht, weil ich nicht verstehe, wie wir in diese Situation geraten konnten.

»Komm schon, du kannst mir alles sagen.« Lisa rückt ihr mit Glitzersteinen besetztes Halsband zurecht, das farblich exakt zu ihrem wallenden, moosgrünen Samtkleid passt. Für besondere Anlässe wirft sie sich gern in Schale, vor allem da sie mehr Schmuck und mittelalterliche Kostüme besitzt, als es Feierlichkeiten im Jahr gibt. So kann es vorkommen, dass der letzte Schultag vor den Ferien mit ihrer neuen Haarspange oder dem mit Lederschnallen aufgepeppten Mantel gefeiert wird.

Gekleidet wie eine Elfe, gierig nach Accessoires wie eine Zwergin.

»Komm schon, Jess, ich bin neugierig. Ich warte seit gestern, dass du mit der Sprache rausrückst. Irgendwas ist passiert, das steht praktisch auf deiner Stirn geschrieben.« Genervt stampft Lisa beim Gehen auf und verschränkt die Arme.

Der gestrige Tag verschwimmt ein wenig. Eigentlich habe ich nur zombiemäßig vor mich hingestarrt, sodass Lisa die Chance nutzte, ihre zwölf Stunden lange Lieblingstrilogie mit mir zu schauen. Geduldig hat sie darauf gewartet, dass ich mich aus meiner Lethargie löse. Während sie die Filme mitsprach und mir irgendwann, um mich zu ärgern, meine Nägel mit Elbenrunen lackierte.

In den Morgenstunden platzte es dann aus mir raus und ich erzählte Lisa von meiner Mutter. Aber nichts von Marvins Kuss. Wenn ich es laut ausspreche, ist es auch wirklich passiert, und ich kann nicht auf den letzten Strohhalm zurückgreifen, dass es nur in meinem Kopfkino passiert ist. Aber warum sollte ich so etwas träumen?

Allerdings bin ich bisher auf keine Lösung gekommen, wie ich jetzt damit umgehen soll, deshalb werde ich es kaum länger verschweigen können. Je mehr ich darüber nachdenke, desto verworrener und seltsamer fühlt sich alles an.

Alleine komme ich nicht weiter.

»Marvin hat mich geküsst«, sage ich also frei heraus.

Plötzlich schaltet das Leben auf Zeitlupe, als Lisa wie ein Blitz vor mir einschlägt. Fast stolpere ich über sie, Tom läuft ebenfalls gegen uns und flucht in einer seiner zehn Aliensprachen.

»Wann?« Lisa nimmt meine Hände, damit ich nicht weglaufe.

»Bevor ich zu dir ...« Verlegen schaue ich zur Seite.

»Und?«, will jetzt auch Tom hinter mir wissen. »Was heißt das jetzt?«

»Nichts und. Danach habe ich nicht mehr mit ihm gesprochen«, entgegne ich. Was haben sie denn erwartet? Außerdem habe ich mir ihre Reaktion anders vorgestellt. Erschrockener.

»Na endlich.« Ich höre Toms Grinsen, ohne mich umzudrehen, während Lisa mich breit anlächelt.

Meine Freundin greift in meine Tasche, die mein Vater vorsorglich bei ihr abgeliefert hatte, und hält mir mein Smartphone vor die Nase. »Ruf ihn an.«

»Nein.«

»Jetzt sofort.«

»Nein, wieso sollte ich?«

»Hast du immer noch nicht bemerkt, dass er seit Ewigkeiten total in dich verschossen ist?«

Er ist was? Wären wir in einem Cartoon, würde mir die Kinnlade runterklappen und auf den Bürgersteig krachen.

»Seit zwei Jahren«, ergänzt Tom.

»Zwei – was?« Ich wirbele zu ihm herum. »Woher wollt ihr das wissen?« Sofort gehe ich in die Verteidigung über. Das hätte ich doch gemerkt!

Lisa zuckt mit den Schultern. »Im Gegensatz zu dir bin ich nicht blind. Das war so was von offensichtlich, ich hab mit Tom schon eine neue Wette abgeschlossen, ob er sich bis Weihnachten was traut.«

»Letztes Jahr hast du verloren«, wirft Tom gehässig ein.

»Dieses Jahr nicht.« Lisa reibt sich gierig die Finger. »Es ist Zahltag.«

Tom kramt in seinen Manteltaschen, bis er einen zerknitterten Geldschein hervorholt.

»Ihr wettet?« Ich kann es kaum glauben. »Über mich und Marvin?«

»Schau mich nicht so an, wir haben es nicht böse gemeint.« Zufrieden schnappt sich Lisa ihren Zehneuroschein und beginnt, ihn glatt zu streichen. »Marvin kommt nicht aus dem Knick, weil du absolut begriffsstutzig bist.« Mit einem schelmischen Grinsen verschwindet der Wettgewinn in ihrer Tasche.

»Endlich müssen wir nicht mehr hinter Jess' Rücken reden.« Tom stößt erleichtert den Atem aus. »Ich hab mich schon wie Captain Calderon gefühlt, wenn er mit seinem Raumschiff einen rückständigen Planeten besucht und dem Naturvolk nicht sagen darf, dass ihr heiliger Vulkan bald ausbrechen und sie alle ...«

»Wie soll ich das denn jetzt verstehen?«, jammere ich.

»Das ist Folge sechs aus der ersten Sta...«

»Tom!«

Er schiebt seine blaue Nickelbrille auf den Nasenrücken und sagt grinsend: »Dass meine Technik und vor allem meine Sensoren weiter entwickelt sind als deine.«

»Marvin ist wirklich in mich ...?« Verwirrt fahre ich mir über die Augen, mittlerweile fühle ich mich ausgetrocknet. »Das glaub ich nicht. Wenn das ein Scherz ist, ist das nicht lustig.«

»Vielleicht solltest du auch eine Brille tragen, Jess, so blind, wie du scheinbar bist.«

Ich werfe ihm einen eiskalten Blick zu, doch das ändert nichts an seiner Heiterkeit.

Toms Lachen schwappt ausgelassen über seine Lippen, bevor er zu einer richtigen Antwort ansetzt. »Ich hab ihm gesagt, dass er bei dir einen harten Kampf ausfechtet. Ist ebenfalls nicht böse gemeint«, fügt er hinzu. »Nur eine Tatsache.«

Während wir uns in die Schlange der Wartenden einreihen, lasse ich seine Worte auf mich wirken. »Wie soll ich mich denn jetzt verhalten, wenn ich Marvin begegne? Ich kann nicht so tun, als ob nichts passiert wäre.«

Schnell schaue ich über die Schulter, aber ich kann Marvins vertraute Silhouette nicht entdecken. In ein paar Minuten öffnen sich die Tore zum nächsten DVD- und Sammlermarkt Berlins und normalerweise gehen wir zusammen zu solchen Börsen, stöbern, quatschen mit den Händlern und schlendern danach noch durch die Altstadt. Was soll ich nur machen, wenn Marvin hier auftaucht? Ich bin mir nicht einmal sicher, wie ich ihn begrüßen soll. »Hi, nimm's nicht persönlich, dass ich abgehauen bin« oder »Könnten wir das mit dem Kuss einfach vergessen?«.

Tom bricht schon wieder in Lachen aus. »Du solltest dein Gesicht sehen, Jess. Als würde Freddie Krüger dich verfolgen.«

»Das.Ist.Nicht.Witzig!« Lisa verpasst ihm bei jedem Wort einen Schlag in die Seite. »Du vergleichst Marvin gerade mit einem Serienkiller, Tom. Geht's noch?«

Die Türen öffnen sich und die Menschenmasse setzt sich in Bewegung. Langsam erklimmen wir die Treppen, durchqueren das schmale Foyer. Seit Langem klopft mein Herz wieder vor Aufregung bis in den Hals. Vor Filmfreude. Nicht vor Angst. Und schon gar nicht so wild wie bei dieser Sache mit Marvin. Es ist nur eine Kleinigkeit, wiederhole ich in Gedanken. Nichts Weltbewegendes.

Routiniert löse ich mein Eintrittsgeld gegen einen Stempel und betrete die für uns fast heiligen Hallen der Filmbörse. Die Besucher strömen zwischen den Tischen aus, begleitet von einer Hymne aus Gesprächsfetzen und Gelächter. Unzählige Kartons und Boxen warten an den Ständen darauf, nach Wunschfilmen und Überraschungsfundstücken durchforstet zu werden. Mir kribbelt es in den Fingern. Dieser Ort hier trägt zwar nicht den gleichen Zauber wie ein Kinosaal in sich, dafür einen weitaus mächtigeren. Von der Tegeler Filmbörse aus reist der Zauber in die Wohnzimmer der Fans.

Als Erstes rennt Tom wie ein aufgeregtes Kind zu einem Händler, der bisher immer den Phaser aus *Captain Calderon* angeboten hat. Lisa und ich tauschen ein Grinsen aus, als der Mann hinter seiner Auslage ein »Genug gespart, Captain?« ausruft. »Solange er da ist, bleibt mir noch Zeit«, erwidert Tom zerknirscht.

Die Geschichte des Nerdlings Tom ist eine äußerst tragische. Mit dem Erwachsenwerden musste er sich entscheiden, ob er sein Geld weiter in Limited Editions steckt oder in seinen Führerschein.

Ich weiß nicht, wie ich mich dabei entscheiden würde. Immerhin verfügt Berlin über ein gut ausgebautes Netz an öffentlichen Verkehrsmitteln.

»Niemals würde ich vierhundert Euro für eine Spielzeugpistole ausgeben«, spottet Lisa und deutet abfällig auf den Phaser.

Der Händler kennt die Streitereien, die nun folgen, vermutlich auswendig. Davon unbeeindruckt zeigt er mir einen Karton mit alten Monster- und Mumienfilmen, die er auf meine E-Mail-Anfrage mitgebracht hat.

»Du willst wie verrückt dieses Elbenschwert, Lisa. Was ist daran besser?«

»Erstens kostet es gerade mal die Hälfte. Zweitens ist es aus Metall, richtigem Metall. Das ist Handarbeit, im Gegensatz zu deinem billigen Plastik.«

»Das Plastik ist hochwertig verarbeitet und der Preis gerechtfertigt«, wirft der Händler ein.

»In China«, kontert Lisa mühelos.

»Na und? Was willst du mit einem Schwert? Die Klinge ist bestimmt nicht scharf.«

Lisa stößt ein diabolisches Lachen aus. »Schärfe ich sie halt.«

»Damit beschädigst du es und es verliert seinen Wert.«

»Ich würde es zumindest nutzen, anstatt den Phaser in der Verpackung zu lassen.«

»Du hast die Grundregeln nicht verstanden. Das ist kein Spielzeug«, Tom fuchtelt mit seinen langen Armen, sodass er in den engen Gängen andere Besucher anstößt, »sondern eine Leidenschaft.«

»Bitte, du bist der Sammler, ich die Jägerin. Wenn ich nachts mit einem Breitschwert auf den Rücken geschnallt durch die Straßen streife, werde ich jede Menge Eindruck schinden.«

»Dann ruft jemand die Polizei«, argumentiere ich, aber die beiden ignorieren mich. Meine Wahl ist auf zwei DVDs gefallen und ich bezahle bereits.

»Und was willst du mit einem Schwert jagen? Wildschweine im Forst?«, fragt Tom sarkastisch. »Tauben auf dem Alexanderplatz?«

»Vampire in der Kanalisation«, scherze ich, trotzdem reiße ich die beiden nicht aus ihrer eigenen, kleinen Blase. Der Händler reicht mir dafür einen Film zu diesem Thema.

»Jedenfalls schinde ich mehr Eindruck als du, wenn du deine Plastikspielzeugkanone aus der Jackentasche ziehst.«

»Wenn du es tragen kannst«, fordert Tom sie heraus und mustert Lisa abschätzig.

Daraufhin lässt sie die Fingerknöchel knacken. »Daran zweifelst du?«

»Erbarmen, Erbarmen«, scherzt Tom. »Ich bin nur ein harmloser Brillenträger, ein Raumschiffcaptain, der fremde Völker kennenlernen möchte. Ich hege friedliche Absichten, meine holde Baumkuschlerin.«

Tom hebt zur Kapitulation die Hände, sodass Lisa mit einem Siegerlächeln die Locken über die Schulter wirft.

Zufrieden schlendert meine Freundin zum nächsten Tisch. »Weltraumhelden sind auch nicht mehr das, was sie mal waren«, spottet sie, während die Säume ihres Kleides hinter ihr aufwallen.

Plötzlich wird mir bewusst, woran mich diese Zankereien erinnern. Marvin und ich scherzen regelmäßig so vertraut miteinander. Könnte Olaf mit seinen Andeutungen, dass zwischen Lisa und Tom was läuft, recht haben? Benimmt man sich so, wenn man für den anderen etwas empfindet? Habe ich Marvin unbewusst falsche Signale gesendet?

»Wir sehen uns im Juni wieder«, schlussfolgert der Händler und reicht Tom eine Visitenkarte. »Du kannst den Phaser auch über meinen Shop bestellen. Zurzeit sind noch zwei auf Lager. Die letzten zwei in ganz Deutschland.«

Für eine Millisekunde hört die Erde auf zu rotieren, das gesamte Universum hält inne, während Tom die Farbe aus dem Gesicht entweicht und er gleichzeitig sehnsüchtig auf den angebotenen Phaser starrt.

»Ich brauche einen besseren Nebenjob«, murmelt er frustriert.

»Was ist das zwischen euch?«, frage ich Tom.

»Der Phaser ist mein Leben.«

»Nein, das meine ich nicht. Was ist das zwischen dir und Lisa?«

»Hm?« Sein Blick gleitet über die Verpackung, vermutlich wird er einen Freudentanz aufführen, wenn er ihn irgendwann kauft. Den Karton vorsichtig in die Arme schließen und liebevoll streicheln wie seinen erstgeborenen Sohn.

»Also, wenn Marvin sich in mich ...« Ich kann es immer

noch nicht aussprechen. Peinlich, immerhin bin ich sechzehn und nicht elf Jahre alt. »Empfindest du etwas für Lisa? In der Richtung?«

Erneut bricht Tom in schallendes Gelächter aus. Sogar ein paar Besucher drehen sich um, verlieren jedoch schnell das Interesse an uns und konzentrieren sich auf ihre Einkäufe. Dieser Markt ist ein Sammelbecken für Filmfans, Nerds und Liebhaber des Horrorgenres. Dementsprechend herrscht eine ausgelassene, fröhliche Stimmung vor.

»Ich schätze Lisa sehr für ihre offene, ehrliche Art«, gesteht Tom. »Meine Traumfrau sollte mit mir jedoch nach Vulcan in die USA reisen wollen und nicht davon träumen, nach Neuseeland auszuwandern.«

Ich überlege, ob ich seufzen oder nicken soll, schließlich sacke ich ein Stück zusammen. Erneut brennen die Tränen in meinen Augen, worauf er mir ein Taschentuch anbietet, mit dem ich mir die Nase putze.

»Ich hatte echt Panik, dass ihr nicht einfach nur meine Freunde seid, sondern ... sondern ...« Ich winke ab, die Vorstellung ist einfach zu seltsam.

Tom nimmt Haltung wie zum militärischen Appell an. »Wir sind ein Team. Ich bin der Captain.« Er salutiert kurz, was mich lächeln lässt. »Ich steuere, passe auf die Mannschaft auf, treffe die Entscheidungen. Lisa ist der Waffen- und Kampfexperte, Marvin der Techniker und du ...« Er reicht mir ein weiteres Taschentuch, damit ich die Tränen wegwischen kann. »Gerade weil das mit deinem Vater kompliziert ist, bist du die Kommunikationsoffizierin. Du hast für uns immer ein offenes Ohr. Oh, ich gebe ein Set Anstecker für uns in Auftrag, jeder mit Namen und eigenem Symbol ...«

»Spar du erst mal auf deinen Phaser«, erwidere ich und fühle mich gleich besser. »Damit du uns vor Feinden verteidigen kannst.«

Wie hätte ich reagiert, falls Tom mir erklärt hätte, dass er insgeheim doch etwas für Lisa empfindet? Wenn unsere Gruppe plötzlich aus zwei Pärchen statt vier Freunden bestehen würde?

Die Unsicherheit frisst sich wie ein schrecklicher Parasit zurück in mein Bewusstsein. Ich kenne viel zu viele Filme, in denen Freundschaften zerbrachen, weil Liebe, Beziehungsstress und letztendlich Trennungsschmerz alles kaputt machten.

Mit einem Stampfen kündigt sich unsere Zwergenkriegerin an. »Jess, selbst wenn alle Männer ausgestorben sind und ich die letzte Anführerin meines Amazonenstammes bin und Tom von einem fernen Planeten auf die Erde reist ... Selbst dann würde ich ihn in sein Raumschiff stecken und ihn zum hintersten Zipfel des Universums schicken.«

»Das richtige Schwert, um mich zu vertreiben, hast du ja bald«, murmelt Tom.

Mein Lächeln gewinnt langsam an Kraft. Obwohl ich mich weiterhin weigere, über Marvin nachzudenken, bin ich erleichtert, dass zwischen Lisa und Tom alles beim Alten ist. Eine zweite Veränderung dieser Größe hätte ich wohl nicht verkraftet.

Lisa schiebt meine violette Strähne vor, damit sie mir ins Gesicht fällt, und zupft an meinem schwarz-gelben Schal, bis die Streifen ordentlich sitzen. »Konnte Tom dich aufheitern?«

Ich nicke bestätigend, doch Tom sabbert mental bereits wieder seinen Phaser an. Einen Cent für jeden Gedanken an die Limited Edition und er würde sie schon lange besitzen.

Plötzlich piept mein Smartphone. Gleichzeitig schallt die Titelmusik einer ganz bestimmten Weltraumserie aus Toms Jacke.

»Heute Morgen hat Olaf mir eine Liste mit Filmtiteln geschickt«, stellt Lisa fest. »Ich hab sie an euch weitergeleitet.«

Ich hole mein Telefon hervor, öffne Lisas Nachricht und lese.

Acht Titel.

»Das sind die, auf die er sofort gekommen ist«, meint Lisa. »Wenn wir ihm noch ein bisschen Zeit geben, fällt ihm bestimmt noch mehr ein.«

Acht Titel. Ohne Vorwarnung beginne ich auf den Ballen zu wippen, kichere und quietsche. Acht Filme mit meiner Mutter!

»'tschuldigung«, murmle ich schnell, aber meine Freundin versteht genau, was gerade in mir vorgeht. »Danke, Lisa.«

»Nicht dafür«, entgegnet sie, während Tom die Nachricht überfliegt. »Noch bin ich nicht fertig mit meinem genialen Plan.«

»Plan?«, echot Tom.

»Die Filme stammen aus den Neunzigern. Daher dachte ich, hier finden wir die richtigen Ansprechpartner für die

Suche.« Wir folgen Lisas Blick, der durch den Raum schweift. Im Schnitt sind die Standinhaber ungefähr vierzig Jahre alt. »Wir teilen uns auf, und jeder fragt ein Drittel der Aussteller, ob er die Filme verkauft. Oder etwas mit dem Namen deiner Mutter verbindet, Jess.«

»Klingt nach einem guten Anfang«, lobt Tom. »Du willst doch mehr über deine Mutter herausfinden?«

Ich muss mich zusammenreißen, um nicht auf und ab zu springen und meine Freunde fest zu knuddeln. Wieso bin ich nicht auf diese Idee gekommen?

»Deswegen bin ich deine beste Freundin, ich weiß, wann du meinen Rat brauchst oder die Bohnenstange dir eher weiterhelfen kann. Danksagungen für meine Einmaligkeit sind bitte in Form von Pralinen, DVDs sowie Karten für die RingCon zu entrichten.«

Sie breitet die Arme aus, als wäre sie ein Herrscher, der vor der bevorstehenden Schlacht seine Soldaten einschwört. »Nur Mut, meine Gefährten, wir haben eine wichtige Mission zu erfüllen.«

Tom lacht. »Wir werden die Filme deiner Mutter schon aufstöbern, Jess, Ehrensache.«

Ich schlucke meine Tränen runter, fasse mein Smartphone fester und mache mich auf zum ersten Händler. Wir arbeiten uns von Tisch zu Tisch, doch die meisten haben noch nie etwas von den Filmtiteln oder dem Namen meiner Mutter gehört. »Wer soll das überhaupt sein? Ist das so ein Geheimtipp, der gerade die Runde macht?«, erhalte ich oft als Gegenfrage.

Auf meine Erklärung reagieren einige traurig, andere bestürzt, und fast jeder reicht mir eine Visitenkarte. »Am besten schreibst du mir eine E-Mail mit der Liste, und ich höre mich um, ob die Filme irgendwie zu beschaffen sind.«

Wenn mein Vater mir nicht helfen will, muss ich eben alleine herausfinden, was für eine Frau meine Mutter gewesen ist. Diese kleine Aktion gibt mir jedenfalls meine Zuversicht zurück. Ich bin nicht mehr ohnmächtig, ich kann etwas ausrichten.

Bisher habe ich geglaubt, dass es mir nicht hilft, über meine tote Mutter zu reden. Obwohl ich so selten über sie spreche, rastet mit jeder Wiederholung von »Meine Mutter hat vor ihrem Tod als Schauspielerin gearbeitet« eine Erkenntnis ein: Sie ist nicht nur die lächelnde Fremde auf den Fotos oder der schwache Schemen in meinen Erinnerungen. Sondern plötzlich Teil der Filmwelt, die mich so fasziniert.

Ohne die mein Leben nur halb so bunt und aufregend wäre.

Eine Stunde später treffe ich wieder auf Lisa und Tom, doch auch meine Freundin kann lediglich ein paar Visitenkarten vorweisen.

»Wir sollen uns an das Filmarchiv in Babelsberg wenden«, erklärt mir Lisa. »Richte dich allerdings auf Wartezeiten ein. Klang, als arbeiten die mit Pappkarten anstatt eines Computersystems.«

Warten ist in Ordnung. Auf etwas zu warten, bedeutet schließlich, dass noch etwas passiert. Damit kann ich umgehen, besser als mit der Tatsache, nichts erreicht zu haben.

»Captain Tom eilt zu eurer Rettung.« Lisa und ich sehen ihn gleichermaßen verwirrt an. Sie möchte zu einer Erwiderung ansetzen, doch ich lege eine Hand über ihren Mund.

»Meine Kommunikationsoffizierin, rate, was ich hier habe?«, sagt er feierlich. In Toms Pranken sieht die DVD winzig aus, trotzdem reiße ich sie sofort an mich.

Tom strotzt vor Zufriedenheit und wirkt so noch größer. »Erster Teil der Mission erfolgreich abgeschlossen.«

Meine Finger zittern, als ich die Hülle umdrehe und die Namen der Mitwirkenden der Serie lese. Vergeblich. Ihr Name taucht nicht auf, warum taucht sie nicht auf? Enttäuschung droht mich zu überwältigen, Olaf könnte sich mit den Titeln geirrt haben. Bis mir dämmert, dass auf den Rückseiten nur der Hauptcast aufgeführt wird. Kleinere Rollen werden so gut wie nie benannt.

Ich presse die DVD an meine Brust. Zwar ist die alte Papphülle an den Kanten angestoßen, doch für mich ist sie zehnmal so viel wert wie Toms heiß geliebter Phaser. Mein Herz schlägt schneller, wenn ich daran denke, dass diese kleine gepresste Scheibe mir ein Stück meiner Mutter zurückgeben wird.

11. Kapitel

Am Sonntagabend begrüßt mich am schwarzen Brett wieder ein Zettel meines Vaters mit der Nachricht, dass er mit Kollegen schwimmen gegangen sei. Kurz nach mir öffnet sich jedoch die Wohnungstür und das vertraute Klirren seiner Schlüssel schallt mir entgegen. Ich höre meinen Vater etwas rufen, der Rest seines Satzes geht im Krachen meiner Zimmertür unter. Meine Wut ist noch lange nicht verflogen, steigert sich eher noch. Solange er zu Hause ist, traue ich mich nicht, die DVD von meiner Mutter einzulegen. Was, wenn er plötzlich in mein Zimmer kommt? Mit mir über den Streit reden will? Vermutlich würde er gleich meinen neu erworbenen Schatz schreddern und wegwerfen. Deshalb verstecke ich die DVD mit der Polizeiserie vorsorglich in der Hülle meines Kopfkissens.

So langsam frage ich mich, ob die Erinnerungen an meine Mutter ihn so sehr schmerzen, dass es einfacher ist, sie verschwinden zu lassen, anstatt sich damit auseinanderzusetzen.

Bis in die Nacht beschäftige ich mich mit Hausaufgaben, schreibe zwei Blogbeiträge, räume auf, sortiere meine Kleiderstange neu. Hoffe auf ein Zeichen, dass mein Vater schläft, doch die Geräusche verstummen nie völlig. Nachzusehen traue ich mich ebenfalls nicht, Eltern haben einen siebten Sinn, aus dem Schlaf hochzuschrecken. Irgendwann übermannte mich dann wohl doch die Müdigkeit und ich schlief so tief und fest, dass ich den Wecker überhört habe. Wie ich in die Schule gekommen bin, keine Ahnung, was in den ersten Stunden passierte, ich weiß es nicht. Ständig kreisen meine Gedanken um die DVD, die ich wie ein Staatsgeheimnis mit mir herumtrage.

Um Marvin in Medien nicht zu begegnen, schreibe ich Olaf eine SMS, dass ich krank sei und ob er mich bitte abholen könnte. Dann verkrieche ich mich ins Sekretariat, bis mein Lieblingsonkel mich abholt.

Feige. Definitiv. Aber ich kann mich nur um eine Aufgabe nach der anderen kümmern. Und die Neugier, meine Mutter wiederzufinden, füllt mein Bewusstsein dermaßen aus, dass die Sache mit Marvin an den Rand gedrängt wird.

»Du siehst nicht krank aus, Jessica«, stellt Olaf stirnrunzelnd fest, kaum dass wir das Schultor hinter uns gelassen haben. Zum Glück hat er das nicht in Hörweite der Sekretärin gesagt. Schon bescheuert, dass wir das Schulgelände erst als Oberstufenschüler eigenständig verlassen dürfen. Wie sehne ich das nächste Schuljahr herbei.

Schnell erzähle ich von den Entdeckungen des Freitags und dem Fundstück in meiner Tasche. »Bitte, sag Papa nichts«, flehe ich, während wir zur S-Bahn gehen. »Bitte, bitte.«

Olaf seufzt, nickt aber. »Du denkst an dein Versprechen?«

»Ich habe ihn ausreden lassen«, widerspreche ich trotzig.

»Nein, Krümel.« Ich stutze bei meinem alten Kosenamen. »Das hast du nicht.«

»Sobald Papa mir zuhört, lasse ich ihn auch ausreden«, schlage ich vor. »Deal?«

»Deal.«

Im Gegensatz zu meinem Vater lauscht Olaf gespannt, was ich in den letzten Tagen herausgefunden habe. Ich beobachte immer wieder gern, wie gestenreich er meine Geschichten kommentiert. In einem früheren Leben ist er bestimmt Dirigent gewesen. Seine Hände wischen durch die Luft, wedeln, die Finger streichen sich über den Bauch, oder er stemmt die Arme in die Hüfte, wenn er stumm protestiert.

Auch Olaf rät mir, mich ans Archiv in Babelsberg zu wenden, die E-Mail ist jedoch längst geschrieben.

»Kannst du mir verraten, was Papa mir nicht erzählen will?«, frage ich ihn. »Du warst doch dabei.«

»Ich hab nur eine Seite mitbekommen«, weicht Olaf aus. »Du solltest wirklich deinen Vater fragen.«

Olaf bringt mich noch bis nach Hause, lässt mich aber allein, damit ich die Zeit mit meiner Mutter in Ruhe verbringen kann. Allerdings erklärt er sich bereit, mir beim nächsten Mal ein paar Geschichten zu erzählen, was für komische Missgeschicke bei den Dreharbeiten passiert sind. Als sich endlich die Wohnungstür hinter mir schließt, fürchte ich schon, vor Anspannung in Ohnmacht zu fallen, wenn ich noch länger warte.

Dennoch brauche ich eine Ewigkeit, bevor ich die DVD abspiele. Ich richte mein Bett her, stecke den Laptop vorsorglich in die Steckdose, durchforste die Küche nach Schokolade – zur nervlichen Stärkung – und starre schließlich auf den Bildschirm, die DVD auf meinem Finger rotierend.

Diese dünne Scheibe wird mir meine Mutter zurückbringen.

Mit geschlossenen Augen starte ich die erste Folge und muss mich zwingen, den Blick nicht abzuwenden. Trotz aller Vorfreude, die Angst vor dem Unbekannten hat mich fest im Griff.

Bei den ersten Folgen sitze ich noch verkrampft und angespannt vor meinem Laptop, vernichte unbemerkt eine komplette Tafel Nuss-Nougat-Schokolade, und suche verzweifelt jede Einstellung, jede Szene ab. Sobald ich auch nur einen winzigen Schimmer blonder Haare zu sehen glaube, drücke ich auf Pause und halte nach meiner Mutter Ausschau. Das Anschauen kostet mich locker fünf Lebensjahre.

Zum Glück ist es nur eine Miniserie, sodass ich atemlos die letzte Folge starte. Tatsächlich taucht meine Mutter auf, allerdings nicht so, wie ich es erwartet habe. Nach all den Jahren, in denen ich sie vermisst habe, spielt sie ausgerechnet eine Leiche.

Der Auftritt ist keine zwei Minuten lang, dennoch wünschte ich, ich könnte diese hundertzwanzig Sekunden aus meinem Gedächtnis streichen. Zwar hatte mein Vater mich davor gewarnt, aber ich dachte, ich könnte das besser verkraften. Stattdessen schnürt sich mein Hals zu und ich kämpfe mit den Tränen.

Der Großteil ihres Körpers ist mit einem weißen Tuch verdeckt, sie liegt reglos und tot in der Pathologie. Ein Arzt und mehrere Kriminalbeamte beugen sich über meine Mutter. Fachsimpeln darüber, dass sie beim Aufprall mit dem Fahrzeug sofort tot gewesen sein muss.

Danach habe ich mich sehr lange in mein gedankliches Nirwana verabschiedet.

Als ich wieder klar denken kann, ist es bereits dunkel. Einen Moment wundere ich mich über das angeschaltete Licht und die Decke über meinen Schultern. Den Flecken nach zu urteilen, habe ich E.T. vollgeheult, dabei habe ich das Weinen so satt. Doch das Bild, wie meine Mutter auf dieser Metallbahre liegt, lässt mich nicht mehr los. Als müsste ich den Tag, an dem mein Vater versuchte, mir von dem Unfall zu erzählen, die furchtbaren Stunden der Beerdigung und das Hinablassen des Sarges immer und immer wieder erleben. Ich kann mich nicht an ihre Stimme erinnern, dafür weiß ich noch genau, wie sich der schwarze Sarg in das Grab herabsenkte. Wie Leute Blumen und Erde darauf warfen, während ich nicht verstand, warum ich meine Mutter nie mehr wiedersehen sollte.

Da fällt mein Blick auf eine Portion meines Lieblingspuddings und eine Packung Taschentücher, die mein Vater vor mir auf dem Boden abgestellt hat.

Beinahe wäre ich zu ihm gegangen, hätte um Verzeihung gebeten und ihn in den Arm genommen, weil er mir diesen Film ersparen wollte. Allerdings nur beinahe. Schließlich hat er mir alle anderen Rollen von ihr ebenfalls verheimlicht.

Noch bin ich nicht bereit, die Suche nach meiner Mutter aufzugeben.

Die zweite Runde dieser Suche startet am nächsten Freitag. Ich hatte einen schlechten Start mit der Polizeiserie, es müssen einfach Aufnahmen von ihr existieren, die besser sind als mein erster Fund. Auf keinen Fall will ich den Glauben daran aufgeben.

Dieses Mal bin ich nicht allein, ich hab mir Lisa als Unterstützung geholt und wir machen es uns mit unserem Abendessen im Wohnzimmer gemütlich. Das Gute an Berlin ist, dass es an jeder Ecke Restaurants, Take-aways und Supermärkte gibt. Auf dem Rückweg von der Schule haben wir uns mit Keksen, Limo und zahlreichen Schachteln von unserem Lieblingschinesen eingedeckt.

Mittlerweile gehe ich nicht nur Marvin aus dem Weg, sondern auch meinem Vater. Die für mich zurückgelassenen Notizzettel schmeiße ich ungelesen in den Müll. Trotzdem habe ich ihm seine Standardportion Süß-sauer mitgebracht, auch wenn das kein Friedensangebot ist. Immerhin habe ich die Essenskasse für dieses rauschende Kalorienfest geplündert.

Das chinesische Essen dampft auf dem Tisch, doch wir brauchen einen Moment, um den Videorekorder aufzubauen. Ein unhandlicher, riesiger Kasten, der bis auf das Abspielen keinerlei Funktionen besitzt.

»Wieso habt ihr überhaupt noch so ein Teil?«, frage ich Lisa und wundere mich über das wuchtige Scartkabel. Auf den ersten Blick scheint es viel zu kurz. Dafür umso dicker.

»Der ist von meiner Oma, sie hat noch Videokassetten von ihren Urlauben in Italien«, erklärt Lisa ungerührt.

»Wenn ihr keinen Scart mehr habt, sollst du das hier zwischenschalten.«

»Und was ist das?« Ich halte einen weiteren Kasten auf Augenhöhe, fast genauso groß, jedoch viel schmaler.

Lisa zuckt mit den Schultern.

»Und wie?«

»Sie sagt, es gibt nur ein passendes Loch.« Na, hoffentlich, schießt es mir durch den Kopf. So simpel und doch so kompliziert.

»Das ist voll antik.«

»Und robust.« Ein warmherziges Lächeln schleicht sich in das Gesicht meiner Freundin. »Wie meine Oma. Sie überlebt uns alle.«

Also verbinden wir die Kabel mit den Geräten und in mir blubbert die Vorfreude hoch.

Nachdem ich den ersten Schock überstanden hatte, setzte auch mein Gehirn wieder ein: Jede Nebenrolle eines Films wird gelistet und fast alle sind in Online-Datenbanken verzeichnet. In einer von ihnen hatte meine Mutter tatsächlich einen Eintrag, wenn auch ohne Foto. Nur wenige Projekte sind bei ihr aufgeführt, und fast alles sind tote Links oder Filme mit so kurzen Beschreibungen, dass ich gar nicht weiß, was ich mir darunter vorstellen soll.

Auch Olaf konnte mit einer Titelliste weiterhelfen. Neben kleinen Nebenrollen spielte meine Mutter auch oft nur als Statistin mit. Das wirkliche Problem war das Beschaffen dieser Filme. Es heißt zwar, im Internet findet man alles – falsch! Die meisten Filme habe ich nicht kaufen können. Falls doch, waren die Preise der VHS so überteuert, dass ich mir erst mal nur eine alte Arztserie auf DVD leisten konnte.

Da mein Vater angedeutet hat, dass er möglicherweise auch noch Filme von ihr besitzt, habe ich unser Wohnzimmer durchforstet. In der hintersten Ecke eines Schranks fand ich eine unscheinbare schwarze Schachtel voller Papierkram, den ich nicht weiter beachtete. Und einen Märchenfilm auf VHS.

Ich weiß, ich weiß. Mein Vater hat bestimmt etwas dagegen.

Wobei die Videokassette mich auf eine Geduldsprobe gestellt hat. Egal, in welchem Geschäft man anruft, niemand bietet mehr Videorekorder an.

Ich sah mich bereits einen Flohmarkt nach dem anderen abklappern. Antik, wirklich antik.

»Jess? Alles okay?«

»Sorry, ich war in Gedanken«, murmle ich.

»Da bist du in letzter Zeit häufig. Muss ein schöner Ort sein, wenn du nicht bemerkst, wie ich deine Portion aufesse.«

»Du hast was?« Sofort greife ich nach meiner Pappschachtel. Sie ist noch verschlossen, dafür liegt auf dem Wohnzimmertisch die leere Verpackung meines Glückskekses.

»Verrätst du mir wenigstens, was drinstand?«

Lisa deutet mit ihren Stäbchen auf mich und meint geheimnisvoll: »Wer zu lange wartet, verpasst das Beste im Leben.«

»Das denkst du dir aus.«

»Niemals!«

»Dann zeig den Zettel her«, fordere ich und mache mich über mein frühes Abendessen her. Wer wie ich die Pausen mit Verstecken und Unsichtbarmachen verbringt, findet kaum Zeit für etwas anderes.

»Hab den Zettel gleich mit aufgegessen. Ich Gierschlund, ich. In meinem hieß es übrigens ›Ihre Weisheit wird sie eines Tages zu Gold bringen‹, aber das wusste ich bereits.« Lisa legt das Video ein und mit einem beunruhigenden Kratzen und Schleifen spielt das Band ab.

Für den Moment gehe ich nicht auf die Kekse ein. »Muss das so knarzen? Oder ist das Band beschädigt?«

Lisa holt die Kassette wieder aus dem Gerät, dreht sie ratlos in den Händen und lässt das Märchen dann weiterlaufen. Es klingt genauso furchtbar wie vorher.

Eine geschlagene Minute Senkrechtstreifen später betrachte ich das verkrisselte Logo der Produktionsfirma. Filme aus den Neunzigern brauchen dringend einen Antirauschfilter und eine Auffrischung durch digitales Remastern. Filme aus den Achtzigern ... Stellt euch vor, ihr habt zwei total verstaubte, leicht durchsichtige Gardinen vor dem Fernseher hängen. Und das Bild zoomt nicht automatisch auf, sondern zeigt ringsherum schwarze Balken. Vermutlich ist die Kassette echt kaputt.

Das Märchen *Zwerg Nase* beginnt, während ich mir seufzend gebratene Nudeln in den Mund schaufele. In welcher Rolle werde ich meine Mutter wohl entdecken?

Es dauert nicht lange, da mache ich sie in einer Gruppenszene aus. »Da!«, rufe ich aus, und die Schachtel fällt mir aus den Händen. Lisa fängt sie noch rechtzeitig auf, bevor der Inhalt sich auf dem Boden verteilt, aber das bemerke ich nur unbewusst.

Gebannt, fasziniert und wie magisch angezogen starre ich auf den Bildschirm.

»Da ist sie«, wiederhole ich diesmal flüsternd. Versunken in die Szene vor meinen Augen.

»Wo denn?«, fragt Lisa und spult zurück.

»Die Korbhändlerin hinten rechts.« Meine Stimme zittert. »Das ist meine Mutter.«

Der Fokus der Kamera liegt in der Szene auf Zwerg Nase, der auf einem Markt Besorgungen erledigt. Im Hintergrund sehe ich meine Mutter einen Flechtkorb anpreisen, zwei alte Damen vor ihrem Stand schnattern aufgeregt. Zwar habe ich keine Ahnung, wie man so einen Korb am besten verkauft, doch ich finde, sie macht das einmalig gut. Ich würde ihr das Ding sofort abnehmen.

Die Gespräche auf dem Markt verweben sich zu einem chaotischen Tumult, Waren, Preise, Begrüßungen, sodass ich den Klang ihrer Stimme nicht heraushören kann. Ihr Blick richtet sich auf einen Punkt außerhalb des Sets und ich beiße mir auf die Lippen. Sie soll mich ansehen. Mich. Mich allein.

Zwerg Nase erreicht das Ende des Platzes, die Kamera blendet ab, und schon ist meine Mutter verschwunden.

Lisa stoppt das Video. Ich will ihr die Fernbedienung aus der Hand reißen, doch ich fürchte, dass es der einzige Auftritt meiner Mutter gewesen sein könnte. Geradeso unterdrücke ich ein Schniefen.

Diese Jagd nach Filmschnipseln macht mich komplett fertig.

»Das ging schneller als gedacht«, kommentiert Lisa und schielt auf meine Portion Nudeln auf dem Tisch. »Hat Olaf dir verraten, wie oft sie vorkommt?«

»Nein, keine Ahnung.« Ich starre auf den Fernseher. Der Bildschirm hält mich wie mit hypnotischen Kräften fest, wieder und wieder spiele ich den Auftritt in meinem Kopf durch.

Da war meine Mutter. Redend. Lächelnd. Lebend.

Ich will lachen und weinen zugleich. Lachen über das Wunder, sie wiedergefunden zu haben. Weinen, weil ich sie mehr denn je vermisse.

Lisa händigt mir die Fernbedienung aus. »Na los, spul zurück.«

Nach dem fünften Mal höre ich auf zu zählen. Das Knarzen der Videokassette nimmt an Lautstärke zu, was ich aber ignoriere.

»Hast du dich mit Marvin ausgesprochen?«, fragt Lisa plötzlich.

Überrumpelt stoppe ich das Märchen erneut. »Wie kommst du jetzt darauf?«

»Weil dich in letzter Zeit nur abrupte Themenwechsel in die Realität zurückkatapultieren. Jess, es ist Freitag«, meint Lisa, mittlerweile wirklich meine Nudeln essend. Mir ist der Appetit vergangen. Bei dem Knoten, der sich gerade in meinem Hals bildet, könnte ich eh nichts runterbekommen.

»Ja, ich weiß.«

»Du gehst Marvin seit einer Woche aus dem Weg, wie lange willst du ihm das noch antun?«

»Ich tue ihm gar nichts an.«

Sie reißt eine Packung Kekse auf und wechselt somit gleich zum Nachtisch über. »Doch. Blind, wie du bist, willst du es nicht sehen. Er läuft rum wie ein getretener Hund.«

»Ich weiß einfach nicht, was ich ihm sagen soll.«

»Dann finde es schnell heraus!« Lisa gießt Limonade nach und scheint zufrieden mit ihrer kleinen Ablenkung zu sein. Zumindest fixiere ich nicht mehr wie eine Abhängige den Fernseher. »Wie würdest du dich fühlen, wenn du jemanden geküsst hast und derjenige dich danach ignoriert?«

Ziemlich schlecht, gestehe ich mir ein. »Ich laufe nicht durch die Gegend und küsse irgendwen.«

»Aber Marvin ist nicht irgendwer, sondern ein guter Freund.«

Betreten senke ich den Kopf und zwirbele meine violette Haarsträhne zwischen den Fingern. Ich wäre wohl am Boden zerstört.

Die Gefühlsachterbahn der letzten Wochen ist durch genug Schrauben und Loopings gerast, ich sehne mich nach einer Pause. Solange ich keine vernünftigen Gedanken fassen kann, nutze ich jeden Vorwand, um Marvin auszuweichen. Ich kann mir einfach nicht vorstellen, wie unser Aufeinandertreffen ablaufen soll. Ich hatte sogar Panik vor der heutigen Mediendoppelstunde, bis ich herausfand, dass Marvin nicht in der Schule war. Völlig umsonst habe ich mich den ganzen Tag vor ihm versteckt.

»Ich rede mit ihm«, wiegele ich meine Freundin ab, die mit der absolut vorwurfsvollsten Miene in einen Keks beißt. »Bitte, können wir jetzt den Film weiter sehen?«

»Das ist kein Ansehen, eher systematische Abnutzung einzelner Szenen.« Sie stopft sich den Keks in den Mund und verschränkt die Arme. »D'musst mit M'rvin red'n«, meint sie streng.

»Jaaahaaa.« Dennoch starte ich zunächst die Videokassette.

Für die restliche Stunde taucht meine Mutter nicht mehr auf. In der Abschlussszene erhasche ich noch mal einen kurzen Blick auf sie. Dabei ist sie jedoch umringt von anderen Händlern, Dienern und Zofen, die dem neuen Königspaar Glück zu ihrer Hochzeit wünschen. Ein erneuter Chor aus einer Vielzahl von Stimmen macht es mir unmöglich, sie herauszuhören.

Das Märchen endet, allerdings ohne einen glücklichen Ausgang für mich.

Vorsichtig nehme ich die Kassette heraus und gehe gleich zur Arztserie über. Mein Vater kommt erst in ein paar Stunden nach Hause, also droht keine Gefahr aufzufliegen.

Eine weitere Stunde vergeht, ohne dass ich mich wirklich konzentrieren kann. Die Bilder flimmern vor meinen Augen, die Dialoge spulen sich ab, aber ich halte nur Ausschau nach den blonden Locken meiner Mutter. Knautsche das Kissen und kaue auf meiner Unterlippe, während Lisa geduldig unser Knabberzeug vernichtet.

»Ist sie das nicht?«, meint sie nach einer Weile.

Blitzschnell drücke ich auf Pause. »Wo?«

»Dort.« Sie weist auf den Fernseher, was mir nicht hilft. »Hinten links, auf dem Gang. Die Krankenschwester.«

Ich muss zweimal hinsehen, bevor ich sie in ihrer Uniform erkenne. Zwischen dem Märchenfilm und der Rolle als Krankenschwester scheinen einige Jahre vergangen zu sein. Nun trägt sie einen Topfschnitt.

»So, Herr Schumacher«, höre ich sie auf einmal sagen, »ich bringe Sie jetzt zum Röntgen.«

Sie klingt streng. Und ein wenig gelangweilt. Ganz anders als in meinen spärlichen Erinnerungen. Da hat sie enthusiastisch über Filme gesprochen. Ich hatte damit gerechnet, dass sie eine fröhliche, liebevolle Krankenschwester sein würde, diejenige, die jeder auf der Station mag. Nach dem Gesicht von Herrn Schumacher zu urteilen, wünscht er sich jedoch weit, weit weg.

»So, Herr Schumacher«, noch ein Stück weiterspulen, »ich bringe Sie jetzt zum Röntgen.«

Das Bild friert erneut ein und ich starre auf die Frau, die meine Mutter sein soll.

»Alles in Ordnung?« Lisa futtert genüsslich Kekse.

»Keine Ahnung.«

»Lass dir Zeit. Ich bin hier, wenn du so weit bist.«

Mein Zwerg schnappt sich derweil die Kassenbons und rechnet auf einem Notizblock die einzelnen Posten zusammen. Ohne ihre Leidenschaft für Schmuck, Gold und Glitzerndes würde ich wetten, sie wird eines Tages Buchhalterin und ...

Halt. Ich muss damit aufhören. Wenn ich mich jedes Mal so leicht ablenken lasse oder mich ins geistige Nirwana zurückziehe, werde ich mich nie mit dem Wesentlichen beschäftigen.

Ich wollte mehr über meine Mutter erfahren, doch die

Filme helfen nur bedingt. Kindheitserinnerungen steigen in mir auf, jedoch weiß ich nicht, ob sie meinen Wünschen oder der Wirklichkeit entsprechen. Denn die Sehnsucht nach ihr verdoppelt, verzehnfacht sich. Sie lebt nicht mehr, aber trotzdem ist sie irgendwie lebendig. Paradox. Ich wünschte, sie hätte so etwas wie »Ich hab dich lieb, meine Kleine« gesagt. Gleichzeitig könnte ich »So, Herr Schumacher, ich bringe Sie jetzt zum Röntgen« tausendmal hören.

Ich entdecke meine Mutter noch in weiteren Szenen. Sie arbeitet im Schwesternzimmer, stellt im Hintergrund ganz professionell einen Tropf ein und teilt in einer Folge einem Arzt mit: »Der OP ist nun vorbereitet.«

Während ich sie wie einen Geist anstarre, habe ich Lisa angewiesen, die Zeiten der Auftritte zu notieren. Diese Sekunden sind ein Wunder, größter Schatz und größte Qual in einem. Es heißt, man weiß die Dinge erst dann richtig zu schätzen, wenn man sie verloren hat. Bisher war mir nicht bewusst, wie viel ich verloren hatte.

»Wie hübsch sie war«, seufze ich und zwirble mir meine violette Haarsträhne um den Zeigefinger. »Sehe ich aus wie sie?«

»Von der Haarfarbe her nicht.« Lisa kneift die Augen zusammen und betrachtet mich genau. »Sag doch mal: Herr Schumacher, ich bringe Sie jetzt zum Röntgen.«

Zum ersten Mal an diesem Tag bricht ein Lachen aus mir heraus. Ich wiederhole den Satz, einmal, zweimal, bis meine Freundin lächelnd den Kopf schüttelt.

»Meinst du, sie hätte mir die violette Strähne erlaubt?«, rutscht es mir über die Lippen, während ich unruhig über meine Jeans streiche. Wie viel Einfluss sie wohl auf mein Leben gehabt hätte? Hätte sie mich damit aufgezogen, dass ich die knallroten Converse mit Sternenprint, die mein Vater mir von einer Geschäftsreise aus den USA mitbrachte, bis zum Zerfallen getragen habe?

Warum denke ich auf einmal über so etwas nach? Wäre es anders gewesen, mit einer Mutter aufzuwachsen? Wäre ich eine andere Jess geworden? Einen winzigen Augenblick lang versuche ich mir vorzustellen, wie ich in einem schicken Strickkleid und Highheels mit meiner Mutter shoppen gehe. Minihandtasche in der einen und Soja-Latte-Macchiato in der anderen Hand. Ich schüttele mich innerlich bei dem Gedanken. Dabei würde ich mir sofort die Beine brechen! Oder eben gelernt haben, auf diesen Tretern durch die Welt zu stöckeln.

»Das waren wieder fünf Minuten in deiner eigenen Welt«, tadelt Lisa und haut mir auf die Schulter. »Rede mit mir, Jess, dafür bin ich da.«

Ich grinse breit. »Bedenke mal, wie toll ihr Leben gewesen sein muss.«

»Worauf willst du hinaus?«

»Sie hat in so vielen Filmen, Serien und Werbespots mitgespielt«, schwärme ich, in Gedanken bei den Listen, »vielleicht waren ihre Rollen nur klein, aber sie hat den Zauber mit erschaffen.«

»Sie musste nie viel Text lernen und wurde trotzdem bezahlt«, stimmt Lisa mit ein. »Wäre auch was für mich.«

»Das muss doch wahnsinnig aufregend gewesen sein. Heute noch Krankenschwester ...«

»... nächste Woche die Magd im Königsschloss. Sie war wirklich hübsch, Jess.«

»Und die Woche darauf tanzt sie auf einem venezianischen Maskenball.«

»Wir sollten einen Artikel über sie schreiben«, stellt Lisa fest. »Vielleicht über die Schnitzeljagd, ihre Filme aufzutreiben.«

»Du bist schon die Zweite, die das sagt.«

Lisa lässt die Fingerknöchel knacken, als wollte sie sofort lostippen. »Vermutlich sind die meisten ihrer Arbeiten in Vergessenheit geraten, trotzdem gibt es dich, die für jede Sekunde dankbar ist.«

Plötzlich höre ich ein wohlvertrautes, aber unerwartetes Geräusch im Flur. Mit einem Klirren landen die Schlüssel meines Vaters in der Schale auf der Kommode an der Wohnungstür.

12. Kapitel

In meiner Panik, ob ich zuerst die Filme verstecken, den Videorekorder abbauen oder einfach nur den Fernseher ausschalten soll, treffe ich gar keine Entscheidung.

Schon steht mein Vater im Türrahmen.

»Hallo, ihr zwei«, grüßt er mit einem müden Lächeln und lässt sich nichts von unserer Funkstille anmerken.

Derweil zieht Lisa die Kabel ab und packt den Videorekorder in ihren Stoffbeutel. Blitzschnell verschwinden auch alle Filme meiner Mutter darin.

Sie ist nicht nur ein Zwerg, sondern auch ein Ninja. Auftrag ausgeführt, die Filme befinden sich in Sicherheit und mein Vater schöpft keinen Verdacht.

Gerade so seufze ich nicht vor Erleichterung auf.

»Was habt ihr gemacht?«, fragt er höflich.

»Einen alten Klassiker gesehen, der nicht digitalisiert worden ist.« Lisa klopft auf das Gerät. »Kein Wunder, dass Sie kaum Filme schauen, bei der Bildqualität von früher bekommt man ja Kopfschmerzen.«

Mein Vater lächelt verhalten und erkundigt sich nach dem Titel.

»*My baby just cares for me*«, haut sie raus. Einen älteren Film konnte sie sich kaum aussuchen.

Unauffällig schiebe ich den Block mit den Notizen und notierten Zeiten unter ein Sofakissen.

»Ich sollte langsam nach Hause.«

»Schon?«, hake ich nach.

Sie zuckt mit den Schultern. »Vielleicht bekommst du so endlich den Hintern bei dieser einen Sache hoch. Es ist Freitag, Jess.« Dann wendet sie sich fröhlich an meinen Vater. »Danke für die Essenseinladung und tschöö.«

Fragend sieht er ihr nach, als Lisa Richtung Hausflur verschwindet. »Wirklich, Jessica, hast du denn nichts anderes im Kopf, als dir erfundene Geschichten anzusehen?«, ist seine säuerliche Erwiderung, kaum dass Lisa die Wohnung verlassen hat.

»Ich hab noch das ganze Wochenende Zeit, was anderes zu machen«, erwidere ich genervt. Warum hoffe ich eigentlich auf ganz normale Nachfragen ... »Wie war's in der Schule?« oder »Hat das Referat geklappt?«

Unauffällig rutsche ich wieder vom Sofakissen. Leider besitzen Eltern ein Radar für solche Situationen. Ich kann noch so unschuldig spielen, er spürt immer in den denkbar schlechtesten Momenten, dass ich etwas verbergen will.

Er hebt das Kissen an und nimmt den Block an sich.

Überrascht schnappe ich nach Luft. Trotz Lisas Show bin ich aufgeflogen.

Der Blick meines Vaters huscht über die Zeilen. Ich rechne damit, dass er an Ort und Stelle explodiert. Vielleicht habe ich noch Zeit, in mein Zimmer zu rennen ...

Nein, es reicht, wenn ich mich Marvin gegenüber wie ein Feigling benehme. Diesem Kampf darf ich nicht ausweichen. Und verschieben will ich ihn nicht mehr.

Mein Vater geht auf den Schrank zu, in dem die schwarze

Schachtel versteckt ist, und öffnet sie. »Du hast also doch gesucht«, meint er kühl.

»Na und?« Ich springe auf und nehme eine Kampfhaltung an, so wie ich es bei Lisas Turnieren früher gesehen habe. »Du kannst das nicht einfach vor mir verstecken.«

»Ich mache das doch nur, weil ich das Beste für dich will.«

»Ich muss meine eigenen Entscheidungen treffen und Erfahrungen sammeln.« Glückskeksen mache ich ganz schön Konkurrenz. »Kannst du mich nicht verstehen oder willst du es nicht?«

»Warum jetzt auf einmal?«, lautet seine Gegenfrage und pariert meinen Angriff mühelos.

»Der Zeitpunkt ist doch völlig egal. Ich wollte schon immer alles über sie wissen. Hat sie Schauspiel studiert oder war es eher eine Leidenschaft? Wie ist sie dazu gekommen? Hat sie mir abends vorgelesen, als ich klein war, oder mich zur Schule gebracht? Ähnele ich ihr?«

Schon wieder blockt er ab. »Wir werden diese Diskussion nicht führen.«

Dieses Mal bin ich für die Konfrontation gewappnet. »Und ich werde mich nicht abwimmeln lassen! Ich wette, würde Mama noch leben, hätte sie mich unterstützt, bei dir laufe ich nur auf.«

Kopfschüttelnd setzt mein Vater sich zu mir aufs Sofa. »Sie war eine Träumerin, Jessica, immer den Kopf in den Wolken. Genau wie du.«

Ich funkle ihn böse an. »War sie das? Ist mir neu, du erzählst mir ja nichts«, meine ich pampig. Die Ziele, die ich mir stecke, sind verwegen, jedoch erreichbar. »Was soll ich deiner Meinung nach denn anders machen?«, frage ich. »Ich habe gute Freunde, auf die ich mich verlassen kann. Ich bringe ordentliche Noten nach Hause, wenn man mal Spanisch außen vor lässt. Nehme keine Drogen und werfe mich auch nicht alle drei Wochen einem Jungen an den Hals, weil er meine ach so unsterbliche Liebe ist. Was macht mich also zur Träumerin?«

Seine Antwort kommt schneller, als ich erwartet habe. »Du hast dich schon immer viel zu sehr in deine Fantasiewelten hineingesteigert.« Mit einem Seufzen streift er sein Jackett ab und löst den Krawattenknoten. »Diese Filme, in denen sie mitgespielt hat, das ist nichts Echtes, Jessica. Das sind nur Rollen gewesen und nicht ihre wahre Persönlichkeit.« Dennoch reicht er mir den Zettel mit den notierten Spielzeiten zurück, als wüsste er, dass er mich davon nicht abbringen kann.

»Was ist denn echt? Den ganzen Tag wie du in einem Büro sitzen und keine Zeit für die eigene Tochter haben? Dann kann mich die echte Welt mal. Ich hab vielleicht nur ein paar Minuten sehen können, aber die Welt, in der meine Mutter lebte, scheint viel interessanter zu sein. Aufregender.«

Mein Vater schließt für einen Moment die Augen, stützt den Kopf in die Hände und seufzt erneut.

»Du vergisst die negativen Seiten«, stellt er fest. »Sie musste stundenlang an Sets warten. Manchmal fast den ganzen Tag. Sie wurde nur unregelmäßig bezahlt für ein paar Minuten Bildmaterial, die nicht weiter von Belang sind.«

»Ich finde es großartig!«

»Das weiß ich längst. Du hast es in deinem Blog geschrieben.«

Ich blinzle verwirrt. »Du hast ihn gelesen«, rutscht es mir heraus. »Du hast ihn wirklich gelesen!«

Mein Vater schenkt mir einen Seitenblick, der so viel bedeutet wie: Natürlich lese ich, was du schreibst.

Laut sagt er jedoch etwas anderes. »Gerade weil ich ihn gelesen habe, bereitet mir deine Filmvernarrtheit Sorgen.«

»Warum?« Ich hebe abwehrend die Arme. »Wir passen auf, was wir ins Netz stellen. Was einmal online ist, verschwindet nie mehr, das hast du mir oft genug gesagt.«

Doch mein Vater scheint nicht im Geringsten beruhigt, sondern erhebt sich ruckartig und eilt in mein Zimmer. Ich folge ihm und sehe noch, wie er meine Jahreskarte fürs Kino aus meiner Geldbörse fischt.

»Was tust du da?«

»Damit ist jetzt Schluss«, meint er ernst und steckt die Karte ein.

Bevor er mir noch meine goldene *Captain-Calderon*-Fanclub-Karte abnimmt, reiße ich ihm meine Geldbörse aus den Händen und stelle mich schützend vor E.T. Niemand entführt meinen E.T. Und ins Kino komme ich so oder so, denke ich mürrisch, das halbe Personal hat mich praktisch adoptiert. Außerdem habe ich ja noch …

»Und deinen Netflix-Account kündige ich auch.«

»Papa! Was willst du dir damit beweisen? Das ist total kindisch!«

»Das sehe ich nicht so.«

Vielleicht irre ich mich, aber er wirkt auf einmal erleichtert. Als hätte er eine schwierige Aufgabe bestanden oder einen grausamen Fluch abgeschüttelt.

»Warum willst du mich so sehr von Mama fernhalten? Was ist so schlimm daran, dass ich ihr ähnlich bin?«

Für den Moment schweigt er. Irgendein böser Geist hat von meinem Vater Besitz ergriffen, und ich fürchte, dass er gleich den Fernseher samt DVD-Player aus dem Fenster wirft. Obwohl das eigentlich nur in Filmen geschieht oder in Werbespots schwedischer Möbelhäuser.

»Hast du sie denn nicht geliebt?«, frage ich und unterdrücke mühsam ein Schluchzen.

Er antwortet nicht, sein Schweigen treibt mich über eine Grenze hinaus, die ich nicht überschreiten wollte. Die Worte bereue ich bereits beim Sprechen, doch kaum ist mein Mund geöffnet, fließen sie aus mir heraus.

»Du weißt gar nicht, was eine Familie ist! Seit Mamas Tod sieht unsere Wohnung aus wie eine verdammte Studenten-WG. Oma und Opa kommen nie zu Besuch und rufen nicht mal mehr an, als ob ihr euch zerstritten habt. Ich hab's satt, auf meine Familie zu verzichten, nur weil du so etwas im Heim nie erlebt hast!«

Tatsächlich ist mein Vater in einem Kinderheim aufgewachsen, nachdem er als kleiner Junge ausgesetzt wurde. Es ist nicht richtig, ihm das vorzuwerfen, genauso wenig ist es richtig, ihn damit zu verletzen. Aber Frustration und Wut sind eine gefährliche Kombination.

Und er ist verletzt, regelrecht erschüttert. Aus vor Schreck geweiteten Augen starrt er mich an. Die Schultern sacken herab, während sich die gewohnte, steife Haltung in Luft auflöst.

Da geht mir ein Licht auf. Die Erkenntnis strahlt so hell, warm und gleißend wie die Sonne. »Der Film erinnert dich an Mama. Jedes Mal, wenn ich ins Kino gehe, erinnert es dich an Mama.«

»Vielleicht«, gesteht er widerwillig ein. »Das ist aber nicht der Grund, warum du aufhören sollst, dich in fiktiven Welten zu verlieren.«

»Ich verliere mich nicht ...«, will ich beginnen, halte jedoch inne. Mein Zimmer ist voll mit Requisiten, Raumschiffen, Filmpostern und dem lebensgroßen E.T. Jeder Nicht-Filmfan würde die Aussage meines Vaters teilen.

»Du hast es selbst in diesem Blogpost geschrieben«, erklärt er. Er verschränkt die Arme, aber ich merke, wie sehr ihn meine Anschuldigung mitnimmt. »Du liebst den Film so sehr, dass du darin leben möchtest. Das werde ich nicht zulassen, Jessica. Nicht noch einmal.«

Bevor ich etwas erwidere, schlurft er regelrecht hinaus. Leise schließt er hinter sich die Tür.

Doch ich drehe mich um und sehe, dass sie einen winzigen Spalt offen geblieben ist.

13. Kapitel

»Jess«, höre ich Marvins Stimme hinter mir, als ich am Montagmorgen meine Klasse ansteuere. Schnell fasse ich die Riemen meines Rucksacks und will zum Sprint ansetzen, aber er hält mich am Arm fest.

»Die Stunde fängt an und ich ...«

Marvin zieht mich einfach mit sich.

»Wir haben Unterricht«, versuche ich es lahm. Die Ausrede zeigt keine Wirkung. Nicht, dass ich regelmäßig schwänze, nur ab und zu lasse ich mal eine Stunde ausfallen. Bauchschmerzen sind eine schreckliche Krankheit, die ganz plötzlich aus dem Nichts auftaucht, wenn ich mit Lisa etwas Dringendes besprechen muss.

Die Mädchen im Gang sehen uns kurz verwundert nach und beginnen gleich zu tuscheln.

»Wenn ihr knutschen wollt«, wirft eines laut ein, »unterm letzten Treppenabsatz im Chemietrakt seid ihr ungestört.«

»Oder die Abstellkammer hinterm Medienzentrum.«

»Habt ihr sie noch alle beisammen?«, feuere ich zurück. »Ich knutsche nicht mit ...« Der Rest des Satzes bleibt mir im Hals stecken, denn genau das haben wir ja getan.

Die Mädchen gackern bei meinem vor Verlegenheit knallroten Gesicht und ihr Gelächter verfolgt mich bis zum Treppenhaus ins Erdgeschoss.

»Lisa entschuldigt dich«, meint Marvin unbeeindruckt, als hätte er die Sticheleien nicht gehört.

»Hat sie das geplant?« Schnell schließe ich zu ihm auf, damit er mich nicht mehr am Ellbogen mitschleift.

»Nein.« Er klingt trauriger als erwartet. Müde. »Ich halte es nicht mehr aus, dass du mir aus dem Weg gehst.«

Marvin manövriert mich in den Trakt der Unterstufe und öffnet die Tür zu einem Klassenzimmer der Fünften. Tische und Stühle sind kleiner als unsere, die Fenster mit Basteleien beklebt. Wir betreten eine bunte, unbescholtene Welt, voller Plakate mit den ersten Englischvokabeln und Klassenregeln.

Unwillkürlich wünsche ich mir diese Tage zurück, in denen die größten Probleme daraus bestanden, welche Karten man in sein Duelldeck packen soll.

Gedämpft höre ich ein Lied aus dem Nebenraum, mit dem man mich früher schon gequält hat. »If you're happy and you know it, clap your hands« – die Beteiligung der Schüler ist verhalten. Auch mir ist nicht nach klatschen, ich möchte nur schnell wegrennen.

Nach einem letzten Blick auf den Flur schließt Marvin die Tür. »Die Klasse von meinem Bruder ist heute auf einem Ausflug«, meint er schulterzuckend.

Was soll ich tun? Mich setzen? Auf einen Tisch, einen Stuhl? Ganz lässig aufs Pult? Bis Samstag war es das Natürlichste der Welt, bei Marvin zu sein – aber jetzt bin ich komplett verunsichert. Ich gerate in Panik, versuche, nicht wie ein verschrecktes Huhn im Kreis zu rennen. Dieser Kuss hat mich total überrumpelt, und ich fürchte mich vor dem, was noch Unvorhergesehenes passieren könnte, wenn ich mit Marvin zusammen bin. Ihn um etwas bitte oder einfach nur »Guten Morgen« sage. Die Verbundenheit, die ich immer zwischen uns gespürt habe, leidet darunter, weil ich Angst habe, Marvin zu verlieren. Wenn ich mich dem Kuss-Problem nicht stelle, muss ich mir keine Sorgen machen, dass unsere Freundschaft darunter leidet. Der Haken dabei ist jedoch, dass ich Marvin erst recht verliere, wenn ich ihn weiter ignoriere.

Und doch tauche ich in einen Tagtraum ab, anstatt mich mit Marvin auszusprechen. Plötzlich materialisieren sich drei Frauen, die mir wohlbekannt sind: die Heldinnen meiner Lieblingsliebesfilme. *Windstruck. Tatsächlich Liebe. Nur mit dir.* Zwar habe ich mir noch keine Gedanken gemacht, wie der eine spezielle Junge aussehen soll, geschweige denn, dass ich wie andere Oberflächlichkeiten nachjage. Trotzdem sind diese Filme unglaublich romantisch.

Ja, ich bin eine Nerdine, aber ich bin auch ein Mädchen.

Ich hoffe auf einen Ratschlag, stattdessen diskutieren die Frauen über Marvin und mich.

»Das passt nicht zwischen euch.«

»Sag einfach, du hast jemand anderen.«

»Obwohl er ja schon niedlich ist.«

Das ist wie einen Engel und einen Teufel auf der Schulter sitzen zu haben, nur schlimmer. Viel schlimmer.

»Er ist jünger als du. Du solltest nichts mit Jüngeren anfangen.«

»Na hör mal, das sind zwei Monate. Das ist nichts.«

»Das ist total unreif.«

»Ach, das gleicht sich durch die Gemeinsamkeiten aus.«

»Gegensätze ziehen sich an.«

Es ist ein lang antrainierter Reflex. Ich blende die Realität aus und flüchte in meine Fantasiewelt, weil ich mit einer Situation nicht zurechtkomme oder weiß, dass ich nichts ändern kann. Genau das, was mein Vater mir vorgeworfen hat.

Dabei hat Marvin es nicht verdient, dass ich ihn so mies behandle. Ihn noch weiter verletze. Nein, das geht so nicht weiter. Ich schaffe das. Irgendwie. Hauptsache jetzt.

Ich schüttle den Kopf so heftig, dass meine violette Strähne flattert, und verscheuche meinen Tagtraum.

Zunächst verschwinde ich aus der Sichtweite der Fenster. Wenn Marvin einen Ort sucht, an dem wir ungestört sind, sollte uns niemand von draußen entdecken. Vorsichtig setze ich mich auf den freien Tisch neben der Tafel, der anscheinend nur abgestellt wurde.

»Ich hab dich nicht absichtlich ignoriert«, will ich beginnen, aber er fällt mir ins Wort.

»Doch, hast du.«

Marvin wirkt blass. Unter seinen verwuschelten Haaren schaut seine Brille hervor. Wie lange ist es her, dass er sie in der Schule getragen hat? Auch bei seinem schwarzen Pullover stutze ich, den er von der Spiele-Convention aus dem letzten Sommer hat. Eigentlich trägt er ihn nur, wenn er sich mies fühlt. Beim unwiederbringlichen Absturz seiner Playstation lief er eine halbe Woche darin herum und kaum etwas konnte ihn aufheitern. Wie sehr muss ich ihn verletzt haben? Seit wir diesen Raum betreten haben, hat er mir nicht ein Mal in die Augen gesehen, sondern über mich hinweg oder an mir vorbei.

»Du bist mein Freund, Marvin«, will ich beginnen. Ich werde einfach sagen, dass ich zu viel um die Ohren habe. Allein die Suche nach den Filmen meiner Mutter spannt mich voll ein. Die Streitereien mit meinem Vater, der Blog ... wann soll ich da auch noch Zeit für eine Beziehung haben?

Will ich überhaupt eine Beziehung? Mit Marvin?

»Ich bin schon seit einer ganzen Weile in dich verliebt«, murmelt er zaghaft. Was soll ich darauf erwidern? Schön? Ach, das ist ja toll? Ach du Schande, warum?

Seit wir das Klassenzimmer betreten haben, sieht er mir zum ersten Mal in die Augen. Ich habe immer gedacht, dass dieser Blick typisch für Marvin ist. Dass ich mich warm und geborgen fühlte, weil er mein bester Freund ist. Jetzt weiß ich, dass die Emotionen, die sich darin spiegeln, nur mir gelten. Ein Blick reicht und ich fühle mich geschätzt und geliebt.

»Nein, das geht nicht, Marvin.«

»Was geht nicht?«

»Wenn du und ich ... wir ...« Argh! Warum rede ich immer noch wie eine Elfjährige? »Falls es nicht funktioniert und wir uns total zerstreiten und dann nie wieder ein Wort miteinander wechseln? Du bist mir zu wichtig, Marvin. Als Freunde können wir immer zusammenbleiben.«

Wenn ich keine Beziehung mit Marvin eingehe, werde ich ihn nie als meinen Freund verlieren.

»Du meinst, Lisa, Tom und ich werden für immer Freunde sein?« Irgendwie klingt es albern, so wie Marvin es sagt.

»Ja«, gestehe ich. »Und jeden Donnerstag treffen wir uns gemeinsam im Kino. Bis wir alt und grau sind.« Durch die neu entdeckten Filme meiner Mutter fühlt sich die Lücke, die sie in meiner Familie hinterlassen hat, zehnmal größer an. Wahrscheinlich ist das der Grund dafür, dass ich mich umso heftiger an gewohnte Strukturen klammere.

»Nach der Schule werden wir vielleicht in einer anderen Stadt studieren. Die ESA sitzt in Köln und nichts wird Tom von der ESA abhalten.«

Trotzig schüttele ich den Kopf. Ich will es nicht wahrhaben.

»Nichts ist für immer«, meint Marvin sanft. »Nur so werden wir andere Leute kennenlernen, neue Orte entdecken. Wenn wir etwas hinter uns lassen, kann etwas Unbekanntes diesen Platz einnehmen.«

»Das Unbekannte ist nicht zwangsweise gut«, gebe ich zu bedenken.

»Natürlich wird es anders sein, aber es muss nicht zwingend schlechter sein.«

Nur leider macht es eine Fifty-fifty-Chance nicht einfacher für mich.

»Wir müssen auch nichts überstürzen, wenn dir das zu schnell ist, Jess«, stammelt Marvin, die Hände tief in der Tasche seines Pullovers vergraben. »Kein Druck, keine Erwartungen. Nur, lass es uns wenigstens versuchen.«

Zwei Jahre, kommt es mir in den Sinn. Zwei Jahre hat Marvin etwas für mich empfunden, das weit über unsere Freundschaft hinausging. Wie muss er sich dabei gefühlt haben? Wie schwer muss es gewesen sein, nichts zu sagen, wenn wir immer über alles gesprochen haben?

»Wie stellst du dir das vor?«, lenke ich ein.

»Geh mit mir auf ein Date«, schlägt er vor. »Und wir schauen, wie es läuft.«

»Als Paar?«, frage ich vorsichtig.

»Wir können auch nur so auf ein Date gehen. Du musst auch nicht, wenn du nicht willst.« Er macht einen Schritt nach hinten, als wolle er mir Freiraum lassen. Sein Blick wendet sich von mir ab und unwillkürlich wünsche ich ihn mir zurück. »Es wäre zwar schön, aber du musst nicht. Ich kann dir nicht vorhersagen, was in zehn Jahren sein wird, Jess, ich habe aber nicht vor, einfach zu verschwinden. Viel zu lange habe ich auf diesen Moment gewartet.«

Was hätte ich an seiner Stelle getan? Ebenfalls zwei Jahre ausgeharrt? Das ist, wie wenn man bei einem Spiel nur den Start-Bildschirm sieht.

»Marvin.«

»Ja?« Sein Kopf schnellt mit Lichtgeschwindigkeit in meine Richtung.

Ich strecke die Hände aus, und obwohl Marvin eine Sekunde zögert, nimmt er sie. Langsam ziehe ich ihn zu mir heran, bis er direkt vor mir steht.

»Ich glaube, ich will mit dir zusammen sein«, sage ich leise. »Lass es uns versuchen.«

»Okay, ja.« Ein Grinsen erstreckt sich auf seinem Gesicht, breiter als jemals zuvor. »Also, ähm, ja, dann sind wir jetzt zusammen.« Am liebsten würde ich davon ein Foto machen, wage jedoch nicht loszulassen.

»Eigentlich trifft man sich ja zu einem Date, um sich kennenzulernen. Da wir die Phase überspringen, ist es eher ein Wir-sind-nun-ein-Pärchen-Date. Ergibt das Sinn?«

»Ich denke schon.«

Plötzlich beuge ich mich vor und drücke Marvin einen Kuss auf. Ich bin so nervös, ich weiß gar nicht, ob ich seine Lippen vernünftig treffe. Es passiert einfach. Ich kann kaum glauben, wie richtig sich das auf einmal anfühlt, und schäme mich gleichzeitig, weil ich nach vielleicht zwei Sekunden zurückziehe. War das zu kurz? Zu lang? Was es auch war, ich möchte mehr davon.

Jetzt ist mein Gefühlschaos jedenfalls komplett. Aber es ist ein schönes Chaos. Selbst wenn die Angst immer noch in meinem Hinterkopf lauert. Denn was soll ich nur machen, wenn es mit uns nicht klappt?

Doch da taucht wieder dieser sanfte Ausdruck in seinem Blick auf. Ich wünschte, die Zeit würde stehen bleiben.

»Wir sind zusammen«, wiederholt Marvin, als würde er es nicht glauben.

Ich hätte mir das heute Morgen auch noch nicht vorstellen können. Bisher habe ich mich nie wirklich für Jungs interessiert. Vielleicht, so denke ich mit einem verlegenen Lächeln, lag es daran, dass mein Herz schon voll war – voll von Marvin.

14. Kapitel

19. MÄRZ, 21:12 UHR, veröffentlicht von movies-onmymind

– LOVE AFFAIRS WEIST KEINERLEI BEZUG ZUR REALITÄT AUF –
Liebe Filmemacher,
ernsthaft, fällt euch nichts mehr ein? Ich hab mir heute den neuen Streifen *Love Affairs* im Kino angesehen. Von den weiblichen Hauptrollen hatte ich mir echt mehr erwartet.
Muss es denn immer eine Liebesgeschichte sein, bei der sich das Mädchen in den absoluten Bad Boy verliebt? Sich gefühlt alles gefallen lässt und – oh Wunder – ihn bekehren möchte? Und dann natürlich noch die kleinere Schwester, die muss ja auch noch jemanden abkriegen. Wen hätten wir denn zur Auswahl? Natürlich den Dozenten, den sie zunächst nicht ausstehen kann. Aber dann stellt sich raus, dass sie Seelenverwandte sind. Wie immer.
Und zufälligerweise sind die beiden Kerle auch miteinander befreundet!
Wer jetzt Spoiler schreit, der sollte sich ein anderes Genre aussuchen. Eine »romantische Liebes-

komödie« sagt doch bereits, dass es ein Happy End geben wird. Ein weißes. In einer Kirche. Und alle sind ganz, ganz doll verliebt.
So läuft das im echten Leben nicht ab. An meiner Schule gibt es zwar eine Menge Arschlöcher, aber die suchen sich nicht die lieben, intelligenten Mädchen aus. Nein, die führen Zehn-Tages-Beziehungen mit den Zicken und Mädchen, die sich immer in den Mittelpunkt drängen. Oder sie suchen sich die Naiven aus, die darauf reinfallen und wirklich daran glauben, dass man aus Mist Gold machen kann.
Das Ende ist so ziemlich immer das gleiche.
An der Stelle wollte ich *Love Affairs* schon als Flop abschreiben, hätte die ältere Schwester sich nicht plötzlich in ihren besten Freund verliebt. Natürlich derjenige, der mit ihr den ganzen Herzschmerz durchgestanden hat. Wieso hat sie das denn erst nach über zehn Jahren gemerkt? Hätte sie sich gleich in ihn verliebt, wär ihr viel Ärger erspart geblieben!
Also ist der beste Freund die bessere Wahl?
Gerade der beste Freund kennt mich … halt am besten. Wie kein anderer. Er braucht nur einen Blick, um zu spüren, dass ich eine Umarmung bitter nötig habe. Oder ein Mario-Kart-Battle mit heißer Schokolade und Mini-Marshmallows. Meinem besten Freund kann ich vertrauen, wir sind wie Jedis, in uns die Macht der Freundschaft ist

stark, die Dunkelheit zusammen bekämpfen wir. Aber wenn ich mich in meinen besten Freund verliebe, riskiere ich alles. Auf wessen Rat soll ich hören, falls es in meiner Beziehung Probleme gibt? Auf den meines besten Freundes, aber der ist ja mit mir zusammen.

Was wäre wohl im Film passiert, hätte der beste Freund zuerst eine Chance bekommen? Und wie macht man das im echten Leben? Also, ihr Mädels da draußen: Wartet ihr noch auf euren Bad Boy? Oder seid ihr gerade in euren besten Freund verliebt? Zweifelt ihr auch, warum eure Beziehung anders verläuft, als es in den Filmen immer dargestellt wird?

Erzählt mal, ich bin gespannt auf eure Geschichten.

Eure Jess von moviesonmymind

Seufzend lehne ich mich in meinem Schreibtischstuhl zurück und klicke auf VERÖFFENTLICHEN. Mein Browser lädt neu und sofort sind meine Gedanken online.

Mein Blick fällt auf mein Smartphone, dessen Displaysperre das Foto von unserem ersten Date ziert. Marvin und ich sitzen eng beieinander, er grinst, und ich kann mich vor Lachen kaum halten, weil ich mit meinem Milchschaumbart bescheuert aussehe. Ich hab immer schon solche kleinen Andenken als Hintergrundbild gespeichert. Doch das hier fühlt sich komplett anders an.

Ich bin verwirrt, schrecklich verwirrt. Jegliche Erfahrung, die ich in Bezug auf Dates oder Beziehungen habe, basiert auf Filmen oder Serien. Dadurch hatte ich ein paar Vorstellungen, was passierten könnte. Doch nichts ist bei meinem ersten Date mit Marvin eingetreten.

Der heutige Nachmittag fing schon seltsam an.

In Filmen hübschen die Mädchen sich immer auf. Schmeißen ihren gesamten Kleiderschrank aufs Bett, um dann doch shoppen zu gehen, verbringen Stunden im Bad, um ja einen guten Eindruck zu machen.

Wenn meine Vorbereitungen so laufen würden, bräuchte ich zwei Tage, um mich fertig zu machen, nicht zwei Stunden. Mal abgesehen vom stundenlangen Einräumen meiner Kleidung, die in Filmen immer wie von Zauberhand wieder im Schrank hängt.

Oder sie schreiten in superhohen Highheels und Minikleid eine Treppe herunter, damit der Junge sie ganz verliebt anstarren kann. Bei uns in der Wohnung haben wir keine Treppe! Und ich würde mir noch ständig am Saum des Kleides herumzupfen oder mir auf solchen Absätzen beide Beine brechen. Auf jeden Fall würde ich die Treppe runterstürzen.

Ich wurde direkt nach der Schule auf mein erstes Date entführt. Entführt, weil in der Sekunde, als Lisa und Tom zeitgleich per Nachricht unseren Kinotag absagten, Marvin meine Hand nahm und meinte, ich solle einfach mitkommen.

Ich roch zwar die Verschwörung, dachte mir im ersten Moment jedoch nichts dabei.

Ich fahre mit meinem Drehstuhl ein Stück durch den Raum und beginne, mich im Kreis zu drehen. Dreimal links, zweimal rechts, weiter und weiter. Meine Gedanken überschlagen und verknoten sich. Den Kopf in den Nacken gelegt, frage ich mich, wie so ein erstes Date in anderen Filmen verlaufen ist. Sofort taucht ein Tagtraum auf der Leinwand meiner Zimmerdecke auf und ich schaue in das verlegene Gesicht einer meiner Lieblingsschauspielerinnen.

»Als ich meinen Greg zum ersten Mal traf«, sie lächelt total verliebt, »war es, als würde die Welt stillstehen. Mitten auf der Straße hielt jeder in seiner Bewegung inne, er sah mich an, ich blickte in seine Augen, und da wusste ich, dass wir zusammengehören.«

Ich drücke den gedanklichen Pausenknopf und grüble: Wie war das allererste Treffen mit Marvin? Ehrlich gesagt, ich habe keine Ahnung. Irgendwann während der dritten Klasse ist er auf unsere Grundschule gewechselt. Doch als Kinder schließt man leicht Freundschaften, ohne den Gedanken, sich den allerallerersten Moment unbedingt merken zu müssen. Mit der dritten Klasse verbinde ich aber die Wette zwischen Marvin und mir, wer sich traute, von den Klebestiften abzubeißen, zu kauen und zu schlucken. Marvin spuckte seinen Teil sofort aus, ich aß meinen auf und bekam seine seltene Holokarte. Nur bedingt romantisch.

Mein Tagtraum geht weiter, die Szene wechselt, und als Nächstes kichert die Braut aus meiner letzten Verwechslungskomödie: »Seit ich mich in Luke verliebt habe, ist jeder Tag wie ein Konzert. Wenn wir uns sehen, uns treffen, telefonieren oder nur an den anderen denken, höre ich ein romantisches Streichquartett.«

Meine Vorstellungskraft kann viele tolle Spezialeffekte, aber sie unterlegt mein Leben nicht mit Dauermusik. Diese Beschallung ist in Fahrstühlen oder Supermärkten schon nervig.

»Als ich ihn zum ersten Mal berührte, explodierte ein Feuerwerk in meinem Innern«, gibt die Braut zum Besten. »Es war wie tausend berstende Sterne, ein Stromstoß, der uns miteinander verband. Und bei unserem Kuss wurde mir schwindelig.«

Ich fahre mir mit der Hand über die Augen, um den Tagtraum zu vertreiben. Irgendwie bringt mich das nicht weiter.

Marvin und ich haben uns wieder geküsst und ich habe nicht wie ein scheues Reh nach ein paar Sekunden abgebrochen. Mir fehlen im Mittelteil von *Love Affairs* sogar ein paar Minuten. Länger ist auf jeden Fall besser. Intensiver.

Trotzdem habe ich es mir anders vorgestellt.

Obwohl ich keine Herzchenanimationen erwartet habe, die mit ihren kitschigen Engelsflügeln um meinen Kopf flattern, habe ich wenigstens mit sprühenden Funken gerechnet.

Stattdessen vergesse ich alles um mich herum, wenn Marvin mich küsst. Den Film, das Popcorn auf meinem Schoß – alles wie weggepustet. Dann kann ich nur noch daran denken, wie es überall kribbelt.

Eigentlich vergesse ich ständig die Zeit, wenn ich mit Marvin zusammen bin. Auch wenn wir was ganz Banales machten, wie Kuchen essen und quatschen, habe ich schlichtweg nicht darauf geachtet, was um uns herum geschah.

Bis auf die Minuten, in denen ich völlig abwesend ins Leere starrte, war es fast wie immer und doch ganz anders.

Marvin reagierte aber ganz ruhig. »Wo bist du diesmal in Gedanken? Oder ist das Date so schlimm?«

»Tut mir leid«, nuschelte ich. »Ich musste an meine Mutter denken, was sie wohl heute gesagt hätte, wenn sie noch leben würde.«

»Meine Mutter hat mich daran erinnert, dass das Mädchen auf keinen Fall bezahlt«, erklärte Marvin und lenkte mich wieder von meinen trübsinnigen Gedanken ab.

Seit ich die ersten Aufnahmen von ihr gesehen habe, geht sie mir nicht mehr aus dem Kopf. Sie platzt plötzlich in mein Bewusstsein, sie und all meine Fragen. Selbst in unmöglichen Momenten, wie mitten im Mathetest, und schaltet mein System aus, bis ich wie ein Zombie in die Luft starre.

Am liebsten würde ich meine Mutter fragen, ob es ein gutes Zeichen ist, wenn Marvin mich nonstop angrinst, als wäre jeder Moment besonders. Zumindest bin ich mittlerweile eine Fortgeschrittene beim Händchenhalten. Auf dem Weg aus der Schule, im Café, während der Kinovorstellung, Marvin ließ mich nicht mehr los. Obwohl ich Zweifel hatte, gingen unsere Finger diese Verbindung mühelos ein. Als wäre diese Verlinkung, die uns zusammenschweißte, genau das Richtige.

Das soll einer mal verstehen.

Mein Smartphone klingelt und ich sehe das Bild einer

filigranen Elfenprinzessin auf dem Display aufblitzen. Bilder von lustigen Zwergenrunden, die zu Tisch speisen, trinken und Äxte durch den Raum schleudern, löscht Lisa sofort.

»Wieso gehst du ran?«, fragt meine Freundin prompt.

»Sollte ich das nicht, wenn du anrufst?«

»Bist du schon zu Hause? Es ist doch erst halb zehn.«

»Marvin dachte, es sei besser, meinen Vater nicht unnötig zu reizen.«

»Immer so vernünftig. Erzähl, wie war nun euer Date?«, jauchzt Lisa ins Telefon. So habe ich sie noch nie erlebt.

»Gut.«

»Habt ihr euch geküsst?«

»Ja.«

»Und wie war es?«

»Okay?«

»Wie gut küsst er?«

»Bis auf Jens, der mir in der siebten Klasse das Gesicht abgeschlabbert hat, habe ich nicht so viele Vergleichsmöglichkeiten.«

»Auf einer Skala von eins bis zehn?« Lisa gibt nicht auf. Ihre Aufgedrehtheit verwundert mich, sie legt ja einen richtigen Aufstand hin. Andererseits ... hab ich mir doch immer gewünscht, mit ihr über Jungs zu quatschen.

»Keine Ahnung. Sechs?«

»Heißt sechs mit oder ohne Zunge?«

Darauf verschlucke ich fast meine Zunge, vergesse meine Erwiderung und bringe Lisa zum Lachen.

In einem Film wäre es bestimmt eine Tausend gewesen.

In einem Film müssten Lisa und ich vor Verlegenheit kichern. Und ich mich fühlen, als könnte ich fliegen, als hätte ich die Olympiade, den Nobelpreis und einen Flug zum Mars gleichzeitig gewonnen.

Warum tragen die bei Romanzen immer so dick auf?

Denn ich reibe nur lächelnd meine Fingerspitzen aneinander, weil ich Marvins Wärme vermisse – was irgendwie noch besser ist. Fest nehme ich mir vor, morgen nach seiner Hand zu greifen. Ob es sich dann anders anfühlen wird?

Seine Berührung zu vermissen, bedeutet das, verliebt zu sein?

»Aktualisier mal den Blog, aktualisier mal den Blog«, singt Lisa auf einmal in mein Ohr. »Jessica, aktualisier mal den Blo-hog.«

»Hm?«

»Ah, du hörst mir wieder zu.« Lisa gibt ein zufriedenes Grunzen von sich, alles ist beim Alten. Veränderungen sind nicht immer schlecht, sage ich mir stumm.

»Wir haben Kommentare auf dein Liebesgebrabbel, Jess.«

»Echt?« Ich runzle die Stirn bei ihren Worten. »Das ist kein Liebesgebrabbel.«

»Nö, gar nicht.«

Ich verdrehe die Augen. »Lass uns zu Skype wechseln, fürs Zuhören, Lesen und Kommentieren bin ich zu müde.«

»Quatsch, du musst nur immerzu an Marvins Hintern ...« Mit einem Tastendruck habe ich sie aus der Leitung geworfen.

Am nächsten Morgen ist eine regelrechte Kommentarflut

ausgebrochen. Mädchen aus allen Ecken Deutschlands tauschen sich aus und berichten über ihre Erfahrungen. Vielleicht übertreibe ich ein bisschen, doch wenn mehr als zwanzig Leute über meinen Artikel reden, möchte ich das schon als Flut bezeichnen. Ich weiß, Antonia hat fast hundert Reaktionen pro Artikel, außerdem ballert sie täglich bis zu fünf Klatschnachrichten ins Netz. Damit möchte ich mich aber nicht vergleichen.

Moviesonmymind fährt keine Offensive wie Antonia, dafür steckt in jedem Artikel unsere Überzeugung. Ob Antonia die bei Rezepten zu Algen-Smoothies teilt? Ich wette nicht.

Taimie, 19. März, 23:15 Uhr:
Da stimme ich dir zu! Die Mauerblümchen im Film bekommen alle tollen Jungs ab. Ich hab nichts gegen Mauerblümchen, meine beste Freundin ist auch so. Aber die würde niemals den Mund öffnen, um einem Kerl nur »Hi« zu sagen. Sie ist total lieb, aber die Männerwelt nimmt sie überhaupt nicht wahr.

Gedankenkarussell, 20. März, 0:27 Uhr:
Die Jungs in meiner Klasse sind alle kindisch und dumm. Werden die noch irgendwann erwachsen?

Yasmin1998, 20. März, 0:32 Uhr:
Wenn ich mir meinen älteren Bruder ansehe … nein.

CaptainTom, 20. März, 0:36 Uhr:
Ich bin für mein Alter schon sehr erwachsen, eine alte Seele, Ladys ;)

NessaTheGreatest, 20. März, 0:40 Uhr:
Du? Erwachsen? XD Wer spart denn hier auf eine Plastikwaffe?

Ein Kommentar bleibt hängen, ich habe ihn mir dreimal durchgelesen. Er ist - wie zu erwarten - von Yasmin1998. So langsam glaube ich, dass sie und ich siamesische Zwillinge sind. Zumindest schlägt sie sich mit den gleichen Problemen herum. Und sie scheint ein wahres Wesen der Nacht zu sein, das ohne Schlaf auskommt.

Yasmin1998, 20. März, 02:43 Uhr:
Mir geht's genauso! ;) Bin gerade in den besten Kumpel meines Bruders verliebt. Eigentlich war er immer wie ein großer Bruder für mich, bis er letztens mit ner anderen ganz eng getanzt hat. Da bin ich vor Eifersucht fast geplatzt! PENG! Und seitdem denk ich nur noch, dass er mit MIR MIR MIR tanzen soll.
Hast du eine Entscheidung getroffen, Jess?

Schnell schreibe ich ihr eine Antwort:

moviesonmymind, 20. März, 07:08 Uhr:
Hallo Yasmin,

meine beste Freundin hat mir geraten, dass ich es einfach probieren soll. Wir sind jetzt zusammen!!

Ich werfe noch kurz einen Blick in den Spamordner, nicht, dass ein Kommentar dort fälschlicherweise gelandet ist, und aktualisiere erneut meinen Artikel. Lisa scheint unseren Blog praktisch zu stalken, sie hat bereits geantwortet.

NessaTheGreatest, 20. März, 07:11 Uhr:
JESS, WIESO HAST DU MIR DAS NICHT ERZÄHLT? WIESO MUSS ICH DAS H-I-E-R LESEN???

moviesonmymind, 20. März, 07:13 Uhr:
Ist das nicht klar, wenn wir uns geküsst haben?

NessaTheGreatest, 20. März, 07:15 Uhr:
Menno. :(:(:(Ich will nachher alle Details hören.

Grinsend scrolle ich zu den weiteren Kommentaren und genieße den kleinen Erfolg, dass wir so viel Leben auf unserem Blog haben. Zwei weitere User wollen bereits alle Details aus mir herausquetschen.

Wie ich mein erstes Date mit Marvin nun einschätzen soll, weiß ich trotzdem nicht. Zu lesen, dass es anderen Mädchen ebenso ergeht, nimmt mir aber den Druck. Vielleicht sollte ich mich wirklich auf das Neue einlassen, mich auf die Beziehung mit Marvin freuen. Die Angst, ihn zu verlieren, verschwindet dadurch zwar nicht, aber wenn ich uns eine Chance gebe, es zulasse, könnte das mit uns vielleicht ja wirklich klappen.

Mir bleiben noch ein paar Minuten, bevor ich zur Schule aufbrechen muss, und ich werfe einen Blick in mein E-Mail-Postfach. Warum ich nicht frühstücke? Weil ich meinem Vater weiterhin aus dem Weg gehe. Mein Frühstück hole ich mir zurzeit beim Bäcker oder ich beschränke mich darauf, eine Banane für den Weg mitzunehmen. Ich will nicht mit ihm reden, solange er nicht einsieht, dass er falsch liegt und es mein gutes Recht ist, mehr über meine Mutter herauszufinden.

Mein Grinsen wird noch breiter, da einer der Händler vom DVD-Markt einen weiteren Film ausfindig gemacht hat. Der Preis ist überteuert und es ist schon wieder eine schreckliche Videokassette, trotzdem möchte ich sie unbedingt haben. Als Nächstes ziehe ich mir also eine Komödie über die DDR rein. Abwechslungsreich ist das definitiv.

Die zweite ungelesene E-Mail stammt vom Verein des Babelsberger Filmarchivs. Mein Herz droht vor Aufregung zu zerspringen, ich dachte nicht, dass ich überhaupt eine Antwort erhalte. Bestimmt bekommt der Verein täglich Hunderte E-Mails.

Ich hole tief Luft und öffne die Nachricht.

Hallo Jessica,
in erster Linie tut es uns leid, dass du deine Mutter verloren hast. Und ja, es ist richtig, dass wir im Filmarchiv eine Fülle von Filmen lagern. Dennoch ist nur Mitarbeitern und

Filmstudenten der Zutritt gestattet.
Daher müssen wir deine Anfrage leider ablehnen.
Wir wünschen dir weiterhin viel Erfolg bei deiner Suche.
Mit herzlichsten Grüßen

Ich lese erst gar nicht den Namen, kurz ist alles verschwommen, bevor ich mir die Tränen aus den Augen wische. Natürlich würde die Suche nach den Arbeiten meiner Mutter nicht einfach werden, aber die Abenteurer und Archäologen in Filmen haben wenigstens Hinweise. Mir bleibt nur eine Liste, die mich in mehr Sackgassen führt als neue Wege eröffnet.

Bei den Filmen, die nach meiner Geburt gedreht worden sind, hab ich eine Chance. Die kann ich durch Zufall in Läden oder bei eBay aufstöbern. Die davor stellen das größere Problem dar, da die wenigsten davon digitalisiert sind. Es gibt sie nicht in Streamingportalen, auf DVD schon gar nicht, und Videokassetten aufzutreiben, ist schrecklich schwierig.

Deswegen hab ich mich an das Archiv gewandt. Ich dachte, wenn ich Filme aus den 80er-Jahren suche, wären sie der beste Ansprechpartner. Hoffte, sie hätten eine ausführliche Datenbank.

Statt weiter darüber nachzugrübeln, stopfe ich meinen Laptop in den Rucksack und suche meine Converse, die mal wieder an zwei Zimmerenden verstreut liegen. Ganz spontan prüfe ich noch mein Outfit im Spiegel. Ein ungewohntes Ritual, doch als Marvins feste Freundin sollte ich hübsch aussehen, oder? Im hintersten Winkel meiner Kleiderstange hab ich eine Jeansshorts gefunden. Wie die da hingekommen ist, keine Ahnung, mit einer schwarzen Leggings drunter habe ich auch nicht das Gefühl, halb nackt herumzulaufen. Dazu leuchtet mein knalllila *Hit-Girl*-Shirt im Einklang mit meiner gefärbten Strähne.

»Hi, Fremde«, flüstere ich. »Können ein Date und ein paar Küsse aus mir eine andere Person machen?« Mein Spiegelbild antwortet nicht, aber wenn Marvin mich anlächelt, habe ich alles richtig gemacht. Selbst wenn ich nie so sexy sein werde wie Antonia.

Okay. Rucksack – check. Shirt passend zur Stimmung – check. Zum Spaß dehne ich mich kurz wie vor einem Marathon, bevor ich in die Küche sprinte. Seit mein Vater meinen »Ich schnappe mir eine Banane und muss zur Schule«-Plan durchschaut hat, wartet er jeden Morgen auf mich. Auch heute sitzt er am Küchentisch und blickt auf, als ich durch den Raum flitze. Auch heute ist der Tisch für zwei gedeckt, frische Brötchen, Kaffee, die aktuelle Tageszeitung unberührt. Die Haltung meines Vaters ist angespannt, doch davon lasse ich mich nicht besänftigen.

»Guten Morgen, Jessica.«

»Morgen«, meine ich kurz angebunden.

Hochkonzentriert gieße ich mir Kaffee in einen Thermosbecher und will nach einer Banane greifen, doch die Schale steht nicht an ihrem üblichen Platz. Sondern direkt vor der Nase meines Vaters. Als hätte er sie mit Absicht dort platziert, damit ich ihn ansehen muss.

So leicht besiegt er mich nicht. Immerhin ist *Hit Girl* auf meiner Seite.

Ich senke den Kopf, behalte meine Banane im Auge und

vereitle so seine Pläne. Wenn ich nicht eine ordentliche Entschuldigung bekomme, werde ich dieses Spiel eben ewig durchziehen. Die Sache mit Netflix war gemein. Das Einkassieren meiner Karte eine Frechheit. Und die Informationen, die er über meine Mutter zurückhält, lassen meinen Zorn immer wieder hochkochen.

Ja, ich habe auch etwas übertrieben, aber seine Waagschale hängt deutlich tiefer.

»Hast du Lust, mit mir shoppen zu gehen?«, fragt mein Vater ohne Vorwarnung. »Wir waren immer noch nicht im Zentrum am Leipziger Platz, Jessica.«

»Ach, du willst meine Liebe nun zurück erkaufen?«, spotte ich.

»Wir könnten ein wenig Zeit miteinander ...« Er bricht ab, startet erneut. »Über alles reden.«

»Vielleicht. Vielleicht auch nicht.«

Ehe er etwas erwidert, rausche ich in mein Zimmer. Als ich kurz darauf in die Küche zurückkehre, sitzt er immer noch am Tisch und blickt mir fragend entgegen.

»Fertig«, meine ich knapp.

»Wie, fertig?«

»Ich wollte schon lange knallgrüne Converse. Danke, dass ich sie mit deiner Kreditkarte kaufen durfte, Liefertermin ist Montag.«

Ohne das Gesicht zu verziehen, werfe ich meinen Parka über und greife nach meinem Rucksack. Vielleicht sollte ich ihn nicht unnötig bestrafen. Dennoch sollte er mich besser kennen. Ich lasse mich nicht mit einem Shopping-Tag bestechen, damit ich ihm vergebe.

»Kann ich dich wenigstens zur Schule fahren?«

»Meinetwegen.«

Die Fahrt verbringen wir schweigend. Falls mein Vater etwas zu mir sagt oder die Nachrichten im Radio kommentiert, überhöre ich es. In Gedanken hänge ich der E-Mail aus Babelsberg nach. Stelle mir eine gewaltige, unterirdische Steinhalle mit endlosen Reihen hoher Regale vor, bis oben hin mit Filmrollendosen zugestapelt. Die Sicherheitsvorkehrungen sind streng, die Schlösser und Verriegelungen nicht zu knacken. Eine alexandrinische Bibliothek des Films – minus des Untergangs. Irgendwie muss ich mir einen Weg hinein erkämpfen.

Wie sehr ich mich auch anstrenge, ich schaffe es nicht, meine Mutter in meine Tagträume zu locken. Zu viele ungeklärte Fragen verschleiern mein Bild von ihr. Außer ich male mir aus, wie sie mich in einem Rollstuhl zur Röntgenkabine schiebt und streng die Stirn runzelt.

Das knackende Geräusch der Handbremse holt mich zurück in die Gegenwart. Kaum hält unser Auto vorm Schultor, öffne ich den Sicherheitsgurt.

In der Bewegung greift mein Vater nach meinem Arm. »Sicher, dass du nicht shoppen gehen möchtest?«

»Ja. Ich hab schon was mit Marvin vor.«

»Ist Marvin der Grund für deinen Blogbeitrag über den Liebesfilm?«

»Das geht dich nichts an.«

»Jessica, bitte, ich ...«

Den Rest höre ich nicht mehr, weil ich regelrecht aus dem Auto springe und die Tür zuknalle. Je länger ich eine

Aussprache mit ihm herauszögere, desto komplizierter wird sie verlaufen. Aber ich will wenigstens eine aufrichtige Entschuldigung hören. Dieser Punkt ist nicht verhandelbar.

Ich höre, wie der Motor startet, und als ich mich umdrehe, fädelt er sich bereits wieder in den Verkehr ein. »Dann eben morgen«, murmle ich geknickt.

Normalerweise wartet Marvin auf mich bei der S-Bahn-Station, schnell schicke ich ihm eine Nachricht, erhalte jedoch keine Antwort. Er hat sie gelesen, ein großes Dankeschön an die beiden blauen Häkchen, aber er schreibt nicht zurück. Ich denke mir nichts weiter dabei und stapfe in Richtung meines Klassenzimmers.

Eigentlich verbringe ich den Schulalltag unterhalb des Radars. Bis auf Antonia, die mich immer aufspürt, um mich zu ärgern oder mir einen dummen Spruch reinzudrücken, funktioniert mein Tarnmodus prächtig.

Während der Autofahrt zur Schule scheine ich jedoch in eine Parallelwelt geraten zu sein. Gestern war der seltsame Nerd, für den mich die meisten halten, ziemlich belanglos. Heute kann ich die vielen Blicke spüren, die auf mir ruhen. Ich sehe, wie Mädchen sich wegdrehen, wenn ich an ihnen vorbeigehe, als sollte ich ihre Worte nicht mitbekommen.

»Hey, Jessica«, ruft mich plötzlich ein Mädchen aus meiner Klasse, und ich bleibe abrupt stehen.

Die fangen mit mir ein Gespräch an? Verwundert drehe ich mich um, kann jedoch die Jessica aus der Stufe über uns nirgends entdecken. Oft genug meinen die anderen sie und nicht mich.

»Ja?«, frage ich zaghaft, nachdem jeder Irrtum ausgeschlossen ist.

»Du hast mich echt überrascht«, meint sie fröhlich. »Ich hätte nicht gedacht, dass du überhaupt jemanden abkriegst.«

»Was?«

»Na ja, ich dachte, du bist so der Typ für eine Internetbeziehung, wo der Kerl in Japan oder so lebt.« Sie lacht vergnügt, während ich meinen Ohren nicht traue. »Aber es ist Marvin, oder?«

Ich blinzle verwirrt. Was zur Hölle passiert hier?

»Ach, jetzt tu mal nicht so.« Sie stupst mich, mit vielleicht einem Zehntel von Lisas Kraft. »Wir haben es doch alle gelesen.«

»Alle?« Das Wort echot durch meine Gedanken und versetzt mich in Panik.

»Klar.« Schon wieder dieses unbeschwerte Lächeln. »Zuerst dachten wir, du denkst dir das aus, dann meinten ein paar, du spinnst, so was ins Internet zu stellen. Dabei ist es wirklich wahr, was?«

Ich nicke, wünsche mir jedoch eine Pause. Pause, Pause! Zehn Sekunden, bis ich nicht mehr vollkommen überrumpelt bin. Natürlich erfüllt sich mein Wunsch nicht.

»Krass. Es gibt wohl für jeden da draußen den Richtigen.«

»Ja, krass, haha.«

Einfach ignorieren. Ich gebe doch sonst auch nichts auf die Meute.

Ich will mich umdrehen und stolpere fast gegen Antonia.

Sie und ihr Anhängsel Michelle bauen sich vor mir im Flur auf, vom Scheitel bis zur Sohle perfekt gestylt.

»Was ist das?« Antonia schnippt gegen mein T-Shirt.

»Das ist Kult«, erwidere ich spitz.

»Die Sekte kann nicht sehr bekannt sein.«

»Nee, kann sie nicht«, setzt Michelle nach.

»Du hast wie immer keine Ahnung.« Ich verschränke die Arme und überlege meine Möglichkeiten. Ich bin gereizt, ein Streit mit Antonia würde übel enden. Am besten, ich lasse sie einfach stehen. Normalerweise stichelt sie nur im Vorübergehen. Als wäre ich eine lästige Fliege, die sie wegwischen kann.

Welcher verrückte Wissenschaftler hat die Ordnung der Welt gestört? Hiiilfe!

»Ja, klar«, Antonia lächelt amüsiert. »Bist du sicher, dass Melvin ...«

»Marvin.«

»Ist doch egal.«

»Ja, echt egal«, kommentiert prompt Michelle.

Ich rolle mit den Augen, verkneife mir aber eine Erwiderung.

»Bist du dir sicher, dass Melvin nicht nur eine Wette eingegangen ist und deswegen mit dir zusammen ist?«, fragt Antonia.

Bitte was? Vor Schreck fehlen mir die Worte.

»Woher ...«

»Na also. Dachte ich es mir. Wer will dich schon haben? Du bist so wenig Girlfriend-Material, dich würde nicht mal eine Lesbe nehmen.«

»... weißt du, dass wir zusammen sind?«

Ich bezweifle, dass Antonia sich so sehr für mich interessiert. Und im Gegensatz zu den meisten anderen habe ich zur Bekanntgabe meinen Facebook-Status nicht verändert.

»Als ob Freaks ein Liebesleben haben«, Antonia kichert vergnügt. »Ich hätte ja gesagt, dass das ein Fake ist, ein abgekartetes Spiel, weil ihr damit irgendwas bezwecken wollt, aber eine Wette ist ebenso logisch.«

»Marvin hat keine Wette am Laufen. Davon wüsste ich erstens und zweitens würde er so was nie tun.«

»Schon gut.« Sie klopft mir auf die Schulter und meint mit vor Mitleid triefender Stimme: »Du musst die Lüge nicht aufrechterhalten, auch wenn die Wahrheit schlimm ist. Mir war klar, dass dich kein Junge attraktiv findet.«

Und dann stößt sie ein höhnisches Lachen aus und erfreut sich an meiner Verwunderung. Zumindest der Punkt scheint immer gleich zu bleiben.

Bevor ich etwas antworten kann, schreitet sie den Flur entlang zu ihrem Klassenraum. Entgeistert starre ich ihr nach.

»Was ist seit gestern mit dieser Schule passiert?«, frage ich mich laut, doch niemand scheint meine Worte zu hören.

Bis auf Lisa, die in den Pausen einen minutiösen Bericht meines Dates verlangt, treffe ich keinen aus unserer Gruppe an. Langsam beginne ich mir Sorgen zu machen, warum Marvin nicht auftaucht. Hat ihm das Date nicht gefallen? Hat er es sich anders überlegt?

Wird er von unseren Mitschülern genauso drangsaliert wie ich? Wenn ich noch jemandem erklären muss, dass es keine Wette, kein Scherz oder sonst was ist, ändere ich wohl doch noch meinen Beziehungsstatus auf Facebook. Nur um wieder Ruhe zu haben.

Lisa sieht an Marvins Verschwinden nichts Ungewöhnliches. »Tom ist bestimmt genauso neugierig wie ich«, erklärt sie felsenfest überzeugt, und ich widerspreche lieber nicht. Was wir beide jedoch nicht verstehen, ist, warum mich die komplette Stufe anstarrt, als hätte ich knallpinke Haut. Wieso ist mein plötzlich vorhandenes Liebesleben so interessant?

»Das ist das Werk der Gerüchteküche«, meint Lisa mit einem Schulterzucken, als wir das Medienzentrum zur letzten Doppelstunde betreten. »Ein Feind, der sich nur schwer mundtot machen lässt.«

Dieses unwohle Gefühl im Bauch, wie ein Ziehen, das meine Eingeweide verdreht, verstärkt sich mit jedem Schritt. Und es kommt noch schlimmer: Marvin sitzt bereits mit Finn und Deniz an ihrem Gruppentisch. So sehr in ein Gespräch vertieft, dass er sich nicht zu mir umdreht.

Heftiger als beabsichtigt lasse ich meinen Rucksack zu Boden knallen, was zumindest Lisa erheitert. Allerdings ruhen alle Blicke nun wieder auf mir.

Mit Ausnahme von Marvins.

Ein wenig bereue ich mein kleines Ritual vor dem Spiegel. Ist es zu viel verlangt, wenn ich mir wünsche, dass er mich hübsch findet?

»Jessica«, ruft mich Herr Bornbach auf.

»Ja?«, frage ich zurück. Was hat er denn? Die Stunde hat doch noch gar nicht begonnen.

Für einen Moment blickt mein Lehrer mich streng über den Rand seiner Brille hinweg an. »Zwar freue ich mich, dass der Blog von Lisa und dir so viel Zulauf bekommen hat, dennoch ein Tipp: Nächstes Mal solltest du deine Beziehungsprobleme nicht öffentlich im Zuge eines Schulprojekts diskutieren.«

Die Röte schießt mir in die Wangen, als die Jungs im Kurs grölen. Marvin schaut überallhin, nur nicht in meine Richtung. Aber aus den Augenwinkeln kann ich erkennen, wie Deniz und Finn ihn ärgern.

»Bei dem, was sie geschrieben hat, können die nicht zusammen sein«, fängt Antonia wieder an. »Ich sage euch, es war eine Wette.«

»Sie sind beide gleich seltsam, passt doch.«

Schon starten die Diskussionen von Neuem. Sind wir zusammen, sind wir es nicht, was bezwecke ich, was ist die Wahrheit, und oh, wusstet ihr, dass Model Soundso und Musiker Wasweißich sich getrennt haben? Wenn dieses unheimliche Gefühl, ständig beobachtet zu werden, bedeutet, im Fokus der Öffentlichkeit zu stehen, dann kann Antonia das Spotlight gern für sich haben.

Unter dem Tisch strecke ich meinen Daumen nach oben und flehe in Gedanken, dass irgendein Raumschiff, egal, wie weit entfernt, meinen Hilferuf erhört. Vergebens.

In Filmen klappt so was immer.

Leider muss ich mich mit der Realität auseinandersetzen.

»Sieh's positiv«, flüstert Lisa plötzlich. »Antonia liest weiterhin unseren Blog. Hättest du das erwartet?«

»Nein.«

»Wir sind also richtig gut.« Meine Freundin reibt sich erwartungsvoll die Hände.

Ich schenke ihr ein mattes Lächeln. Sie hat recht, obwohl ich mein altes Paralleluniversum zurückmöchte. In dem Marvin und ich der Gerüchteküche herzlich egal waren.

»Genug, Leute«, mahnt Herr Bornbach, »der Unterricht beginnt. Wir werden die erste Stunde dazu nutzen, dass ihr den anderen Blogs ein Feedback schreibt, was euch gefällt oder was noch verbessert werden kann.«

Ich nutze die nächsten Minuten, um mich so klein wie möglich zu machen. Diese Blicke, dieses Flüstern. Haben die anderen nichts Besseres im Sinn, als über mich und Marvin zu spekulieren? Allein während der ersten Minuten müssen alle Mitglieder auf den Blog gegangen sein. Ich musste mein Smartphone ausschalten, weil ständig Nachrichten aufblinkten, ob das zwischen mir und Marvin nun was Ernstes ist. Woher haben die überhaupt meine Nummer?

Genauso wenig haben Lisa und ich es verdient, dass unser Feedback-Blatt nur dumme Sprüche oder anzügliche Fragen enthält. Dennoch hat keine von uns vor, Herrn Bornbach das unter die Nase zu reiben.

»Kommen wir jetzt zum eigentlichen Thema dieser Stunde«, verkündet Herr Bornbach. Ich höre auf, meinen Feedback-Bogen böse niederzustarren, damit durch die Kraft meiner Gedanken die Worte verschwinden. Klappt ja eh nicht ...

»Zwei Wochen vor Ende des Unterrichtsthemas und dem

Abschluss des Wettbewerbs möchte ich euch die Preise der Gewinner mitteilen.«

Lisas Kopf schießt in die Höhe. Ich sehe praktisch, wie sie stumm »Gewinne, Gewinne, Gewinne« singt.

»Ihr habt alle bewiesen, dass ihr fähig seid, einen Blog aufzubauen und zu führen, trotzdem wird es in jeder Kategorie nur einen Gewinner geben. Der Blog mit den größten Zugriffszahlen und der höchsten Aktivität wird das Rennen machen«, wiederholt unser Lehrer.

Lisa trommelt ungeduldig mit den Fingern und ich schaffe zumindest ein Schmunzeln. Sie schmiedet sicherlich schon Strategien, wie sie die Zahlen weiter in die Höhe treibt. Allerdings rechne ich weiterhin mit Karten für das Technik-Museum. Irgendetwas, das für die Schule gesponsert wurde.

»Ich war in den letzten Wochen nicht untätig und habe drei Partner für unser Schulprojekt herangezogen.« Herr Bornbach macht eine Pause und weckt seinen Laptop aus dem Sparmodus. Das Symbol der Berliner Zeitung erscheint auf dem Whiteboard.

Ein ungläubiges Raunen geht durch den Kurs. »Wir sind zu jung für ein Abo, Herr Bornbach«, scherzt Finn und erntet ein paar Lacher.

»Das schon.« Unser Lehrer lächelt zufrieden. »Jedoch nicht für ein Praktikum in den Sommerferien.«

Während die meisten unschlüssig darüber diskutieren, ob man die großen Ferien für Arbeit verschwenden soll, lasse ich die Neuigkeit auf mich wirken. Ein Praktikum ist zumindest interessanter als ein Museumsbesuch, dennoch kann ich mich nicht völlig dafür begeistern.

Unauffällig werfe ich einen Seitenblick zu Marvin. Er lauscht wie immer aufmerksam.

Lisa hingegen kneift die Augen zusammen und konzentriert sich auf ihre Schlachtpläne. Meine Zwergenkriegerin ist Feuer und Flamme.

»Wirklich bei der Berliner Zeitung? So richtig bei der Morgenpost?«, fragt ein Mädchen begeistert, welches über Nachrichten berichtet. »Das wäre ja super!«

»Im Bereich Radio«, mit einem Klicken erscheint das nächste Logo, »wird ein Praktikum beim Deutschlandradio angeboten.«

Im Gegensatz zum großen Verlag bleibt hier die Reaktion eher verhalten. Wann hab ich zum letzten Mal den Sender gehört? Ich glaub, noch nie.

»Und das beste Team des Themas ›Film und Fernsehen‹ absolviert ein Praktikum bei der Filmuniversität Babelsberg, bei dem ihr einen Professor zwei Wochen begleiten werdet.«

Vor Schreck springe ich von meinem Stuhl auf, so schnell, dass dieser hinten überkippt. Der halbe Kurs zuckt beim Krachen zusammen.

»Ist die Universität ans Babelsberger Filmarchiv angeschlossen?«, rutscht es mir über die Lippen.

Lisa reißt erschrocken die Augen auf, als ihr der gleiche Gedanke kommt. Schwarz auf weiß strahlen die Buchstaben, ich lese den Schriftzug, hoffe, bete, flehe, lese den Namen erneut. Babelsberg. Film. Babelsberg. Film. Es wäre naheliegend, dass Uni und Archiv zusammengehören.

Ich schiele zu Marvin, endlich sieht er in meine Richtung. Doch ich muss mich konzentrieren, denn Herr Bornbach hat mir immer noch keine Antwort geliefert.

»Ist sie das?«, frage ich erneut.

»Nun«, mein Lehrer zögert. »Mit Sicherheit kann ich das nicht sagen.«

Ich hole tief Luft, bevor ich meine Vermutungen fortsetze: »Das heißt, der Gewinner könnte das Praktikum auch in den Archiven verbringen?«

»Das kann ich dir leider nicht versprechen.«

»Aber es besteht die Möglichkeit, dass man das Archiv besuchen könnte? Vielleicht?« Ich lasse mir meine Hoffnung nicht rauben, kann mein Glück kaum fassen. »Normalerweise kommt man da als Außenstehender nicht rein.«

»Verstehe.« Herr Bornbach schenkt mir einen wissenden Blick. »Falls *moviesonmymind* gewinnt, können wir gerne eine Anfrage an die Universität stellen, ob sich da etwas deichseln lässt.«

Um nicht vor Glück, Freude und Fassungslosigkeit umzukippen, klammere ich mich an der Tischkante fest.

»Warum machst du so einen Aufstand, Jessica?«, beschwert sich Antonia gedehnt, und ein paar Schülerinnen stimmen kichernd in ihren Scherz mit ein. »Nur jemand wie du kann sich darüber freuen, in ein Archiv zu kommen. Bleib doch gleich da, du bist eh rückständig und seltsam. Wie aus einer längst vergangenen Zeit.«

»Klappe, Antonia«, zischt Lisa, während sie meinen Stuhl aufrichtet. »Wer keine Ahnung hat, sollte einfach sein dreckiges Mundwerk halten.«

»Lisa«, mahnt Herr Bornbach streng. »Bitte, setz dich,

Jessica. Und für die anderen: Ihr habt euren Feedback-Bogen erhalten, ihr wisst nun, was ihr verbessern könnt.«

Wie im Delirium verbringe ich den Rest der Stunde. Heute Morgen musste ich mich damit abfinden, vielleicht keine weiteren Filme von meiner Mutter zu finden. Jetzt baumelt mir die beste Chance direkt vor der Nase und ich muss nur noch zupacken. Der Gewinn des Wettbewerbs ist der Schlüssel. Der alle Türen öffnet, mich in die Filmbibliothek meiner Fantasie bringt.

Wie aufs Stichwort greift Lisa meine Hand, um mich zu beruhigen und mich wieder auf meinen Stuhl zu ziehen. Warum ist heute nicht schon in zwei Wochen?

Ach ja. Weiterarbeiten. Da war ja noch was.

Lisa schnaubt über das Feedback und streicht den Stuss durch. Ich hingegen drehe mich zu Antonia um. Leise bespricht sie etwas mit Michelle, bis sie meinen Blick spürt und ihn sogleich erwidert.

Sie lächelt. Süffisant. »Der Sieg ist mein«, sagt der entschlossene Ausdruck in ihren Augen. »Vergiss es, Freak.«

Eine letzte Hürde trennt mich noch von meiner Mutter: Antonia.

Im Unterricht kann ich nichts gegen sie ausrichten, dafür kann ich mir schon ganz genau vorstellen, wie unser Kampf aussehen würde.

In meinem Kopfkino verdunkelt sich das Medienzentrum, bis nur noch Antonia und ich in einem Spotlight stehen. Doch sie ist in ein dunkles Lack-und-Leder-Kostüm gehüllt, die Peitsche griffbereit in den Händen. Während ich plötzlich ein Cape trage und den Anzug von *Hit Girl*.

Der Showdown beginnt. Supervillain gegen Superhero. Ich bin gewappnet, spüre die Angespanntheit, wie sie knistert, ballt und sich in einem Blitz entlädt, der die Dunkelheit zwischen uns zerreißt. Dramatische Musik erschallt, mein Cape flattert im aufbrausenden Wind und wir starren einander voller Verachtung an. Jahrelang wurde die Feindschaft geschürt, um in einer furiosen Schlacht endgültig zu beweisen, wer überleben soll. Es wird episch. Es wird ziemlich harte Arbeit, denke ich, und die Seifenblase meines Tagtraums platzt.

Statt Antonia meine Faust ins Gesicht zu schleudern und die Converse in den Magen zu treten, wende ich mich schulterzuckend ab. Mir bleiben zwei Wochen, um mit *moviesonmymind* besser dazustehen als ihre Gerüchteküche.

Auf in den Kampf.

Bereits fünf Minuten vor Schulschluss habe ich alle meine Sachen gepackt und stürme mit dem Klingeln aus dem Medienraum. Weit komme ich nicht, denn ich halte am Ende des Flurs inne und ringe nach Atem. Ich muss Antonia eins auswischen, ich muss die Filme meiner Mutter finden, ich muss vermutlich irgendwann mit meinem Vater reden, ich muss das Starren und Flüstern der anderen ignorieren ...

Mir schwindelt, wenn ich überlege, wie viel in den letzten Stunden geschehen ist.

Plötzlich legt sich eine Hand auf meine Schulter, mein bester, nein, mittlerweile fester Freund hat mich eingeholt. Im Hintergrund verabschieden sich die restlichen Kursmitglieder ins Wochenende.

»Ähm«, Marvin schaut in die Ferne, »also, dein Artikel ... der dreht sich um uns?«

Warum spricht er das jetzt an? Ist ihm nicht klar, dass meine Gedanken gerade überall anders verweilen?

Ich nicke zögerlich. Eigentlich habe ich weder meinen noch seinen Namen erwähnt, aber für Marvin muss das nicht besonders schwer zu enträtseln gewesen sein. Mit wie vielen Jungs war ich gestern auf einem Date? Mit wie vielen Jungs habe ich mir *Love Affairs* angesehen? Ich Idiotin. Warum passe ich nicht besser auf, was ich ins Netz stelle?

»Was heißt das?«, murmelt er. »War's das mit uns?«

Erschrocken reiße ich die Augen auf. »Nein!«

Unsicher erwidert Marvin meinen Blick.

»Weißt du, diese Sache zwischen uns ...« Ich suche nach den richtigen Worten. »Ich muss mich erst daran gewöhnen, dass wir nicht mehr nur Freunde sind.«

Wie bei einem Reflex will er sich die Brille den Nasenrücken hochschieben, doch er trägt wieder seine Kontaktlinsen. Bevor er die Hand in seiner Manteltasche verschwinden lässt, greife ich danach, sofort verschränken sich unsere Finger ineinander.

»Ich habe meinen Gedanken Luft gemacht«, versuche ich mich zu erklären. »Das Date war toll.«

»Also wiederholen wir das?«, fragt er mich hoffnungsvoll. Ein kleines Lächeln stiehlt sich in sein Gesicht.

»Gern.«

»Bleibt es auch bei unseren Plänen fürs Wochenende?«

Am Samstag muss Marvin auf einen runden Familiengeburtstag und ich habe ihm vorgeschlagen mitzukommen, bei den letzten Feiern war ich sowieso immer dabei. Dazu hat Lisa mir dreimal am Telefon erklärt, wie spannend es sein kann, unterm Tisch Händchen zu halten, während die restlichen Anwesenden nichts ahnen.

Manchmal frage ich mich, woher meine Freundin all das weiß. Verschweigt sie mir ebenfalls ein großes Geheimnis, das ich nicht sehen will?

»Wenn du deinen Laptop mitbringst, können wir am Masterplan feilen, wie wir Antonia ausstechen«, schlägt Marvin vor.

»Müsstest du nicht Finn und Deniz mit dem Radio helfen?«, entgegne ich.

»Das läuft fast von allein«, erwidert er mit einem Schulterzucken. »Außerdem haben wir alle drei zusammen den Sender keine Stunde gehört, bei dem das Praktikum stattfinden soll.«

»Ich hab mich schon gewundert, wie du das mit deinem Dasein als Gamemaster der LARP und dem Beta-Testen vereinbaren willst.«

»Dasein?«, scherzt er. »Berufung.«

»Du hast es ja echt geschafft, bei ihr zu landen!«

Deniz und Finn stürmen an uns vorbei Richtung Treppenhaus, jedoch nicht ohne Marvin abzuklatschen. Ein bisschen erinnert es mich an eine Siegesfeier, als müssten sie ihn zu seinem Gewinn beglückwünschen.

»Viel Glück mit dem Radio«, rufe ich ihnen dennoch hinterher.

»Ey, wir haben 20.000 Klicks auf unserm Gaming-Channel bei YouTube, wen kümmert da das Deutschlandradio!«, albern die beiden weiter rum. »Ja, Mann! Wenn wir gewinnen, können wir denen noch was zeigen, nicht umgekehrt. Und mach nicht zu lange mit deiner Freundin rum, Marvin, wir warten draußen.«

Lärmend und grölend gehen die beiden die Treppen runter und mit einem unangenehmen Kribbeln zieht sich erneut mein Bauch zusammen. Ich werfe einen Blick über die Schulter und entdecke jede Menge Mädchengruppen, die rein zufällig trödeln und rein zufällig dabei in unsere Richtung schauen.

Nur Antonia scheint das nicht zu interessieren.

»Das nervt«, seufze ich. »Haben die denn nichts Besseres zu tun?«

»Ich hätte eine Lösung.«

Sanft umfasst Marvin meine Wange und beugt sich zu mir runter, um mich zu küssen. Instinktiv stelle ich mich auf die Zehenspitzen, um ihm näher zu sein.

Ein aufgeregtes Quietschen und Luftschnappen folgt darauf, als hätten wir unsere Beobachter zutiefst überrascht.

Zwei Sekunden später löst Marvin sich von mir und murmelt ein verlegenes »Das sollte sie eine Weile beruhigen. Bis morgen, Jess«, bevor er schnell den Flur hinunter eilt.

Ich überlege, ebenfalls die Flucht zu ergreifen, damit ich nicht in die Fänge der Gerüchteküche gerate, die mich erbarmungslos mit dummen Kommentaren zuspammt.

»Und wie war der?«, fragt Lisa mich mit einem hämischen Grinsen, als sie wie aus dem Nichts neben mir auftaucht. Ausgequetscht und mit Fragen gelöchert werde ich heute wohl auf jeden Fall. Meine Freundin giert weiterhin nach Details.

»Hm, sieben.«

»Na los«, Lisa zieht mich mit zum Ausgang, »genug mit der Träumerei. Wir müssen einen Wettbewerb gewinnen.«

Lachend verlassen wir das Schulgebäude, und auch wenn die Frage nach innerlichem Feuerwerk und Geigenspielen nicht verschwinden will, bin ich seit Langem einfach glücklich.

15. Kapitel

»Jessica?«

Zuerst reagiere ich nicht, als auf dem Nachhauseweg nach der Schule jemand meinen Namen ruft, sondern unterhalte mich weiter mit Marvin. Vielleicht bin ich ein wenig abgelenkt, weil er den Arm um mich gelegt hat.

»Du bist doch Jessica? Björns Tochter?«

Auf dem Bürgersteig vor unserem Wohnhaus kommt mir eine Frau in einem edlen Kostüm entgegen. Vom Gesicht her schätze ich sie auf Mitte dreißig, ein paar Jahre jünger als mein Vater.

»Schön, dass ich dich noch treffe.«

Ich blinzle verwirrt. »Woher kennen Sie mich?«

»Wir hören uns eigentlich nur am Telefon, ich nehme ab, wenn dein Vater nicht im Büro ist. Ich habe Fotos von dir gesehen.« Sie lächelt warm und hebt einen Korb voll mit Obst, frischem Brot und Säften an. Als hätte sie einen Hofladen geplündert. »Er war heute nicht im Büro, vermutlich hat er sich erkältet. Daher habe ich etwas zur Stärkung geholt. Ich wollte nicht klingeln und ihn eventuell wecken, also dachte ich …«

»Warten Sie schon lange?«, wirft Marvin ein.

»Ein Weilchen.«

»Ach so?«, bringe ich hervor. Zugegebenermaßen habe ich in den letzten Tagen wenig von meinem Vater mitbekommen, aber eine Erkältung wäre mir aufgefallen.

»Gibst du ihm das von mir? Und richte ihm gute Besserung aus.« Ehe ich mich versehe, halte ich den Korb in den Händen. Die Dame verabschiedet sich, und ich starre verwundert auf den halben Hofladen, als ihr Wagen sich wieder in den Straßenverkehr einfädelt.

»Soll ich mitkommen?«, fragt Marvin besorgt.

»Ja, bitte.« Mir wird ganz übel, während wir schweigend den Fahrstuhl hochfahren. Wie lange ist es her, dass mein Vater krank war? Er hat nie Kopfschmerzen oder einen Schnupfen, behauptet ständig, dass sein regelmäßiger Sport ihn fit hält.

Unsere Wohnung sieht genauso aus wie immer. Hätte mich eine Erkältung umgehauen, würde ich den ganzen Tag auf dem Sofa Filme schauen, eingekuschelt in eine Decke und begraben von einem Haufen Taschentüchern.

Zögerlich sehe ich im Schlafzimmer meines Vaters nach, nichts. Ich beschleunige meine Schritte, doch auch die Küche ist verlassen. Wenn er weder auf der Arbeit noch zu Hause ist ... Da höre ich die Musik des Kinotrailers, den ich gestern Abend noch auf dem Blog vorgestellt habe. Sie schallt direkt aus meinem Zimmer.

»Sehen wir nach«, ermuntert mich Marvin. Ich schiebe die Tür auf und traue meinen Augen kaum.

Da ist wieder dieser halbwegs fremde Mann, auf den ich einen Blick werfen konnte, als mein Vater das letzte Mal für mich gekocht hat. Seine Haare stehen in alle Richtungen ab. Die Ärmel des verwaschenen Rollkragenpullovers hat er bis zum Ellbogen hochgeschoben. Das Teil sieht aus, als wäre es mindestens fünfzehn Jahre alt.

Am meisten überrascht es mich, dass er im Schneidersitz mit meinem Laptop vor sich auf dem Bett hockt und völlig vertieft etwas liest. Ich kenne ihn sonst nur mit stocksteifer Haltung und strenger Miene.

Jetzt scheint er an einer besonders lustigen Stelle angekommen zu sein. Ungläubig lausche ich, wie er laut auflacht.

Ich atme gleich doppelt erleichtert auf. Es ist nichts Schlimmes passiert. Denn gerade wenn in Filmen die Figuren glücklich sind und die Handlung sich zum Guten wendet, kommt es in der Regel zu irgendeiner Katastrophe.

Zumindest ist der Anblick für mich eine äußerst überraschende Wendung. Nie und nimmer hätte ich gedacht, dass mein Vater einen Tag blaumacht. Bis zu diesem Moment hielt ich das für genauso wahrscheinlich wie die Möglichkeit, dass ich eines Tages fließend Spanisch spreche.

»Papa? Was machst du hier?«

»Oh, du bist schon zu Hause«, begrüßt mein Vater mich abwesend. »Wie spät ist es?«

»Fast fünf Uhr nachmittags.« Marvin mustert ihn ausgiebig. Weder er noch ich können Anzeichen von Verwirrtheit entdecken. »Ruf mich nachher an, Jess.«

Ehe ich etwas erwidern kann, verlässt er das Zimmer. Marvin konnte schon immer Stimmungen besser deuten als ich.

»Wo hast du den Korb her?«, fragt mein Vater.

»Von deiner Arbeitskollegin, sie hat mich vorm Haus abgefangen«, antworte ich knapp und stelle das wuchtige Ding ab. »Ich soll gute Besserung wünschen.«

Er nickt und blickt wieder auf den Laptop. Ich lasse ihn lesen, obwohl ich ungemein neugierig bin, was ihn so fasziniert.

Aus reinen Sicherheitsgründen schnappe ich mir mit einem Ächzen E.T. und trage ihn in die Ecke, die von meinem Vater am weitesten entfernt ist. Danach rette ich mein Kopfkissen mit den versteckten DVDs im Bezug. Falls er einen erneuten Anfall bekommt, will ich kein Risiko eingehen.

Ich werfe Rucksack, Schuhe und Parka achtlos zu Boden und setze mich zu ihm. Normalerweise müsste er mich jetzt ermahnen, besser mit meinen Sachen umzugehen, aber er starrt wie versunken auf den Bildschirm.

Ich werfe einen Blick darauf und erkenne sofort das vertraute Design von *moviesonmymind*.

»Du liest den Blog«, meine ich ungläubig. Beiße mir jedoch auf die Zunge, bevor ich »Tatsächlich! Ich glaub's nicht!« hinterherrufe.

»Ich hatte Nachholbedarf.« Er scheint am Ende des Eintrags über Alieninvasionen angekommen zu sein und klappt den Laptop zu. »Außerdem musste ich mir über einiges klar werden.«

»Und was?«, quetsche ich hervor. Furchtbar neugierig und völlig erstaunt warte ich darauf, dass ich aus meinem Tagtraum aufwache. Dass mein Vater einen Blog über Filme halbwegs amüsant findet, ist ein achtes Weltwunder. Ich warte einen Moment, trotzdem fällt er nicht in seine alten Verhaltensmuster zurück.

Sondern meint in völlig aufrichtigem Tonfall: »Es liest sich wirklich gut.«

Jetzt kneife ich die Augen zusammen und mustere ihn wie ein verrückter Professor, der ein ungewöhnliches Studienobjekt untersucht.

»Lisa und du, ihr habt da etwas Tolles auf die Beine gestellt.«

Statt einer Antwort krabble ich übers Bett. Nein, mein Vater wird weder fremdgesteuert, noch ist er wie eine Marionette an Fäden befestigt. Auch finde ich keine kleine Klappe an seinem Hinterkopf, hinter der sich ein Alien eingenistet haben könnte.

»Zeig mir deine rechte Hand.«

Dort prangt wie immer die Narbe, die er sich bei einem unserer katastrophalen Kochexperimente zugezogen hat. Er ist also kein Klon, er wurde nicht ausgetauscht.

»Wiederhole das mit dem Blog, bitte.«

Das tut er zwar nicht, aber obwohl die Zweifel hochhaushoch sind, glaube ich ihm.

»Ich will dich nicht verlieren«, meint er ernst und wechselt ohne Vorwarnung das Thema. »Den Fehler habe ich schon einmal gemacht.«

»Bei Mama?«, frage ich vorsichtig.

Ich setze mich wieder aufrecht hin und beobachte verblüfft, wie er zwei verstaubte, an den Rändern angeeckte Fotoalben hochhebt, die bisher auf dem Boden gelegen haben.

Er reicht mir das oberste und ich lasse meine Finger über die Prägung gleiten.

Meine Vorstellungskraft legt einen Schalter um und ich sehe mich plötzlich inmitten einer Ausgrabungsstätte in der Wüste sitzen. Vage nehme ich die freigelegten Ruinen einer altertümlichen Stadt wahr. Doch meine volle Aufmerksamkeit liegt auf dem Buch in meinen Händen. Behutsam puste ich den Sand der Vergangenheit fort.

»Es ist alt, Jessica«, scherzt mein Vater, und ich verscheuche das Bild vor meinen Augen, »aber es zerfällt nicht, wenn du es öffnest.«

»Sicher?« Das ist das Kostbarste, was ich bei der Suche nach meiner Mutter bisher gefunden habe.

Ich erkenne meine Eltern nicht sofort, die meisten Aufnahmen sind aus ihren Studienzeiten. Mein Vater wirkt viel jünger, lebendiger, fröhlicher. Schnappschüsse von Geburtstagsfeiern, der ersten gemeinsamen Wohnung oder Urlauben, bei denen meine Mutter auffordernd eine Eiswaffel in die Kamera hält. Kurz blicke ich auf und finde den Mann aus den Bildern wieder. Endlich hat er mich ein Teil dieser Welt werden lassen.

Und noch etwas fällt mir auf, alle Fotos sind akribisch mit Datum, Ort und kleinen Notizen versehen. Es ist die Schrift meines Vaters. Da bin ich mir ganz sicher, dank der tausend Notizzettel, die er mir geschrieben hat.

Das zweite Album beginnt mit meiner Geburt. Es ist halb voll, und immer wieder fehlen Abschnitte meines Lebens, was ich an den Größenunterschieden feststelle. Dennoch kann ich es gerade nicht fassen, so viele Erinnerungen in meinen Händen zu halten. So viele Erinnerungen, die ich mit meiner Mutter geteilt habe, festgehalten durch Tinte und Fotopapier.

Das klägliche, lückenhafte Mosaik, das die Erinnerung

an meine Mutter bildet, erhält schlagartig neue Stücke, jedes kostbar und einzigartig. Es wechselt die Farbe, schillert, und ich verliebe mich sofort in die neue Form, die es in meinem Innern annimmt.

»Können wir Bilder aufhängen?«

Mein Vater lächelt.

»Und Abzüge davon machen?«

Das Lächeln verschwindet nicht. Ich möchte ihm durchs Gesicht wischen, aus Furcht, dass es nur ein Hologramm ist, reiße mich allerdings zusammen.

»Ich werde versuchen, deine Fragen zu beantworten«, erklärt er mir. »Aber«, da kehrt der mahnende Elternton zurück, »die Wahrheit wird dir nicht gefallen.«

»Egal.« Vorsichtig stupse ich gegen seinen Arm.

Mein Vater zieht die Augenbrauen hoch.

»Musste nur überprüfen, dass das wirklich kein Tagtraum ist.«

Ohne Vorwarnung kneift er mir in die Wange. »Kein Tagtraum.«

»Halt mich bitte nicht für irre.« Schnell ziehe ich seine Hand beiseite. »Wenn etwas anders laufen sollte, ich Angst habe oder mir der Mut fehlt, stelle ich mir die Alternative vor. In meinen Tagträumen ist alles möglich, da kann ich alles sein und machen.«

»Ich weiß.« Traurigkeit schleicht sich in seinen Blick. »In diesem Punkt bist du haargenau wie deine Mutter.«

»Wirklich?« Ich lasse die Neuigkeit auf mich wirken. »Aber es stimmt schon, es bringt mich nicht weiter. Es macht Spaß, ändert aber nichts.«

Einfach verrückt. Endlich kann ich ihm erzählen, was in mir vorgeht. Ich schlucke den Kloß in meinem Hals runter, als mir bewusst wird, dass all die Streitereien und die einsamen Stunden zu genau diesem Moment hier geführt haben. Wären mein Vater und ich allerdings nicht beide so stur, hätten wir das schon längst erleben können, aber ich will ja nicht meckern. Wir selbst bestimmen, wie klein oder groß der Raum unseres gemeinsamen Lebens ist, wie viel wir miteinander teilen wollen. Endlich hat er auf mein Klopfen, Hämmern und Schreien reagiert und die Türen geöffnet.

Begierig trete ich ein.

»Wie habt ihr euch kennengelernt?«, möchte ich als Erstes wissen.

»Das war in meinem ersten Semester an der Uni. Zu der Zeit hab ich in einer absurd kleinen WG mit zu vielen Menschen gewohnt, die nur eine einzige Sache gemeinsam hatten: Keiner konnte kochen.« Mein Vater schüttelt sich, als erinnere er sich an ein besonders ekliges Gericht. »In der Nähe meiner Uni gab es eine Reihe günstiger Restaurants, dahin sind wir nach den Kursen immer gegangen. Es war reiner Zufall, dass deine Mutter dort als Kellnerin arbeitete.«

»Ihr habt euch jeden Tag gesehen?«

»So ziemlich. Sie hat sich damit über Wasser gehalten, weil ihre Eltern sie bei der Schauspielerei nicht unterstützten.«

»Und du hast ihr geholfen?«, frage ich weiter. »Damit sie schauspielern konnte?«

»Nein.« Da erscheint erneut sein liebevolles Lächeln. Fast blättere ich zu den ältesten Fotos zurück, um es zu vergleichen. »Wir haben uns auf Anhieb gut verstanden. Wenn wenig los war, setzte sie sich zu uns an den Tisch und erzählte von ihren Filmen, ihren Träumen. Die anderen fanden sie niedlich, eine nette Gesellschaft, aber ich hab etwas Besonderes in ihr gesehen. Ich konnte ihr stundenlang zuhören. Bald bin ich sie dann besuchen gegangen, als ihre Schicht zu Ende war. Ich hab mich in ihr Lachen verliebt, weißt du, und sobald sie von ihren Castings oder Kollegen an den Sets sprach, war sie immer fröhlich. Als sie meine Frage, ob sie mit mir ausgehen würde, gleich bejahte, war das der zweitbeste Moment meines Lebens.«

»Was war denn noch besser?«

Er schenkt mir einen Seitenblick. »Der Moment, als du auf die Welt kamst, Jessica.«

Ich lehne mich zurück und setze mich bequemer hin, während mein Vater erzählt, wie schnell sich ihre Beziehung entwickelte. »Ein halbes Jahr später haben wir geheiratet und sind zusammengezogen.«

»Macht man das nicht andersherum?«

»Heutzutage ja. Ich bin weder kreativ noch besonders spontan.« Ich nicke, worauf er kurz die Stirn runzelt. »Deine Mutter war es jedoch umso mehr. Sie konnte nie stillstehen, wollte immer etwas unternehmen, Neues ausprobieren, hatte immer wieder neue Ideen. Deshalb waren die ersten Jahre mit ihr sehr aufregend, obwohl sie mir oft genug vorgehalten hat, dass ich weniger kontrolliert sein sollte.« Ihm entweicht ein kleines Lachen, welches zum Ende kein bisschen fröhlich, sondern nur traurig klingt.

»Was ist dann geschehen?«, frage ich alarmiert.

»Was oft in Beziehungen geschieht«, meint er mit einem Schulterzucken. »Mit der Zeit verändern sich Menschen, entwickeln sich in unterschiedliche Richtungen, sodass der Zauber, den man am Anfang verspürt, verfliegt, sogar schal wird. Deine Mutter war ein Freigeist, Jessica, konnte sich nie lange mit der gleichen Sache beschäftigen. Erst wollte sie töpfern lernen, im nächsten Monat Blumen binden. Ihre Faszination für die Berge schlug nach einer Woche Skifahren in eine Sehnsucht nach dem Meer um. Manchmal hatte ich das Gefühl, sie wünschte sich immer das, was sie nicht besaß. Dagegen bin ich eher ...« Er zögert, während er nach dem richtigen Wort sucht.

»Der beständige Typ?«, biete ich an. Das hört sich zumindest besser an als festgefahren oder unspontan.

»Aus diesem Grund gab ich nicht auf. Ich habe alles versucht, um unsere Ehe zu retten.«

Retten, wiederhole ich schockiert in Gedanken und kralle mich in meine Bettdecke.

»Ab einem gewissen Punkt hat deine Mutter mich vermutlich nur noch als praktisch angesehen.«

Meine Verblüffung muss mir anzusehen sein, denn mein Vater fährt mit einem Seufzen fort. »Ich hatte ein festes Einkommen, kümmerte mich um dich, soweit es mein Job zuließ. Und sie konnte ihre Schauspielerei voll ausleben. Lange hab ich überlegt, ob ich die Scheidung einreichen sollte. Jeden Sorgerechtsstreit hätte ich klar gewonnen, bis du angefangen hast zu klammern. Als hättest du unsere Probleme instinktiv gespürt.«

»Du wolltest dich scheiden lassen?«, wiederhole ich diesmal laut. Ausgesprochen wirken die Worte nicht weniger surreal.

»Es ging so nicht weiter. Du warst keine sechs Monate alt, als sie unbedingt wieder bei Filmen mitmachen musste. Sie hat dich zu jeder Tages- und Nachtzeit einfach im Kinderwagen mit zu den Sets genommen.«

»Ist das in dem Alter schlimm?« Ich hab doch keine Ahnung, was man mit Babys machen darf.

»Ja. Aber das Argument wollte sie nicht hören. Im Nachhinein will ich mir gar nicht ausmalen, was dir alles hätte passieren können, während sie dich im Wagen irgendwo am Set abstellte. Damals hab ich gehofft, dass sie ihre Leidenschaft hinter ihre Tochter stellt.« Sanft streicht er mir über die Haare. »Dass du spannend genug bist, um sie zu fesseln. Weißt du, sie wollte sich nie an eine Sache binden. Deswegen hat sie sich auch nie auf Hauptrollen beworben, sondern immer nur kleine Engagements angenommen. Sie hatte richtig Angst davor, lange an einem Ort zu arbeiten oder gar monatelang dieselbe Rolle darzustellen, obwohl sie es gekonnt hätte. Aber ich wollte mich nicht streiten, zumindest nicht, bis du in unser Leben gekommen bist.«

»Warum hast du mir das nie erzählt, Papa?«

Eine Weile sieht er mich nachdenklich an. »Du hast deine Mutter angehimmelt für all das Bunte, Aufregende und Besondere, das sie dir gegeben hat. Ich kam mir oft wie der Spielverderber vor. Deshalb wollte ich dir nach ihrem Tod nicht die schönen Erinnerungen nehmen.«

Ich spüre, wie mir die Tränen in die Augen steigen, schnell wische ich sie mit dem Handrücken fort. Auf den beiden Fotos, die mir geblieben sind, wirkt meine Mutter fröhlich und vor allem liebevoll. Bisher habe ich es als Geschenk, als eine Art Vermächtnis betrachtet, dass sie mit mir die Begeisterung für den Film teilte.

Dafür wurde mein Vater all die Jahre zum Bösewicht, um mir diese heile Welt zu bewahren. Ohne die fehlenden Mosaiksteinchen in meiner Erinnerung hatte ich ein völlig falsches Bild von meinen Eltern, gestehe ich mir ein.

Wie von selbst fängt mein Vater erneut an. Die Worte strömen nur so heraus, nachdem der Damm einmal gebrochen ist. »Ich erinnere mich noch an einen Abend, kurz bevor sie starb. Ich machte Überstunden, gerade hatte ich die Abteilung gewechselt und musste mich gegen die Konkurrenz beweisen. Als ich deine Mutter nicht erreichen konnte, hinterließ ich eine Nachricht auf dem Anrufbeantworter. Ich dachte mir nichts dabei, schließlich war man damals nicht ständig erreichbar. Als ich dann kurz vor Mitternacht nach Hause kam, bin ich fast gestorben vor Angst. Deine Mutter war nicht da, du hast nicht in deinem Bett geschlafen, kein Zettel, keine Nachricht. Olaf konnte mir auch nicht weiterhelfen.«

»Was ist passiert?«

»Sie hat dich mit auf eine Filmpremiere genommen, für die sie von der Produktionsfirma Karten geschenkt bekommen hatte. Du warst sieben Jahre alt. Hattest am nächsten Morgen Schule, und die Ausrede, dass du im Kino geschlafen hast ... Hätte ich das gewusst, wäre ich nach Hause gekommen. Doch deine Mutter hatte immer ihren eigenen Kopf, und den setzte sie durch, ohne dabei Rücksicht zu nehmen. Auf mich sowieso nicht, aber auch nicht, was dich betraf.«

Ich habe ihm vorgeworfen, dass er nicht weiß, was Familie bedeutet. Wie habe ich mich geirrt. Gerade weil er als Kind keine hatte, beschützt er seine eigene umso mehr. Ich schäme mich, all seine Handlungen falsch gedeutet zu haben. Er wollte mir nichts wegnehmen. Ich habe lediglich nicht erkannt, wie viel er mir gab.

Mein Vater seufzt tief und zwingt sich weiterzusprechen. »Ich war so wütend auf sie. Wir haben nur noch gestritten, in jeder Minute, in der du es nicht hören konntest. Nur durch Zufall hatte ich ein paar Wochen vorher herausgefunden, dass sie eine Affäre mit einem Regisseur hatte. Zunächst behauptete sie, dass er einfach nur ein interessanter Mann wäre, mit dem sie über alles reden könne, aber ...«

Was im Umkehrschluss heißt, dass meine Eltern das nicht mehr konnten.

»An dem Abend hat sie uns verlassen, einfach die Koffer gepackt und ist zu ihm gezogen.«

Mir fehlen die Worte, daher kann ich meinen Vater nur schockiert anstarren. Wie kann es sein, dass ich davon keinen Schimmer hatte?

Wie zur Beruhigung legt er seine Hand auf meinen Arm. »Du solltest nichts davon mitbekommen«, sagt er, als ahnte er meine Frage. »Unsere Beziehung war da schon längst kaputt. Eigentlich wird das Leben mit einem Kind ruhiger und auf eine neue Weise spannend. Doch deine Mutter wollte nie einsehen, dass du Hausaufgaben machen musstest, dass du einen geregelten Tagesablauf brauchtest. Stattdessen hat sie dich hinter meinem Rücken immer wieder aus der Schule genommen, damit sie zu ihren Drehs konnte, die ja meistens den ganzen Tag gedauert haben. Mir ist es erst aufgefallen, als dich niemand mehr zu Geburtstagsfeiern oder zum Spielen einlud. Damals hattest du nur Erwachsene als Freunde.«

Bei seinen Worten steigt eine Vielzahl von konfusen Bildern in meinem Gedächtnis auf. Wie Schnappschüsse tauchen unzählige Wohnwagen, einer bunter und verrückter dekoriert als der nächste, vor meinem geistigen Auge auf. Die Bewohner wechseln wie bei einem Kaleidoskop, Männer, Frauen, Dicke, Dünne, sie bringen mich zum Lachen, spielen mit mir oder erzählen abenteuerliche Geschichten. Plötzlich erinnere ich mich an Seen, Wälder, fremde Städte und Kostümfeste, zu denen ich mit meiner Mutter gereist bin. Erinnere mich, wie sie meine Hand hielt, mich den Bewohnern des Zauberreiches vorstellte.

Ob das all die Momente sind, in denen sie mich bei jemand anderem in Obhut gab?

»Warum hast du alle Erinnerungen an sie verschwinden lassen?«, frage ich dennoch.

»Es schmerzte zu sehr. Außerdem hast du nach ihrem Tod angefangen, die Wirklichkeit mit den Filmsets, die du besucht hattest, zu vermischen.«

Kurz und präzise. Das entspricht meinem Vater.

»Ich wollte nicht, dass du sie vergisst, aber du musstest Abstand gewinnen. Wir beide.« Schwerfällig senkt er den Kopf und richtet den Blick zu Boden. »Obwohl du mit ihrem Tod fast besser umgegangen bist als ich, hab ich dich an eine andere Grundschule geschickt, um neu anzufangen. In deiner alten haben die anderen Kinder dich wegen deiner Geschichten als Lügnerin bezeichnet. Offiziell warst du sehr oft krank gemeldet und deshalb nicht in der Schule.«

Selbst wenn ich mich auf diese Zeit konzentriere, kommt mir nur meine riesige, knallpinke Schultüte in den Sinn. Der Rest bleibt verschwommen.

»Es war die richtige Entscheidung. Du hast wieder neue Freunde gefunden, in deinem Alter. Hast mir von einem Jungen erzählt, mit dem du gewettet hast, wer ein Stück Kleber essen würde. Oder dass du Lisa kennengelernt hast, die gleich zwei ältere Mitschüler verprügelte, weil sie dich ärgerten.«

Seit Langem nehme ich meinen Vater einfach in den Arm und halte ihn eng umschlungen. »Tut mir leid«, schniefe ich.

»Ich habe vor Jahren ein schönes Zitat gelesen, Krümel.« Beruhigend streicht er mir über den Rücken. »Die Liebe zu deinem Kind geht nur in eine Richtung: nach vorne.«

»Jetzt muss ich erst recht heulen.« Und ich umarme ihn noch fester.

Ich heule nicht nur, ich flenne ziemlich hemmungslos, bis sich all der aufgestaute Zorn der letzten Wochen verflüchtigt. Beim Gedanken an all die unbegründeten Vorwürfe, die ich meinem Vater entgegengeschleudert habe, schießen die wasserfallartigen Tränen gleich wieder hervor. Vermutlich kann ich mich gar nicht oft genug entschuldigen für das, was dieses gewaltige Missverständnis angerichtet hat. Aber ich vertraue darauf, dass mein Vater mich versteht.

»Eigentlich«, murmle ich nach einer Weile, »habe ich mich total gefreut, dir von dem Wettbewerb zu erzählen. Dass der Sieger ein Praktikum gewinnt.« Mein Vater hört mir aufmerksam zu, als ich ihm von der Chance berichte, ins Babelsberger Archiv zu gelangen, und der Schnitzeljagd nach den Aufnahmen meiner Mutter. Woraufhin er mir ein mildes Lächeln schenkt. Ich hatte eher mit einer Standpauke gerechnet, dass er mir den Wettbewerb ausreden möchte.

»Willst du die Filme sehen, wenn es klappt? Ich werde den Prof so lange nerven, bis ich mir Kopien machen darf.«

Er schüttelt den Kopf.

»Aber du verbietest es mir nicht?«

»Nein, das könnte ich auch nicht, oder?«, erwidert mein Vater. »Meine Angst hat mich blind gemacht, ich hab nicht einsehen wollen, dass du erwachsen genug bist, beide Seiten deiner Mutter zu kennen.«

»Zumal deine Ängste unbegründet sind. Ich will überhaupt nicht schauspielern.« Ich zwirbele meine violette Strähne um einen Finger und suche nach den richtigen Worten. »Kritiken über Filme zu schreiben, so wie ich es für den Blog mache, finde ich total interessant. Vielleicht arbeite ich irgendwann für den Kulturteil einer Zeitung. Oder werde Eventmanagerin, ich würde zu gern die ComicCon 2025 organisieren.«

Weder der Weg meines Vaters, mit der Trauer umzugehen, noch mein eigener waren ideal. Gemeinsam könnten wir es aber schaffen, solange wir uns nicht mehr von der Vergangenheit beherrschen lassen.

»Letzte Frage für heute«, sage ich. Allein um die Informationen sacken zu lassen. »Warum hast du dir nie eine Freundin gesucht?«

Er zögert einen Moment, in dem ich mich zurück in seine Umarmung schleiche. Ein ungewohntes Gefühl, doch genauso schön wie früher, als ich noch ein kleines Kind war.

»Manchmal wache ich morgens mit dem Gedanken auf, dass deine Mutter schon zum Set aufgebrochen ist und deswegen das Bett neben mir leer ist. Bis ich mich der Realität entsinne. Es wäre nicht fair, mich neu zu binden, wenn ich sie noch nicht loslassen kann.«

Und mit dieser traurigen Offenbarung wird mir bewusst, wie ähnlich wir uns doch sind.

25. MÄRZ, 15:12 UHR, veröffentlicht von moviesonmymind

– WÄR MEIN LEBEN EIN FILM, WÄR ES NICHT REAL –
Ein Film zeigt nicht die Wirklichkeit, sondern wie es sein könnte. Ich stelle mir so oft vor, wie etwas sein könnte. Mindestens dreimal täglich. Wie etwas sein könnte, ist immer schöner, als es wirklich ist. Wir wollen die große Liebe finden, in eine Fantasiewelt abtauchen oder der beste Detektiv der Welt sein.
Vor Kurzem hab ich herausgefunden, dass meine Mutter geschauspielert hat. Ob ich sie durch ihre Filme wieder in mein Leben holen kann?, hab ich mich gefragt. Ich erinnere mich kaum noch an sie.

Doch das funktioniert nicht. Nicht so richtig jedenfalls. Ich finde eher Leute, die von ihren Filmen begeistert waren oder mir schreiben, dass ich meine Suche nicht aufgeben darf. Es ist nur dieses »Wie etwas sein könnte«. Wie könnte es sein, wenn sie mich anlächelt, wenn sie einen Flechtkorb auf einem Mittelaltermarkt verkauft.
Gleichzeitig ist diese Suche ziemlich idiotisch. Nichts kann ihren Unfall ungeschehen machen, nichts kann sie mir zurückgeben. Auch nicht der Film. Egal, wie sehr ich es mir auch wünsche.
Und obwohl es idiotisch ist, kann ich nicht aufgeben. Gerade weil ich es mir so sehr wünsche.
Wisst ihr, wenn dieser Blog hier unser Schulprojekt gewinnt, winkt ein Praktikum bei der Babelsberger Filmuniversität, winkt der Einlass in ein Archiv mit unzähligen und noch mehr Filmen – auch die von meiner Mutter. Doch kann ich nicht allein gewinnen, ich brauche eure Hilfe.
Ich kann es nicht allein schaffen. Genauso wenig, wie ein Film von einer einzelnen Person erschaffen wird. Seid meine Crew, helft mir, die Aufnahmen meiner Mutter zu finden. Helft mir, indem ihr kommentiert, liked, teilt und mit mir *moviesonmymind* in die digitale Welt hinaustragt.
Der aktivste Blog meiner Medienklasse gewinnt.
Deadline ist der 2. April, 23:59 Uhr.

Eure Jess von moviesonmymind

16. Kapitel

Die nächsten Tage schwebe ich auf Wolken.

Ich habe meine Jahreskarte und den Netflix-Account zurück und die grünen Converse sehen an meinen Füßen nahezu magisch aus. Ganz zu schweigen davon, dass ich auf die Abzüge der Fotos warte. Mein Vater und ich haben eine Reihe von Bilderrahmen zusammen ausgesucht, damit wir sie aufhängen können.

Mittlerweile bedränge ich ihn nicht mehr mit Fragen, selbst wenn mir noch Tausende einfallen. Dafür spricht er von allein über meine Mutter. Erzählt kleine Geschichten. Dass sie es nicht schaffte, den Einkaufszettel einzustecken, aber blind Blütengirlanden flechten konnte.

Ich bin so froh, dass ich nicht mehr rätseln muss, warum mein Vater und ich keine Gemeinsamkeiten haben, sondern dass wir jetzt welche entdecken. Immerhin habe ich ihn mit einer Dokumentation zu *Captain Calderon* überrascht, die das Leben der Fans der letzten fünfundzwanzig Jahre zeigte. Obwohl ich ihm hin und wieder erklären musste, wer die einzelnen Figuren sind, die die Leute angesprochen haben, sah er sie bis zum Ende mit mir an.

Vielleicht besorge ich mir sogar zum Sommer einen Badeanzug. Die Schwimmbegeisterte bin ich zwar nicht, aber er würde sich bestimmt freuen, wenn ich am Beckenrand sitze und – keine Ahnung – seine Rundenzeiten notiere.

Ich glaube nicht mehr, dass mein Vater durch das Schwimmen vor mir die Flucht ergreift, sondern sehe es jetzt lediglich als das, was es ist: sein Hobby.

Genauso wenig werfe ich ihm seine seltsamen Arbeitszeiten vor.

Das sind aber nicht die einzigen Gründe, warum ich in so fröhlicher Stimmung bin.

Moviesonmymind läuft. Brummt. Wird immer bekannter.

Während ich mich um neue Einträge kümmere, setzt Lisa ihren Schlachtplan in die Tat um. Wie ein General und eine Armee in einem Menschen vereint, ist sie eine Furcht einflößende Streitmacht.

»Wir kriegen dieses Praktikum«, verkündet Lisa praktisch jedes Mal, wenn wir am Blog arbeiten.

»Sicher, wir zeigen es Antonia«, stimme ich zuversichtlich mit ein, allerdings nicht ganz so überzeugt. »Ich verkrieche mich dann in die Archive, und was ist mit dir?«

»Vielleicht brauchen die eine Stuntfrau«, freut sich Lisa. »Das hätte was. Ich darf Bösewichte vermöbeln, leider unechte Schwerter schwingen und Autos in die Luft jagen.«

»Von hohen Gebäuden springen.«

Sie grunzt ihr Kriegerlachen. »Mich von Brücken abseilen.«

»Adrenalinjunkie.«

»Und? Was ist schlimm daran?« Sie überlegt einen Moment. »Sollte etwas schiefgehen und ich mir den Arm brechen, musst du mir eins versprechen.«

»Wenn wir das Praktikum gewinnen, mache ich alles. Ich nenne dich sogar bei deinem bescheuerten Elbennamen.«

»Nessa Faelivrin. Das ist übrigens nicht bescheuert!« Meine Freundin verschränkt mit einem Grunzen die Arme. »Du musst dann ja für mich mitschreiben und deshalb musst du in meine Kurse wechseln.«

»Provozier das aber nicht.«

»Nie.«

Ganz glaube ich ihr das nicht.

Trotz allem habe ich die Macht eines guten Netzwerks unterschätzt. Viele Blogger, die sich auch mit dem Thema Film beschäftigen, haben *moviesonmymind* inzwischen abonniert. Sobald ein neuer Artikel erscheint, erhalten sie eine Benachrichtigung, kommen praktisch von allein auf unsere Seite, kommentieren, teilen. Im Gegenzug lesen wir die Sachen der anderen und diskutieren ebenfalls mit.

Antonia müllt ihren Blog weiterhin mit hohlen Klatschnachrichten und einer Flut an hirnlosen Kommentaren zu. Deshalb hoffe ich auf Herrn Bornbachs Bewertungssystem. Unsere Diskussionen sind inhaltsvoll und unsere Kommentare themenbezogen.

Und so treffe ich mich mit einem breiten Grinsen und einem beschwingten Schritt mit Marvin zu unserem nächsten Date. Oder besser gesagt, er verschleppt mich mal wieder, weil er mir auch dieses Mal den Ort nicht verraten wollte. So richtig mit Augenbinde setzt er mich in eine U-Bahn. Süß, obwohl ich ja die Ansagen der Stationen höre.

Ziel dieser geheimnisvollen Reise ist das Sportforum Hohenschönhausen. Obwohl es fast Ende März ist, hat Marvin eine Bahn gefunden, auf der wir Schlittschuh laufen können.

Schlittschuh laufen!! Reihenweise haben sich die Passanten nach mir umgesehen, als ich begeistert losquietschte.

Meine Freude verschwindet dafür schlagartig, als ich auf einer Bank am Eisring meine Schuhe abstreife. Ich reiße die Augen auf, kann nicht glauben, dass mir so ein Fehler unterlaufen ist. Am liebsten würde ich meine Füße verstecken, hab allerdings keine Idee, wie.

Und sterbe vor Scham.

Auf den Socken sind Pandas drauf. Pandas, die riesige Bambuszweige abknabbern.

»Die hast du noch?«, fragt Marvin unbeeindruckt und hält mir meine Schlittschuhe hin.

Ich traue mich kaum, zu antworten, ramme stattdessen meine Füße in die Schuhe. Kindersocken? Was denkt er jetzt von mir? Er möchte bestimmt eine Freundin, die hübscher ist, mehr Geschmack hat oder ...

»Fluffy, fluffy panda pandy«, stimmt Marvin an und beginnt zu lachen. »Die Serie war total lustig, aber ich krieg das Titellied nicht mehr hin.«

Verwirrt stoppe ich beim Binden der Schnürsenkel. Bin ich eigentlich bescheuert? Marvin hat diese Socken schon hundertmal gesehen, warum sollte ich mich also unwohl fühlen?

Bis mir etwas viel Bedeutenderes auffällt.

Ich hab ihm nicht meine Schuhgröße gesagt. Und doch passen die Schlittschuhe wie angegossen.

Es sind die kleinen Dinge, nicht wahr? Die Details machen einen guten Film zu einem besonderen.

Erneut merke ich, wie gut Marvin mich kennt.

»Fertig?«, fragt er und erhebt sich von der Bank.

»Kann losgehen.«

»Warte, ich hab noch was vergessen.« Plötzlich hält er mir einen seiner Pullover vor die Nase. »Du wusstest ja nicht, wo es hingeht, und ohne erfrierst du mir wahrscheinlich.«

Mein Lächeln kehrt zurück, während ich Richtung Eislaufbahn stakse. Kurz vor dem Saisonende ist die Fläche fast leer. Bis auf eine Gruppe Grundschüler, die lärmend und tobend übers Eis jagt, höre ich nur die Musik der Hallenlautsprecher. Dafür verliebe ich mich wieder in den Geruch des Eises und das Glitzern der Beleuchtung, die sich auf der Oberfläche spiegelt.

Die ersten zwei Abstöße sind wacklig, danach kommt das vertraute Gefühl zurück. Das Eis gleitet unter meinen Füßen hinweg – das ist wie Fliegen! Mit einem Lächeln nehme ich Anlauf und ziehe eine lange Kurve.

Ich werde niemals auf Absätzen so grazil laufen wie Antonia oder Michelle, aber ich beherrsche das hier. Den beiden würden die Augen rausfallen, darauf wette ich.

Bestimmt könnt ihr euch jetzt denken, was ich als Kind Winter für Winter mit meinem Vater gemacht habe.

Der Gedanke, dass er nicht mit mir Schlittschuh laufen wollte, schmerzte. Ich hatte mich mit der Vorstellung abgefunden, bis zum nächsten Winter zu warten. Nie wäre ich auf die Idee gekommen, dass Ende März noch Indoor-Bahnen geöffnet haben könnten.

Marvin jedoch schon.

Wie konnte ich all die Kleinigkeiten, die seine Gefühle

widerspiegelten, übersehen?, frage ich mich bestimmt zum hundertsten Male. Und wo bleibt Marvin überhaupt?

Schwungvoll mache ich eine Drehung und entdecke meinen Freund an der Bande. Seine Hand hebt und senkt sich über den Rahmen, als wolle er sich festhalten und mir gleichzeitig folgen.

Ich ziehe die Augenbrauen hoch und fahre zu ihm zurück.

»Alles in Ordnung?«

»Ja«, meint er, konzentriert auf seine Füße starrend. »Ist nur eine Weile her.«

»Komm, ich helfe dir.« Schnell hake ich mich bei ihm unter und führe ihn von der Bande weg. Marvin setzt eher einen Fuß vor den anderen, anstatt zu gleiten. So feinfühlig er mit seinem Joystick umgeht, umso weniger Gleichgewicht besitzt er nun. Wacklig wie auf einem dünnen Seil, gespannt über einer tiefen, tiefen Schlucht, versucht er, vorwärtszukommen.

»Wenn du nicht laufen kannst«, frage ich, während ich eine Runde um ihn drehe, »warum sind wir dann hier?«

»Wolltest du nicht unbedingt eislaufen?« Kurz blickt er mir direkt in die Augen und lächelt verkrampft. »Die Show dient rein zu deiner Unterhaltung. Gleich wirst du meinen Staub schlucken.«

»Staub? Was für Staub?«, scherze ich.

»Reif? Das klein geriebene Eiszeugs. Du wirst mein selbst gemachtes Schlittschuh-Slushy-Eis schmecken.«

Marvin macht einen weiteren Schritt, bewegt sich vielleicht fünf Zentimeter und erstarrt zur Litfaßsäule. Ein paar Grundschüler umrunden uns mit einem Höllentempo, ihre Schals flattern im Fahrtwind.

Grinsend beobachte ich, wie Marvin den Atem anhält und die Augen fest zusammenpresst. Bis er sich plötzlich entspannt und den linken Arm ausstreckt, als würden magische Schneeflocken darauf tänzen. »Ich lass los«, murmelt er, woraufhin er mit dem rechten durch die Luft rudert. »Lass jetzt los. Die Kraft, sie ist ...«

Er setzt zum nächsten Schritt an, verliert das Gleichgewicht und kracht auf seinen Hintern.

Während ich mich vor Lachen schüttele, ziehe ich ihn wieder auf die Füße.

»Ich stehe. Reicht das?«

»Es heißt Schlittschuhlaufen«, scherze ich. »Nicht Schlittschuhstehen, Eiskönigin.«

Ich stemme die Hände gegen seine Brust und schiebe. Zunächst sanft, bis er in Bewegung gerät, dann laufe ich schneller und schneller.

»Jess!«, warnt er.

Doch ich ignoriere das ängstliche Aufflackern in seinen Augen, als er rückwärts an Tempo gewinnt.

»Wir krachen noch irgendwo gegen.«

»Tun wir nicht. Vertrau mir.« Zwar sehe ich nur bedingt, wohin es geht, aber die anderen werden uns schon ausweichen. »Lass los, Marvin, und genieß die Fahrt.«

Mit einem Schubs schlittert er ein paar Meter. Er hält mich mit einem halb erschrockenen, halb belustigten Blick fest. Bevor er das Gleichgewicht verliert und erneut zu Boden kracht.

Auf dem Eis sitzend schaut Marvin zu mir hoch, als ich problemlos vor ihm stoppe.

»Es wird nach den nächsten Runden leichter.« Auffordernd strecke ich ihm die Hand hin.

Anstatt sich mit meiner Hilfe hochzuziehen, zieht er mich zu sich runter, und ich lande auf ihm.

»Das war anstrengend genug, ich brauche eine Pause.«

Ich setze mich auf, bleibe jedoch vor Marvin hocken. Mein Schal hat sich gelöst, und als er ihn wieder um meinen Hals legt, streifen seine warmen Finger kurz meine Wange.

Vor nicht allzu langer Zeit grübelte ich, wie ein Date im Film verlaufen würde. Wie es wäre, wenn mein Prince Charming und ich unsere erste schicksalhafte Begegnung haben? Doch wer braucht schon einen Prinzen? Marvin kennt mich wie kein anderer. Mit ihm kann ich stundenlang Videospiele zocken, mit einem Haufen Decken unser eigenes Königreich aufbauen. Wenn ich zur kommenden Convention als Superhelden-Team erscheinen wollte, er wäre sofort mit von der Partie. Wir verstehen uns blind und haben uns eigentlich noch nie richtig gefetzt. Geärgert, aber nie so zerstritten, dass wir den anderen nicht im selben Raum ertrugen.

Wer braucht den Himmel voller Geigen oder haufenweise Feuerwerk? Das sind nur flüchtige Momente, dagegen ist das Kraftfeld, das Marvin und mich umschließt, unendlich viel stärker. Einerseits schirmt es mich vor den kleinen und großen Katastrophen ab. Andererseits lässt es mich oft genug ignorieren, dass abgesehen von unserer eigenen Welt ein gewaltiges Universum auf uns wartet.

»Alles in Ordnung?« Eine Schlittschuhläuferin stoppt vor uns und mustert uns aufmerksam.

Marvin gibt sich Mühe, auf die Füße zu kommen, rutscht jedoch gleich wieder weg.

»Sie ist eine miserable Lehrerin.«

»Du bist ein miserabler Schüler«, widerspreche ich. »Du solltest nicht sofort auf Eiskönigin machen.«

Mit einem Grinsen verschwindet die Frau und lässt uns allein. Ich schiebe Marvin eher zur Bande, als dass er selbst fährt.

Wie würde Lisa sagen? Das Abenteuer beginnt, wenn man den ersten Schritt aus der Tür wagt. Keine Ahnung, was Prince Charming anstellen würde, aber Marvin würde mir die Hand hinhalten und mit mir jede Reise bestehen.

Kaum, dass er festen Halt hat, lege ich die Arme um ihn und ziehe ihn für einen Kuss zu mir runter. Ich spüre, dass die anderen Besucher zu uns rüberschauen, doch ich verstecke mich nicht mehr, ich mag nicht mehr zweifeln. Sollen sie schauen, sollen sie reden, ist mir mittlerweile egal. Denn dieser Kuss ist genau das, was ich von Herzen will.

»Hab ich mich auf der kurzen Strecke so immens verbessert, dass ich mir eine Belohnung verdient habe?«, scherzt Marvin, als ich nach Luft schnappe.

»Nein.« Ich presse flüchtig die Lippen auf seine. »Der dient der Motivation.«

Nach zwei weiteren Runden um die Bande hält Marvin sich halbwegs aufrecht. Ich könnte seine Hand loslassen, aber alles in mir sträubt sich, die ineinander verschränkten Finger zu lösen.

Obwohl ich mich dazu entschieden habe, mein Leben nicht mehr nach Filmen zu bewerten und umschreiben zu wollen, funktioniert eine Regel immer. Im Film wie im Leben: Nach einem Moment puren Glücks, in dem die Zeit stehen bleibt und du das Gefühl hast, dass dir alles gelingt, passiert etwas Schreckliches. Ein letzter Wendepunkt, ehe das glückliche oder das tragische Ende eintritt.

Meine Katastrophe beginnt mit dem Klingeln meines Smartphones. Ein fröhliches Zwergentrinklied schallt über die Musik der Eislaufanlage und ich stoppe überrascht in meiner Bewegung.

Da Lisa zu hunderttausend Prozent weiß, dass ich mit Marvin unterwegs bin, kann es sich nur um einen Notfall handeln. Sonst würde sie nicht stören und sich irgendwie bis zum Abend gedulden. Auch wenn es ihr schwerfällt und sie vermutlich im Fünf-Minuten-Takt Nachrichten oder ein Foto erwartet.

Zu spät fische ich mein Smartphone aus der Tasche meines Parkas. Bevor ich Lisa zurückrufe, klingelt sie bereits wieder durch.

»Ich hab nichts falsch gemacht!«, lautet ihre Begrüßung.

»Warum rufst du dann an?«, feuere ich zurück und halte das Telefon so, dass Marvin mithören kann.

»Weil, na, weil ... wie soll ich es sagen? Mist, also, ich hab echt nichts falsch gemacht, aber es geht nichts mehr. Ich hab alles versucht, nur bin ich so ziemlich mit meinen Ideen am Ende. Hilfe! Ich ergebe mich und flehe um Unterstützung. Kommt und rettet mich!«

»Langsam.« Marvin wirft mir einen fragenden Blick zu,

muss sich jedoch auf sein Gleichgewicht konzentrieren. »Ich verstehe kein Wort, Lisa.«

»Nicht Lisa, sondern – ach, egal, dafür haben wir gerade keine Zeit!«, schimpft meine Freundin. Etwas wirklich Schlimmes muss passiert sein, wenn sie freiwillig auf ihren Elbennamen verzichtet. »*Moviesonmymind* ist kaputt.«

»Wie kaputt?«

»Kaputt kaputt. Im Sinne von: Nichts geht mehr.«

Ich blinzle, meine Finger verkrampfen, doch weigere ich mich zunächst, die Worte zu verstehen. »Was hast du gemacht?«, flüstere ich.

»Nichts!«, erschallt prompt die Antwort. »Wirklich!«

»Warum funktioniert dann der Blog nicht mehr?«

Lisa brummelt etwas in ihren nicht vorhandenen Zwergenbart, ehe sie fortfährt: »So, wie du es mir auftragen hast, wollte ich kontrollieren, ob wir neue Updates ziehen müssen, und auf die Kommentare reagieren.«

»Das *solltest* du tun, und was hast du in Wirklichkeit gemacht?«

»Nichts! Ich habe die Plug-ins aktualisiert und dann war alles verschwunden.«

»Wie, alles?« Das kann nicht ihr Ernst sein, oder? »Was meinst du mit *alles*? Hör auf, drum herumzureden.«

»Jess, bitte, muss ich es dir vorkauen?« Plötzlich schleicht sich ein weinerlicher Unterton in ihre Stimme. Wann war Lisa je unsicher? Ich kann mich nicht erinnern. »Es tut mir leid! Ich weiß nicht, was passiert ist, aber es tut mir leid! Das Design, das Menü«, jammert sie am Telefon, »die Artikel, die Kommentare ... weg.«

Die Arbeit der letzten Wochen. Der gelbe Backsteinweg in das Schloss des Filmzaubers.

Wenn der Blog kaputt ist, haben wir keine Chance. Wie soll ich Antonia besiegen, wenn meine Waffe nicht geladen ist? Ich auf einmal gar keine Waffe mehr besitze?

Lisa sagt noch etwas, doch ich höre kaum zu. Stattdessen lasse ich das Telefon sinken und starre auf das Display. Denke an den Kuss und die Ausgelassenheit von gerade eben zurück. Dieser Moment fühlt sich Lichtjahre entfernt an.

Da nimmt Marvin mir das Smartphone aus den Händen. »Sekunde, Lisa, ich brauche festen Boden unter den Füßen.«

Ich beobachte, wie Marvin auf der anderen Rückseite der Bande über die Gummimatten entlangwatschelt, bis er mir wieder gegenübersteht. »Schlittschuh laufen«, stillt er wahrheitsgemäß Lisas Neugier, wo wir gerade sind. »Lach nicht. Beantworte mir lieber ein paar Fragen, und zwar ehrlich. Ich bekomme es so oder so raus, wenn du was angestellt hast.«

Marvin will nach meiner Hand greifen, aber ich entziehe mich ihm, stoße mich von der Bande ab und lasse mich treiben. Meine Beine agieren von selbst, links, rechts, links, rechts ... Längst hab ich auf Automatik umgestellt.

Mein Blick heftet sich auf die Eisfläche in der Ferne und wie ein schlecht programmiertes Hologramm flackert ein Bild meiner Mutter vor mir auf. Ich sehe, wie sie ihre Lippen stumm bewegt, die Arme ausstreckt, als wolle sie mich zu sich lotsen. So, wie ich es mir hundertfach gewünscht habe.

Doch in der Sekunde, in der ich sie erreiche, verblasst mein Tagtraum. War es ebenfalls nur ein Traum, den Wettbewerb und somit das Praktikum in Babelsberg zu gewinnen?

»Jess!«

Ohne den Blog verlieren wir den Wettbewerb. Diese Niederlage schmerzt, als hätte ich meine Mutter ein zweites Mal verloren. Nur dieses Mal trage ich die Schuld. Was habe ich übersehen? Hätte ich den Erklärungen von Bornbach und Marvin besser zuhören sollen?

»Captain Calderon stirbt am Ende der zwölften Staffel!«

»Zum Teufel, was?« Abrupt bleibe ich stehen, stolpere fast über meine eigenen Füße.

Marvin schenkt mir ein Grinsen. Er hat mich reingelegt, dafür meine Aufmerksamkeit erlangt. »Ich hab doch keine Chance, dich mit den Dingern an den Füßen einzuholen. Außer ich leg mich als Hindernis in deine Bahn«, gesteht er und streckt mir die Hand entgegen, damit ich den Eisring verlasse.

Nicht, dass ich das vorhabe. Ich möchte Runde um Runde drehen, meinen Gedanken nachhängen und vergessen, dass das Filmarchiv Babelsberg in unerreichbare Ferne gerückt ist.

Nur, dass Vergessen nichts ändert.

»Krisensitzung in einer Stunde. Wir treffen uns mit Lisa bei dir.«

»Und wofür?«, frage ich.

Er hält mir immer noch die Hand hin. »Das erkläre ich dir unterwegs.«

17. Kapitel

»Ich sag dir, das war Antonia!«

Lisa begrüßt mich mit den Füßen aufstampfend vor meiner Haustür. »Das muss sie einfach gewesen sein!«

»Hi.« Ich schließe sie in die Arme, bevor ich meinen Schlüsselbund hervorkrame. Die Abende sind bedeutend länger hell, dennoch verschwindet die Sonne bereits mit rosaroten Streifen hinter den Dächern. »Hast du Beweise dafür?«

Amüsiert lausche ich dem zornigen Kriegsgebrüll meiner Freundin. Auch ohne THX und Soundsystem rüttelt sie gerade das Haus wach. »Nein! Aber das ist nicht von Belang, weil nur sie es gewesen sein kann! So eine hinterhältige Attacke kurz vorm Ende des Wettbewerbs kann nur von ihr stammen. Sie muss die Hosen gehörig voll gehabt haben, wenn sie uns so sehr fürchtet. Aus Angst einen Konkurrenten hinterrücks niederstrecken, das ist doch genau ihr Stil. Glaub mir, wenn ich ihr Passwort rausbekomme, werd ich mich tausendfach rächen.«

»Du willst ihr Passwort knacken?«

»Das wird schon nicht so schwer sein. Fashionista oder so.«

»Lisa ... Das geht nicht.«

»Dein Gewissen soll ein Flammendämon grillen, Jess, sie hat es verdient, dass wir ihr den hinterlistigen Kopf abschlagen. Wo ist eigentlich Marvin?«, erschallt es als Zwischenfrage, als hätte sie sein Fehlen jetzt erst bemerkt.

Als Lisa tief Luft holt, schiebe ich schnell meine Antwort dazwischen: »Ausrüstung holen.«

»Ehrlich, es muss Antonia gewesen sein! Sie hat unser Passwort gehackt oder unseren Blog mit einem Virus belegt. Mein Vater erklärt mir immer, im Internet kann man einen Haufen gefährlicher Dinge anstellen, sie hat bestimmt ...«

»Dafür gibt es keine Beweise.«

»Doch, bei allem, was mir heilig ist, es war Antonia.«

»Erklär mir bitte erst mal, was los ist.«

Es dauert die gesamte Strecke vom Fahrstuhl bis in mein Zimmer, ehe ich Lisa entlocken kann, dass unsere sämtlichen Artikel gelöscht sind. Wenn man die URL des Blogs aufruft, bleibt alles weiß.

Kaum, dass Lisa sich auf meinem Bett mit Laptop und Keksen ausgebreitet hat, klingelt es an der Tür. »Ja, ja, renn nur zu deinem Schatz an die Tür«, ruft Lisa mir hinterher, worauf ich nur mit einem Lachen antworte.

Warum bin ich nicht erstarrt? Liege am Boden? Heule? Beklage mich? Oder verkrieche mich in meinen Tagträumen? Die Lösung erscheint mir fast zu simpel: Solange Marvin und Lisa an meiner Seite kämpfen, kann ich nicht verlieren. Ganz gleich, wie das Ergebnis am Ende aussieht.

Ich muss keine Superheldin sein, mit Cape und Maske ausgestattet. Brauche weder einen Röntgenblick noch Telepathie. Fliegen wäre schön, aber nur, weil die S-Bahn nie pünktlich fährt.

Diese Helden sind oft superschlau oder superstark, aus

einem anderen Blickwinkel betrachtet jedoch genauso menschlich wie jeder andere. Ich kann also meine eigene Art Superheld sein, indem ich mein Bestes gebe und mich vom Alltag nicht unterkriegen lasse.

Aufgeben ist keine Option. Wenn Superhelden mit dieser Einstellung Asteroiden umlenken, die Zeit zurückdrehen und der Welt immer wieder den Hintern retten, schaffe ich es damit auch, meine Probleme zu lösen.

Und mit diesem Entschluss reiße ich die Haustür so schwungvoll auf, dass Marvin vor Schreck zusammenzuckt.

»Sorry für die Verspätung.« Er lächelt milde, als wolle er mich aufheitern.

»Komm rein«, rufe ich und ziehe ihn mitsamt der Hardware, die er in den Armen hält, in den Flur.

Marvin fängt an, seinen Alienware-Laptop, ein zweites Gerät, Verlängerungskabel und Ersatzakkus zu verteilen, kaum dass er mein Zimmer betreten hat.

»Willst du hier einen Stützpunkt aufbauen?«, fragt Lisa erstaunt.

»So in der Art.«

»Klasse, dann hast du gelernt, wie man Viren programmiert?«

»Ich verschicke keine Viren.«

»Sei kein Spielverderber, Marvin!«

»Lisa. Keine Viren. Zum letzten Mal.«

Wir lassen Marvin sein Lager errichten. Weder Lisa noch ich kennen die Abläufe und wären eher hinderlich als hilfreich.

Auffordernd sieht Marvin mich an und streckt die Hand aus. »Dein Back-up, bitte.«

Lisa schießt in die Höhe. »Darauf bin ich gar nicht gekommen!«, freut sie sich. »Natürlich, so können wir den Blog retten!«

Mit zitternden Fingern hole ich den Schlüssel für die abgeschlossene Schublade meines Schreibtisches hervor, drehe ihn im Schloss, bis es sich mit einem Klicken öffnet. Auf einem Haufen sentimentalem Kram liegt ein schwarzer unscheinbarer USB-Stick. Jeder Artikel, jedes Bild sowie die Liste mit unseren Abonnenten ist auf diesem Stick gespeichert. 32 Gigabyte digitaler Daten, Fotos, Erinnerungen, die ich nicht verlieren will.

Der Absturz von Marvins Playstation war mir eine Lehre. Ebenso die Qualen im letzten Herbst, die fünfundzwanzigseitige Gruppenarbeit erneut abzutippen, nachdem meine Festplatte den Geist aufgegeben hatte.

»Ha!«, stößt Lisa aus. »Es ist gut, Untergebene zu haben, die an alles denken.«

»Ich kopiere die Daten, dann geht es an die Rekonstruktion der Seite«, erklärt Marvin, und ich lausche gebannt.

»Dann kannst du gleich die Tippfehler verbessern«, kommandiert Lisa. Kurz verziehe ich das Gesicht. Nichts Konstruktives beitragen, aber weiter Anweisungen erteilen.

»Du bist mein Held, Marvin.« Eine Welle Glücksgefühle überkommt mich, ich beuge mich vor und küsse ihn sanft. So langsam werde ich regelrecht süchtig danach.

Das schnappende Geräusch lässt uns auseinanderfahren. Vom Bett aus veranstaltet Lisa mit ihrem Smartphone eine wahre Fotosession. »Gnihihihi«, ihre Finger fliegen übers Display, »alle Kontakte ausgewählt und senden.«

»Konzentration«, mahnt Marvin.

»Sagt der Richtige.«

»Das diente der Motivation, Lisa.«

»Das Foto auch, eindeutig.«

Aus dem Flur dringt das Klirren der Schlüssel an meine Ohren, wer hätte gedacht, dass ich damit mal etwas Positives verbinde? Schnell mache ich mich auf, um meinen Vater zu begrüßen, zu fragen, wie sein Samstag verlaufen ist.

Ich treffe ihn auf halbem Weg im Flur, die Schwimmtasche noch über den Rücken geworfen.

»Hi, wie war ...«, setze ich an.

»Was ist mit eurem Blog passiert?«, unterbricht er mich jedoch.

»Kaputt.«

Mein Vater zeigt fast die gleichen Reaktionen wie ich ein paar Stunden zuvor. Wisst ihr schon, was los ist? Wie wollt ihr es wieder hinkriegen? Auf dem Weg in mein Zimmer berichte ich vom Back-up und dem Start des Rekonstruktionscamps.

»Wir arbeiten dran«, antwortet Marvin, der uns an der Tür entgegenkommt. »Aber wir könnten Ihre Hilfe brauchen.«

Unschlüssig sehe ich von einem zum anderen. Was hat Marvin vor?

»Es dauert ein Weilchen, bis alles wieder online ist«, schätze ich, was Marvin mit einem Nicken bestätigt. »Das heißt, wir haben noch bis Donnerstag um Mitternacht Zeit, die Klickzahlen und die Verbreitung hochzutreiben. Die Kommentare sind leider endgültig gelöscht.«

»Wie kann so etwas denn passieren?«, fragt mein Vater.

Das würde ich auch zu gern wissen!

»Ich hab einen Moment gebraucht, bevor ich auf die Lösung kam«, antwortet Marvin ruhig und schiebt sich seine Brille den Nasenrücken hoch. »Es waren zwei Plug-ins, die sich nach dem Update gegenseitig störten und deswegen alles lahmgelegt haben. Wenn wir diese austauschen, sollte es erst mal wieder funktionieren.«

Es klingt so simpel, doch sind die Auswirkungen schrecklich.

»Also war es gar nicht meine Schuld!« Lisa steckt den Kopf aus meiner Zimmertür und zieht einen Schmollmund. »Schicken wir Antonia trotzdem einen Virus? Einfach, weil sie's verdient hat?«

»Nei-hein«, wiederhole ich, um auf Nummer sicher zu gehen.

Unser Krisenstab wandert weiter in mein Zimmer. Ich kann mir das breite Lächeln nicht verkneifen, weil mein Vater uns folgt.

»Antonia mit ihren Gerüchten und Klatschmeldungen ist kein leichter Endgegner«, wirft Lisa vom Bett aus ein. »Ach, kommt schon!«

Marvin lächelt zuversichtlich und setzt sich wieder an unsere Laptop-Schaltzentrale. »Trotzdem schlagbar. Wir müssen einfach jedem, den wir kennen, von diesem Blog erzählen, ob er es hören will oder nicht. Ihn auf die Seite lotsen, zum Kommentieren bewegen und schließlich bitten, dass er es weitererzählt.«

Mein Vater fährt sich mit der Hand über den Nacken. »Ich kann es meinen Arbeitskollegen und den Leuten aus dem Schwimmbad sagen.«

»Jeder Einzelne hilft uns weiter.«

»Und Leo von unserem Lieblingsitaliener«, ergänze ich. »Und der Frau an der Supermarktkasse, die immer mit dir flirtet.«

Mein Vater runzelt fragend die Stirn, anscheinend ist ihm das noch gar nicht aufgefallen. Selbst als Lisa meine Vermutung bestätigt, scheint er nicht überzeugt.

»Ich rufe Olaf an«, zähle ich auf, »die Leute im Kino, und ich schreibe meine Filmforen an.«

»Die Elben werden dich unterstützen, meine Liebe.« Lisa schiebt sich die Ärmel hoch und lässt die Finger knacken. »Auf in den Kampf.« Mit ihrer Zwergen-Power ist also auch zu rechnen.

»Tom weiß Bescheid, er stößt morgen dazu.« Marvins Finger fliegen blind über die Tastatur des Laptops. »Deniz und Finn planen was für unseren Gaming-Channel bei YouTube, das wird allerdings frühestens Dienstag online gehen.«

»Deniz und Finn?«, wiederholt Lisa ungläubig.

»Solange wir Antonia eins auswischen, helfen sie gern. Seit *moviesonmymind* keine wehrlose Zielscheibe mehr ist, hat sie die beiden als Opfer ausgewählt.«

»Wie viele Follower habt ihr denn?«, hakt Lisa nach.

»So zwanzigtausend.«

Fast schon beruhigt lasse ich mich auf mein Bett fallen. Mit so einer Unterstützung habe ich nicht gerechnet. »Wir haben tatsächlich eine Chance.«

»Ja, haben wir.«

Ein breites Lächeln erscheint auf meinem Gesicht, und ich streiche mir die violette Strähne hinters Ohr, die mir immer wieder vor die Augen rutscht. »Worauf warten wir noch?«

»Ich helfe euch, wo ich kann.« Mein Vater holt sein Smartphone hervor. »Habt ihr Hunger?«

Wie zur Antwort knurrt Lisas Magen laut und deutlich. »Jede gute Schlacht beginnt mit dem Festmahl am Abend zuvor!«, freut sie sich.

Letztes Kapitel

Am Donnerstagabend, in den letzten Stunden vor der Deadline, errichten meine Freunde bei mir ein zweites Camp. Man könnte es auch mit einer LAN-Party verwechseln, wie wir da in Decken und Schlafsäcke eingewickelt mit unseren Laptops das Wohnzimmer belagern. Obwohl wir alle Register ziehen, die wir aufbieten können, rinnt uns die Zeit unerbittlich durch die Finger. Wie beim Silvestercountdown zählen wir gemeinsam die Sekunden runter und klappen dann die Geräte zu. »Das war's«, kommentiert Lisa schlicht. »Jetzt heißt es warten.«

Ich versuche abzuschalten, aber meine Gedanken laufen im Kreis und lassen mich nicht los, bis langsam der Morgen graut.

Selten habe ich einen Freitagnachmittag so herbeigesehnt wie den Tag der Gewinnerbekanntgabe, und gleichzeitig mir so sehr gewünscht, noch mehr Zeit zu haben. Ich wünschte, ich hätte drei weitere Wochen. Ich wünschte, Medien würde endlich beginnen. Ich wünschte, dieses Wünschen würde ein Ende finden.

Tom geleitet uns wie eine Eskorte zum Medienzentrum und verabschiedet sich ohne große Worte. Bevor wir die Schwelle überschreiten, halte ich inne, da mir ein absurder Gedanke kommt: Wir wären ein tolles Motiv für ein Kinoplakat. Vielleicht für ein Teenie-Fantasy-Abenteuer. Marvin und Lisa flankieren mich wie mein persönlicher Daten-Magier und meine Zwergenkriegerin, die alle Gegner in die Flucht schlägt. Nur was wäre dann ich? Vermutlich die verwegene Heldin, um die sich das Abenteuer dreht.

Da stupst Lisa mich vergleichsweise sanft in den Rücken und ich stolpere in den Raum.

Wieder schlägt mir Getuschel entgegen, doch daran hab ich mich inzwischen fast gewöhnt. Immerhin zerreißen sich alle den Mund über Marvin und mich, seit Lisas Foto von unserem Kuss die Runde macht.

Nicht nur das, auch Antonia lässt sich dazu herab, uns zu begrüßen.

»Na, hast du dich mit dem Trostpreis schon zufriedengegeben?«

»Noch steht der Gewinner nicht fest«, kommentiert Lisa gleichgültig und stampft zu unserem Tisch. Marvin zieht sich ebenfalls aus der Schusslinie.

»Was für ein Trostpreis?«, erwidere ich jedoch und würge innerlich bei ihrem Outfit. Sie hat sich in ein goldenes Glitzerkleidchen gehüllt, als wäre sie zu den Oscar-Verleihungen eingeladen. Der Rest des Kurses sieht aus wie immer. Müde und froh, wenn endlich Wochenende ist.

»Deine Beziehung mit Marvin kann man nur als Trostpreis bezeichnen. So kannst du dich wenigstens ein bisschen freuen, denn beim Wettbewerb hast du keine Chance.«

Bevor Antonia weiter über Marvin herzieht oder mich runtermacht, schlage ich zum Gegenangriff. »Hast du eigentlich einen festen Freund, Antonia?«, frage ich laut.

Sehr laut. »Einen, mit dem du länger als eine Woche zusammen warst?«

Ich muss nicht hinsehen, um zu wissen, dass alle uns beobachten. Genau das will ich ja.

Antonia schnaubt, überlegt, streicht ihr ach so tolles Haar zurück und setzt zu einer Antwort an: »Das geht dich nichts an, Freak!«

»Also nicht.« Ich nicke wissend. »Tja, vielleicht hast *du* nur die Trostpreise erwischt.«

Damit lasse ich sie stehen und eile zu meinem Platz. Mit einem Seufzer setze ich mich zu Lisa und hoffe, dass das für heute die letzte Auseinandersetzung gewesen ist. Der Gong ertönt genau in diesem Augenblick – wie zur Bestätigung.

Herr Bornbach beginnt die Stunde und wippt vor lauter Enthusiasmus mal wieder auf seinen Ballen. Schnell überfliege ich das an die Wand geworfene Bild, entdecke jedoch nur die Logos der Partner, die die Praktika sponsern.

Wäre ja auch zu schön, wenn die Gewinner dort schon ständen.

»Der große Tag ist gekommen!«, verkündet unser Lehrer feierlich. »Zunächst möchte ich mich bei euch bedanken. Es freut mich, wie gut dieses Projekt gelaufen ist, und jeder eurer Blogs erfüllt mich mit Stolz.«

Den Rest seiner Rede spule ich mal wieder vor. Stellt euch die längste Rede vor, die ihr in einem Film je gesehen habt. Ein ausführliches Abschlussplädoyer eines Anwalts, nur voller Begeisterung.

Dass Herr Bornbach tatsächlich stolz auf unsere Leistungen ist, glaube ich ihm aufs Wort. Dennoch habe ich vor

Ungeduld meine lila Strähne so sehr gezwirbelt, dass sie völlig verknotet ist.

»Und die Gewinner des Praktikums bei der Berliner Zeitung …«, Bornbach macht eine künstliche Pause, in der ich mich schlagartig wieder aufrecht hinsetze, »sind Marie und Hülya.«

Wir klatschen und beglückwünschen die beiden. »Oh mein Gott!«, quietschen sie vor Freude und fallen sich in die Arme.

Haben wir wirklich unser Bestes gegeben?, zweifele ich. Werde ich die Filme meiner Mutter finden? Oder ist die Suche doch zum Scheitern bestimmt? Wenn wir nicht gewinnen, welchen Schritt unternehme ich als Nächstes? Mit jeder weiteren Frage schlägt mein Herz schneller. Ich muss mir die Hände an meiner Jeans abwischen, weil sie schweißnass sind.

Jedes Jahr schaue ich mit Lisa die Oscarverleihung, und wir amüsieren uns darüber, wie die Nominierten reagieren. Wie sie vor Schreck die Augen aufreißen oder ihnen die Wut ins Gesicht geschrieben steht, wenn sie nicht gewinnen. Jetzt ist mir der Spaß daran vergangen. Mir schwirrt der Kopf, was ich machen soll, wenn wir gewinnen. Oder verlieren. Nein, wir verlieren nicht. Aber wenn wir gewinnen, was soll ich dann sagen? Mich bedanken? Aufstehen und verbeugen? Gibt es eine After-Show-Party?

»Wir sind dran«, flüstert Lisa und drückt aufmunternd meine Hand. »Es wird schon klappen.«

Als Nächstes kommt die Bekanntgabe, wer in der Kategorie »Film und Fernsehen« am besten abgeschnitten hat.

Meine Finger krampfen und ich umklammere Lisas Hand. Herr Bornbach soll endlich fortfahren, gleichzeitig möchte ich mir die Ohren zuhalten.

Bevor mein Lehrer etwas über die Arbeiten der Gruppen erzählen kann, erhebt sich Antonia.

»Danke für diese wunderbare Chance, Herr Bornbach«, sagt sie feierlich.

Verwundert sieht er sie an. Der Rest des Kurses behält Antonia im Auge. Skepsis und Unglauben mischen sich unter geflüsterte Gespräche.

»Michelle und ich freuen uns auf das Praktikum im Sommer und werden diese Wochen bestimmt als unvergesslich empfinden.«

Das geht zu weit!, schießt es mir durch den Kopf.

»Antonia«, meint Herr Bornbach streng, »du solltest nicht vorgreifen, sondern mich ausreden lassen. Das ist unhöflich gegenüber den anderen im Kurs.«

Lässig wirft sie sich die Locken über die Schulter und präsentiert ihr strahlendstes Siegerlächeln. Der Raum scheint in ihrem Umkreis heller zu werden. Oder meine Gedanken düsterer.

»Aber ich hab doch recht«, erwidert sie zuckersüß.

Herr Bornbach verneint es nicht.

Herr Bornbach verneint es nicht!!

Ich beiße mir auf die Zunge, weil meine Enttäuschung mich überwältigt. Am liebsten würde ich »Das ist nicht euer Ernst« schreien. Keine gute Idee, leider ...

»Ich danke meinen Fans für die Unterstützung, ihr wisst einfach, was das Beste ist.« Spult Antonia gerade eine

Dankesrede ab? »Natürlich werde ich euch weiterhin über die weltbewegenden Nachrichten auf dem Laufenden halten.«

Ich stütze den Kopf in den Handflächen auf, unsicher, ob ich traurig sein oder mich aufregen soll. Die Welt muss dem Untergang geweiht sein, wenn etwas so Belangloses wie eine Gerüchteküche mit einem Preis belohnt wird. Oder das ist der ultimative Beweis, warum hyperintelligente Alienkulturen keinen Kontakt zu uns aufnehmen.

Doch diese Gedanken dienen nur zur Ablenkung, sodass ich mich nicht damit auseinandersetzen muss, dass ich das Archiv vorerst nicht betreten werde.

Zur endgültigen Sicherheit kneife ich mir in den Arm. Einmal, zweimal. Autsch, tut das weh. Und leider befinde ich mich in keinem Tagtraum, den hätte ich mit dem Zwicken beendet. Stattdessen beobachte ich, wie Antonia sich verbeugt, ausführt, wie wunderbar ihr Blog ist, und Herrn Bornbachs Versuche einzugreifen einfach ignoriert.

»Antonia hat tatsächlich gewonnen?«, rutscht es mir heraus.

»Ehre, wem Ehre gebührt«, zirpt sie fröhlich.

»Genau«, echot Michelle.

»Hier gebührt eindeutig jemand anders Ehre«, wispert Lisa eine Aufmunterung.

Geknickt senke ich den Kopf, doch meine Freundin unterdrückt neben mir ein gehässiges Lachen. Eine seltsame Reaktion dafür, dass gerade unsere Niederlage bekanntgegeben wurde. Die anderen Schüler im Kurs beginnen Antonia halbherzig zu gratulieren, ansonsten würden sie sich selbst auf die Abschussliste setzen. Einige scheinen sich aber auch aufrichtig für die Gerüchteküche zu freuen.

»Lag es daran, dass *moviesonmymind* abgestürzt ist?«, frage ich meinen Lehrer.

Im Trubel gehen meine Worte fast unter, trotzdem gibt Herr Bornbach mir eine Antwort. »Nein, Jessica. Fehler passieren. Es ist nicht tragisch, dass ein Blog neu aufgespielt werden muss. Im Gegenteil. Die meisten Blogger müssen damit kämpfen, da Technik und Software einfach fehlerbelastet sind«, versucht er mich aufzumuntern.

Derweil genießt Antonia ihr Bad in der Menge und lobt sich selbst in höchsten Tönen.

»Sogar, wenn wir dadurch verlieren?«, hake ich nach.

»Mir ist euer Elan, den Blog wiederherzustellen, nicht entgangen. Dieses Engagement habe ich wohlwollend in eure Bewertung mit einfließen lassen. Immerhin habe ich in regelmäßigen Abständen Screenshots gemacht, um die Entwicklung der Seiten zu beurteilen. Es war zum Ende hin sehr knapp, Jessica.«

Ich fühle mich seltsam leer. Mein Kampfgeist ist verschwunden. Warum haben wir nicht den ersten Platz gemacht? Inwiefern war Antonias Gerüchteküche besser?

»Es reicht, Antonia«, greift Herr Bornbach ein. »Wenn du erlaubst, würde ich jetzt gerne mit meinem Unterricht weitermachen.«

»Vielen, vielen Dank«, schließt Antonia ab und wirft eine Kusshand in eine imaginäre Menge, bevor sie sich setzt.

Neben mir grunzt Lisa genervt, während ich einen Würgereflex unterdrücke.

»Die Gruppen des letzten Themas sind sicher höchst aufgeregt, wer diesen Sommer beim Deutschlandradio mitarbeiten darf.«

Da hebt Marvin die Hand. Aus dem Augenwinkel erkenne ich, dass er seine Nervosität nicht völlig verbergen kann. Rote Flecken kriechen ihm von den Ohren bis zu den Wangen und breiten sich immer weiter aus.

»Herr Bornbach?«

»Ja?«

»Ich dachte, Aufgabe war es, die Blogs selbstständig aufzubauen?«, fragt Marvin.

»Natürlich.« Unser Lehrer stutzt einen Moment. »Warum fragst du das?«

»Ist Ihnen nichts im Impressum von *Gossip of Girls* aufgefallen?«

Bevor ich mich wundere, worauf mein Freund hinaus will, spießt Antonia ihn mit einem zornigen Blick auf.

»Was meinst du?« Tatsächlich geht unser Lehrer zum Laptop und öffnet das Impressum. Ich blinzle, reibe mir über die Augen und verhindere gerade so, dass mir das Kinn runterklappt. Denn dort, wo bei allen anderen Blogs Name und Adresse unserer Schule stehen, prangt auf Antonias Blog ein Firmenname.

»Diese Webseite wurde von PixelDesign erstellt und betreut«, lese ich ungläubig vor.

Sogleich bricht Getuschel im Kurs aus, welches Herr Bornbach nun direkt unterbindet.

Davon lasse ich mich nicht aufhalten.

»Du hast geschummelt!«, fauche ich.

»Halt deine Klappe, Freak!«

»Eine Firma zu beauftragen, ist etwa kein Schummeln? Das ist ein Schulprojekt!«

»Ätzend, dass Verlierer sich immer so aufregen müssen. Jammer nicht rum, nur weil du nicht auf die Idee gekommen bist«, schießt Antonia zurück.

»Hast du deine Artikel überhaupt selbst geschrieben?«, erwidere ich gereizt. »Oder hast du dir das von anderen Seiten rauskopiert?«

Der beste Hinweis, dass ich auf der richtigen Spur bin, zeigt Antonias Verhalten. Sie ist nie um einen Spruch verlegen, schon gar nicht, wenn sie mich damit runtermachen kann. Doch jetzt schlägt sie nur elegant die Beine übereinander, richtet den Blick auf die Tafel und sagt: »Du störst die Bekanntgabe des letzten Gewinners, sei still, Verlierer.«

»Ich bin noch nicht fertig mit dir!«, rufe ich laut aus.

»Jessica, Antonia, hört auf.« Wir achten beide nicht auf den Einwurf unseres Lehrers.

»Du bist echt seltsam, Freak.«

»Na und? Das kratzt mich nicht. Weißt du, was deine blöde Gerüchteküche ist? Aufgeblasener Mist, da steckt nichts Wahres dahinter. Du hast bestimmt alle deine Berichte nur von anderen Seiten geklaut! Oder kennst du Madonna persönlich? Bist du mit den Schauspielerinnen essen gegangen, um so über ihren Magerwahn herzuziehen?«

Die Worte fliegen wie Gewehrkugeln durch das Medienzentrum. Wie Revolverhelden liefern wir uns ein Duell. High Noon. Jetzt wird abgerechnet.

»Hast du etwa alles ganz allein gemacht?«, holt Antonia zum entscheidenden Schlag aus und trifft mich damit unerwartet.

Ohne dass ich es verhindern kann, huscht mein Blick zu Marvin, der mittlerweile auf seinem Stuhl zusammengesunken ist.

»Du hast genauso geschummelt.«

Ich fühle, wie Lisa ihre tödliche Aura hochfährt, doch es ist Marvin, der antwortet: »Wir haben einander lediglich geholfen.«

»Tja«, Antonia zuckt mit den Schultern, »genau wie bei mir.«

»Das ist was völlig anderes«, maule ich. »Deine Seite sah immer aus, als hätten Profis sie programmiert, was ja wohl daran lag, dass es genauso war!«

»Beruhigt euch wieder«, versucht es Herr Bornbach erneut.

»Doping!«, stimmt nun Lisa mit ein. Bei jedem Satz schlägt sie die Faust in ihre Handfläche. »Eindeutig des Blog-Dopings überführt. Nutzung illegaler Mittel.«

»Wer sich nur zweitklassige Hilfe holt, wird nie gewinnen. Also wirklich, das ist lächerlich, ihr habt verloren, seht es ein und haltet die Klappe.«

Daraufhin schenkt sie Marvin einen eisigen Blick, der so viel besagt wie: »Den Rest deiner Schulzeit werde ich dir das Leben zur Hölle machen.«

Mein Freund rutscht auf seinem Stuhl ein Stückchen tiefer.

Ich hingegen will aufspringen und mich auf sie stürzen.

Oder ihr mit meinen Converse in den Hintern treten, aber Lisa hält mich am Arm fest.

Was ich nicht verstehe, ist, warum meine Freundin so gelassen bleibt. Sie müsste sich fuchsteufelswild aufregen und fluchen wie der Zwerg, der in ihr steckt. Stattdessen lächelt sie geheimnisvoll und spielt mit den Anhängern ihrer Kette.

Bevor ich Antonia eine Erwiderung an den Kopf werfen kann, geht unser Lehrer endgültig dazwischen. Laut knallt er das Kursbuch auf einen Tisch, sodass wir alle zusammenzucken.

»Jessica«, mahnt Herr Bornbach, den Blick immer noch auf seinen Laptop gerichtet. Antonia wirft ihre Haare über die Schulter und nimmt eine Siegerpose ein.

In der Hitze des Gefechts habe ich nicht bemerkt, dass Herr Bornbach sich durch eine Reihe von Webseiten über die Firma *PixelDesign* gelesen hat.

»Zunächst«, beginnt er, »war es nicht Sinn dieses Wettbewerbs, dass ihr die Zusammenarbeit dem Sieg unterordnet. Wie auch bei allen anderen Projekten ist es euch erlaubt, dass Mitschüler euch unterstützen.«

»Ha!«, triumphiere ich.

Antonia stört es nicht im Geringsten.

»Hilfe einer professionellen Firma, die für ihre Dienste bezahlt wird, steht jedoch in keinem Vergleich zu euch Schülern.«

Ich sehe – mit einer riesigen Portion Genugtuung –, wie Antonias Lächeln einfriert.

Im Kurs herrscht mittlerweile eine angespannte Stille, alle halten den Atem an.

Nun bin ich es, die sich zurücklehnt und das Schauspiel beobachtet.

»Sie haben nie gesagt, dass es verboten ist«, protestiert Antonia.

»Genau, das haben Sie nie gesagt«, stimmt Michelle ein.

Herr Bornbach lässt sich nicht abbringen. Mit einem Seufzen schließt er die Webseiten und verkündet: »Ich bin nicht davon ausgegangen, dass es eines solchen Hinweises bedarf. Ich werde euren Blog disqualifizieren.«

Antonias Aufschrei gleicht einer Harpyie, worauf ich besorgt zu Marvin hinübersehe. Fest rechne ich damit, dass sie ihm die Augen auskratzt oder mit den Absätzen ihrer Highheels erdolcht. Deniz und Finn hingegen weniger, sie klatschen Marvin anerkennend auf die Schulter, was Antonias Rachegelüste nur noch mehr anstacheln wird.

Die restlichen Kursmitglieder begreifen noch nicht, dass Antonias Kombination aus Aussehen, Beliebtheit und Intelligenz gerade geschlagen wurde. Von Marvin.

»Treffer.« Lisa lehnt sich ebenfalls genüsslich in ihrem Stuhl zurück. »Schiff vernichtend versenkt.«

Auf einmal kommt mir ein Gedanke, aber ich schaffe es nicht, ihn zu Ende zu führen.

»Sie haben längst den Gewinner bekannt gegeben«, wehrt Antonia sich zornig. »Sie können das nicht zurückziehen.«

»Doch.« Außerdem geht unser Lehrer sogar einen Schritt weiter. »Aber ihr erhaltet auch etwas für eure Mühen. Nach der Stunde könnt ihr euch auf ein Gespräch mit der Rektorin einstellen.«

»Das ist völlig ungerecht und übertrieben!«

Erneut meldet sich Marvin, in aller Ruhe. Ich hingegen will springen, tanzen, schreien und der Welt erzählen, dass wir es geschafft haben. »Wir haben es geschafft«, wispere ich Lisa zu, einfach weil es so wunderbar klingt.

»Ja, Marvin? Hast du eine weitere Entdeckung gemacht?«

»Nei-nein«, stammelt er. »Ich wollte nur nachfragen, ob ...«

Herr Bornbach unterbricht ihn schmunzelnd. »Dementsprechend haben natürlich Jessica und Lisa mit *moviesonmymind* gewonnen und erhalten das Praktikum an der Universität Babelsberg.«

Während Herr Bornbach die letzten Gewinner bekannt gibt, starre ich verzückt ins Leere. Ich verschwinde nicht in meinem Kopfkino, stattdessen umgibt mich eine Blase aus Zufriedenheit. Unglaublich, wie dicht Sieg und Niederlage beieinanderliegen. Unglaublich, was meine Freunde für mich heute riskiert haben. Unglaublich, dass ich mich in ein paar Wochen durch das Babelsberger Archiv wühlen könnte.

Unglaublich. Aber wahr.

»Du hast es bereits gewusst, oder?«, frage ich Lisa, kaum dass die Schulstunde vorbei ist. Ich will mich an Antonias Anblick weiden, wie sie von Herrn Bornbach zur Rektorin gebracht wird, doch meine Mitschüler versperren mir die Sicht. Obwohl es zum Wochenende geläutet hat, bleiben die meisten sitzen, um das mitzuerleben.

Manche filmen diesen historischen Moment sogar mit

ihren Smartphones. Der Sheriff sorgt in dieser Stadt endlich für Gerechtigkeit.

Meine Neugier siegt über meine Schadenfreude, also schlendere ich mit Lisa und Marvin zum Vordereingang, während die anderen Kursmitglieder noch das Unmögliche feiern. Draußen haben wir uns mit Tom verabredet.

»Verrate es mir«, bettele ich meine Freundin an. »Du musst es schon vorher gewusst haben.«

Lisa lacht gehässig. Letzten Endes hat nichts und niemand ihr den Gewinn streitig gemacht. Ich sehe förmlich den Goldrausch in ihren Augen aufblitzen. Lediglich Marvin wirkt ein wenig verschreckt. Als fürchte er, dass Antonia ihn hinterrücks überfallen könnte.

»So gern ich das genieße«, Lisa schiebt mich zu Marvin, »danke deinem Ritter in der schillernden Datenrüstung.«

Fragend drehe ich mich zu meinem Freund um. Einen Augenblick überrascht, wie leicht es mir mittlerweile fällt, ihn so zu nennen. »Was meint sie damit?«

Marvin reagiert jedoch nicht schnell genug. »Blind wie eh und je«, mosert Lisa. »Dein Marvin hat praktisch gesellschaftlichen Selbstmord begangen, Jess, indem er Königin Antonia zu Fall brachte. Der Hydra die Hälse durchtrennte und sie niederstreckte.«

Ich schüttle den Kopf über die Vergleiche, dennoch hat Lisa recht. Normalerweise hat er Antonias Sticheleien wortlos über sich ergehen lassen. Heute hat er sich zum ersten Mal gewehrt.

Er hat es für mich getan. Für mich hat er Antonias unerbittlichen Zorn auf sich genommen.

»Ich wusste das schon eine Weile.« Marvin zuckt mit den Schultern.

»Eine Weile heißt seit über drei Wochen«, wirft Lisa ein.

Ich lasse die Information auf mich wirken, kann es kaum glauben. »So lange? Wieso hast du nichts gesagt?«

»Lieber ein Ass im Ärmel, mit dem keiner rechnet«, meint er ungerührt. »Außerdem muss der vernichtende Schlag im richtigen Moment erfolgen. Stell dir mal vor, Gandalf wäre bei der entscheidenden Schlacht zu früh erschienen. Das hätte nur die Spannung zerstört.«

Lisa klopft ihm auf den Arm. »Der Edelmut in Person. Zumindest dir gegenüber. Denn mir hat er diesen Schachzug ganz anders erklärt.«

»Ach so?«

»Wir hätten sie gleich an Herrn Bornbach verpetzen oder sie damit konfrontieren können«, ergänzt meine Freundin. »Dann hätte sie aber eine Chance gehabt, sich reuevoll zu zeigen und es geradezubiegen. Die kriegt doch alles, wenn sie nur lieb und nett antwortet.«

»Sie war zu sehr davon überzeugt, dass sie damit durchkommt«, fährt Marvin fort. »Warum sollte Herr Bornbach vermuten, dass jemand nachträglich das Impressum ändert? Deshalb haben wir bis heute gewartet. Wenn ich einen Gegner besiegen will, gebe ich ihm keine Möglichkeit zum Rückschlag.«

»Wieso habt ihr nichts gesagt?«, wiederhole ich. »Und warum bin ich immer die Letzte, die so etwas mitbekommt?«

»Willst du nur gewinnen, weil die doofe Kuh einen Fehler macht?«, meint Lisa ernst. »Außerdem bist du eine verdammt schlechte Schauspielerin, Jess. Deine Enttäuschung und deine Wut mussten echt sein.«

Trotz allem meldet sich mein Gewissen. »Das Manöver ist schon fies.«

»Ach?«, entgegnet sie ungerührt. »Und so verhält Antonia sich nie?«

Auch wieder wahr.

Auf einmal wirkt meine Freundin zufrieden. »Sie wird sich wochenlang ärgern.«

Marvin lächelt zustimmend. »Wir haben uns gewehrt und ihr eins ausgewischt.«

»Ihre verhassten Nerds haben ihr eins ausgewischt, meinst du«, erklingt plötzlich Toms Stimme. Seine Tentakelarme umschlingen Lisa und mich von hinten. »Herzlichen Glückwunsch zum glorreichen Sieg!«

»Deshalb wird es sie nur noch mehr treffen«, schlussfolgert Lisa schadenfroh. »Bis zum Ende der Schulzeit reibe ich ihr das unter die Nase, wenn sie mir dumm kommt. Du, Antonia ...«

»... hast du dir deine blöden Sprüche von jemandem schreiben lassen?«, beende ich den Satz, weil ich ahne, worauf Lisa hinauswill.

»Hast du Michelle etwa auch bezahlt, damit sie dir alles nachplappert?«, scherzt Lisa.

»Wunderbar. Der Plan hat also geklappt«, freut sich Tom.

Ich muss dringend dafür sorgen, dass meine Freunde zukünftig solche Strategien nicht mehr ohne mich entwickeln.

Lisa reibt sich die Hände. »Alles nur eine Frage der Führung.«

Während die beiden sich in einem Streit verlieren, wer der wahre Anführer unserer Gruppe ist, ziehe ich Marvin in eine Umarmung. Worte können nicht beschreiben, wie ich mich gerade fühle. Wie dankbar und glücklich ich bin. Doch als er sein Kinn auf meinem Kopf ablegt und mich fest mit seinen Armen umschließt, weiß ich, dass er es versteht.

Ein Geständnis liegt mir auf der Zunge, doch ich traue mich nicht, es laut auszusprechen. Es ist zu gewaltig, um es nach all dem Chaos der letzten Wochen einfach in die Welt hinauszulassen. Dabei könnte es den ultimativen Schutzschild gegen Antonias zukünftige Gemeinheiten bilden.

»Ich liebe dich«, murmle ich dennoch in Marvins Pullover.

Zu einer Antwort kommt er nicht, weil Lisa plötzlich fröhlich brüllt: »Das muss mit einem Festmahl gefeiert werden. Sieger zahlen nicht!«

»Ich bin der Einzige, der nichts gewonnen hat«, beschwert sich Tom augenblicklich. »Ich konnte nicht einmal teilnehmen.«

Darauf löse ich mich von Marvin und erwidere sein Lächeln. Der Austausch erfolgt stumm, unsere Finger verschränken sich, als wollten sie sich nie wieder loslassen.

»Dann trifft es sich ja gut, dass die Kutsche inzwischen vorgefahren sein sollte«, werfe ich an Lisa gewandt ein. »Mein Vater wartet bestimmt schon auf uns.«

Tatsächlich parkt sein Auto vor dem Tor, gelassen steht

er gegen die Fahrertür gelehnt und behält das Gebäude im Blick. Obwohl Marvin mich an der Hand festhält, renne ich los, reiße ihn fast um und rufe ein übermütiges »Wir haben's geschafft!« aus.

Vor zwei Monaten hab ich noch von einem Moment wie diesem geträumt. Dabei ist kein Traum schöner als ein wahr gewordener.

ENDE.

Danksagung

Es ist ziemlich unglaublich, über zehn Jahre einem Traum hinterherzujagen. Noch verrückter ist es allerdings, wenn dieser Traum sich auf einmal erfüllt und ich dadurch dieses Buch nun in den Händen halten kann. Stellt euch einfach vor, wie ich hüpfe und springe und lache und mich riesig freue.

Ein ganz großes Dankeschön geht an Christine, die den Stein für dieses Projekt ins Rollen brachte. Danke, dass du an mich geglaubt hast! Ein ebenso großes Dankeschön an meine Lektorin Jana Breunig. Für deine Ratschläge und dein super Gespür, genau die Sätze zu finden, die so nicht in den Text gehören, wie sie dort stehen. Mist, das war schon wieder zu kompliziert.

Nicht zu vergessen meinen Ehemann Dominic, dessen unendliches Filmwissen ich für dieses Buch immer anzapfen durfte und der sämtlichen Höhenflügen, Tiefpunkten und grummeligen Phasen mit seiner typischen ruhigen Art begegnete. Du weißt einfach immer eine Lösung! Sowie die besten Testleser, die man sich wünschen kann: Sandra, Yasmin, Charleen, Astrid, Nicole, Caro, Sabrina, Jenny, Michaela, Ina, Natascha und Uwe. Wie haltet ihr nur meine tausend Nachfragen aus und antwortet auch noch immer mit einem digitalen Schmunzeln?

Zum Schluss möchte ich mich bei André und Axel vom

DVD- und Sammlermarkt in Berlin-Tegel für die schönen Sonntage bedanken. Ein Abstecher lohnt sich immer! Dazu natürlich bei meinem Lieblingskino am Potsdamer Platz. Nichts geht über eine Kinovorstellung am Box-Office-Tag in der letzten Reihe von Saal sieben.